于湖居士文集

〔宋〕張孝祥 著
徐 鵬 校點

上海古籍出版社

圖書在版編目(CIP)數據

于湖居士文集 /（宋）張孝祥著；徐鵬校點. —上海：上海古籍出版社，2009.8(2022.2 重印)
（中國古典文學叢書）
ISBN 978-7-5325-5402-7

Ⅰ.于… Ⅱ.①張… ②徐… Ⅲ.古典文學—作品集—中國—南宋 Ⅳ.I214.422

中國版本圖書館 CIP 數據核字(2009)第 130839 號

中國古典文學叢書
于湖居士文集
［宋］張孝祥　著
徐鵬　校點
上海古籍出版社出版發行
（上海市閔行區號景路 159 弄 1-5 號 A 座 5F　郵政編碼 201101）
（1）網址：www.guji.com.cn
（2）E-mail：guji1@guji.com.cn
（3）易文網網址：www.ewen.co
江蘇金壇市古籍印刷廠有限公司印刷
開本 850×1168　1/32　印張 15.625　插頁 5　字數 293,000
2009 年 8 月第 1 版　2022 年 2 月第 4 次印刷
印數：1,801—2,300
ISBN 978-7-5325-5402-7
I·2132　精裝定價：82.00 元
如有質量問題，請與承印公司聯繫

前言

張孝祥（公元一一三二——一一六九年），字安國，别號于湖居士，歷陽烏江（今安徽省和縣）人。父祁，任直秘閣、淮南轉運判官。紹興初，金人進犯和州，闔家遷居蕪湖（今安徽省蕪湖市）。紹興二十四年（公元一一五四年）廷試，高宗（趙構）親擢爲進士第一。授承事郎、簽書鎮東軍節度判官。由于上疏爲岳飛辨冤，爲當時權相秦檜所忌，檜乃誣其父有反謀，並將其父下獄。次年檜死，授秘書省正字。歷任秘書郎、著作郎、集英殿修撰、中書舍人等職。一一六三年，張浚出兵北伐，被任爲建康留守。此外還出任過撫州、平江、静江、潭州等地的地方長官。乾道五年（公元一一六九年），以顯謨閣直學士致仕。是年病死，年三十八歲。

就在張孝祥出生以前不久的欽宗（趙桓）靖康二年（公元一一二七年），北方金朝的女眞貴族發兵南侵，攻下了北宋首都東京（開封府），俘去了北宋的最後兩個皇帝——徽宗（趙佶）和欽宗。同年五月，趙構在南京（商丘）稱帝，建立了南宋政權。在此後三十多年的時間裏，金軍繼續不斷南侵，一度從揚州、鎮江直指杭州、越州、明州、定海等東南沿海地區，宋高宗被迫逃至溫州避難。只是由于中原地區廣大抗金義軍和宋朝内部主戰派將士的堅決抵抗，南宋小朝廷才能在風雨飄搖中勉強維持下來。直到一一六一年金統治階級內部發生政變，金主完顏亮在南侵途中爲其部將所殺，宋、金對峙才出現了一個相對穩定的局面。

當時在南宋統治集團內部，主戰與主和兩派的鬭爭十分激烈：一部份官僚士大夫爲了保住自身眼前的既得利益，唯恐得罪女眞貴族，千方百計地打擊主戰派，鎮壓抗金義軍，竭力充當女眞貴族代理人的角色。另一部份有民族氣節的有識之士，則堅持奮力抗戰、收復失地的主張，他們認爲只要內部團結一致，上下一心，聯合一切抗金力量，加強戰備，抗戰必然會取得最後勝利。

作爲南宋統治集團的一員，張孝祥從他登上政治舞臺的第一天起，就鮮明地站到了主戰派的一邊。《宣城張氏信譜傳》說：

紹興甲戌，廷試擢進士第一，時年二十有三。……先是，岳飛卒於獄，時廷臣畏禍，莫敢有言者。公方第，卽上疏言岳飛忠勇，天下共聞，一朝被謗，不旬日而亡，則敵國慶幸而將士解體，非國家之福也。又云，今朝廷寃之，天下寃之，陛下所不知也。當亟復其爵，厚恤其家，表其忠義，播告中外，俾忠魂瞑目於九原，公道昭明於天下。帝特優容之。時公尙在期集所，猶未官也。秦相益忌之。

岳飛是當時著名的抗金名將，曾經不止一次地在抗金鬭爭中取得巨大的勝利，但最後却被以秦檜爲代表的南宋投降派誣陷下獄，並以莫須有的罪名爲他們所謀害。張孝祥在他一登上政治舞臺，就向當時處于統治地位的投降派展開針鋒相對的鬪爭，的確是難能可貴的。

在《宋史·張孝祥傳》裏還有這樣一段記載：

> 先是，上之抑塤（秦檜子）而擢孝祥也，秦檜已怒，既知孝祥乃祁之子，祁與胡寅厚，檜數憾寅。且唱第後，曹泳揖孝祥於殿庭，以請婚爲言，孝祥不答，泳憾之。於是風言者誣祁有反謀，繫詔獄。

從這一段文字裏，我們可以進一步理解到，張孝祥這種鮮明的憎惡投降派的思想，可能與他的家庭有着一定的聯繫，他的伯父張邵也是由于在出使時不顧向金人屈辱投降，因而被拘囚在北方達十年之久的知名人士。因此，當他一旦取得了發言權時，就毫不猶疑地表明了自己的政治立場。

張孝祥在代他的父親張祁（揔得居士）執筆寫的一封信札裏說：「竊謂朝廷狃於和議將二十年，小大之臣以兵爲諱，軍政不修，邊備闕然，長淮千里，東南恃以爲藩屏者，一切置之度外，而彼犬羊之聚，鏖凶嘯毒，未嘗南鄉而忘我。自去春榷場廢，朝廷始聳然，知虜意之所在，將深圖之。而上下議論或未然，一日復一日，又至于今。」（《代揔得居士與葉參政》）侵占了北方廣大地區並且任意在江淮之間進行侵擾的女眞貴族鎮日虎視眈眈，「未嘗南鄉而忘我」，企圖把整個宋王朝一口吞下，而南宋朝廷却把整個民族興亡置之度外，因循苟且，坐待滅亡。這樣一種現狀，不能不引起張孝祥的深切不安和極大憤慨。

針對這一現象，張孝祥認爲要有效地抵禦金人的侵擾，一方面要整肅政事，同時還要有堅强的邊備：「歲誠豐矣，然荒政不可以不治；兵固戢矣，然邊備不可以不謹。」（《論先備劄子》）只有常備不懈，具有强大的軍事力量，才能達到抵抗侵略的目的。同時，針對當時上層統治人物害怕金兵的心理，他用歷史上兩個以少勝多、以弱勝强的著名戰役——赤壁之戰和淝水之戰進一步論證戰勝金兵的可能性是存在的，關鍵在於「練兵」和「擇將」：「夫兵已練而將已擇，則吾飭邊備，遠斥堠，峙糗粮，省不急，籌於帷幄以待之而已耳。雖狠子野心不義而强，吾何畏焉！」（《進故事》）戰争的正義性和充分的物質准備，戰勝「不義而强」的侵略者是完全可能的！

强調團結一致，共同對敵，是當時南宋政權内部迫切需要解決的一個重要問題。在《論謀國欲一劄子》中，張孝祥用富者二子「相非而相殘，相戾而相傾」，以致「其家卒以大困」，而貧者二子「内閲牆而外禦侮」，「訖致千金之資」，形象地説明了「謀不一之爲患」。他還寫信給當時在前綫作戰的李顯忠、王權等人，直接指出在對敵作戰中内部團結的重要性：「今淮西之三帥列屯，朝廷安危，實繫於是。太尉與王侯、成侯必須同心協力而後可以成功，若一人少有顧望，吾事去矣。」希望李顯忠能「交歡二帥，使無纖芥，專圖國事，盡去私心」。（《與李太尉顯忠》）在給王權的信中，也指出「必三帥協義同力，首尾相應，盡去疑間，合爲一家」。希望王權能「遣書致禮，交歡二帥，相與誓約，專意國事，屏除私心，尅日共舉，以翦窮寇，以復境土」。（《代任信孺與王太尉權》）事實證明，張孝祥的這些意見是頗有見識的。曾經在勝利形勢下最終遭到失敗的符離之戰，就是由于李顯忠、邵宏淵之間的內部不和造成的。

在政治革新方面，他提出要「盡舍拘攣，掃除積弊，去其所以害治者，而行其所當爲者」。（《論先盡自治以爲恢復劄子》）要賞罰分明：「賞不當功，則不如無賞；罰不當罪，則不如無罰。」（《繳駁成閔按劾部將奏》）而且必須做到「令在必行，不當徒爲文具」。（《論治體劄子》）要廣開才路，「廣求實才可用之人，善謀能斷，文不足而質有餘者」，加以培養，以備緩急時「受任奔走禦侮捍患」（《論涵養人才劄子》）之用。對有眞才實學的人，要敢于打破常規，不拘一格，破格錄用：「今入官之門雖廣，而用才之路實狹。古者取於盜賊，取於夷狄，取於仇讎，取於姻戚，苟才矣，初不問其出生之本末也。」（《論用才之路欲廣劄子》）大力反對當時官僚集團中對人才「吹毛求疵，深排力沮」的惡劣作風。

他還主張廢併冗官、裁減冗吏以節省國家開支，出賣婦人封號、增收官戶役錢以增加國庫收入，專置牧馬監以保證軍需，蠲免民間積欠、賑濟水災以蘇民困，等等。在他出任荆州地方官時，築寸金堤以防水患，建萬盈倉以儲漕運，修甲仗庫以備軍需，采取具體措施來實現自己的主張。《宣州張氏信譜傳》說：「荆州當虜騎之衝，自建炎以來，歲無寧日。公內修外攘，百廢具興，雖羽檄旁午，民得休息。」這一切，雖不無溢美之詞，但也說明了張孝祥是一個具有比較遠大的政治理想，並有一定政治才能的人物。

堅持抗戰，反對屈辱，要求收復中原失地，這是當時淪陷區廣大人民和南宋廣大人民的共同要求，也是南宋一部份愛國士大夫的迫切願望。在張孝祥的詩歌裏，這也是一個突出的主題：

北風吹來燕山雪，十萬王師方浴鐵，風纏熊虎靈旗靜，凍合蛟龍寶刀折。何人夜縛吳元濟？我欲從之九原隔。東南固自王氣勝，西北那憂陣雲結？豈無祖逖去誓江，已有辛毗來仗節。（《和沈教授子壽賦雪三首》）

吳甲組練明，吳鉤瑩青萍，戰士三百萬，猛將森列星。揮戈却白日，飲渴枯滄溟，如何天驕子，敢來干大刑？……佛狸定送死，楡關不須扃，虜勢看破竹，我師眞建瓴。便當收咸陽，政爾空朔庭，明堂朝玉帛，劍佩鳴東丁。八章《車攻詩》，十丈《燕然銘》，我學益荒落，尙可寫汗青！（《諸公分韻躡冒頓之區落、焚老上之龍庭，得老、庭字》）

在這裏，「夜縛吳元濟」當然只是一種良好的願望，而「收咸陽」、「空朔庭」也只能表達對勝利的祈望與憧憬。然而，這些詩句却鮮明地表達了作者對國事的關心，表達了作者強烈的愛國感情。詩人的激情與時代的脈搏是息息相連的。

張孝祥在詞的創作中所表現的關心國事的思想也是十分突出的，如他的《水調歌頭·和龐佑父》：

雪洗虜塵靜，風約楚雲留。何人爲寫悲壯，吹角古城樓？湖海平生豪氣，關塞如今風景，剪燭看吳鉤。賸喜然犀處，駭浪與天浮。憶當年，周與謝，富春秋。小喬初嫁，香囊未解，勳業故優游。赤壁磯頭落照，肥水橋邊衰草，渺渺喚人愁。我欲乘風去，擊楫誓中流。

這首詞是作者在一一六一年冬天聽到虞允文在采石磯擊敗金主完顔亮南侵大軍的捷報後寫的，詞中所表現的那種「剪燭看吳鉤」的豪情，「擊楫誓中流」的壯志，充分表達了詩人強烈的愛國激情和渴望投身戰鬪行列的高昂意志。又如他的代表作《六州歌頭》：

長淮望斷，關塞莽然平。征塵暗，霜風勁，悄邊聲。黯銷凝。追想當年事，殆天數，非人力，洙泗上，絃歌地，亦羶腥。隔水氊鄉，落日牛羊下，區脫縱横。看名王宵獵，騎火一川明。笳鼓悲鳴，遣人驚。念腰間箭，匣中劍，空埃蠹，竟何成！時易失，心徒壯，歲將零。渺神京。干羽方懷遠，靜烽燧，且休兵。冠蓋使，紛馳騖，若爲情？聞道中原遺老，常南望翠葆霓旌。使行人到此，忠憤氣填膺，有淚如傾！

一一六三年，張浚入朝爲樞密使、都督江淮兵馬，開府建康，積極準備北伐，薦張孝祥爲建康留守。是年四月，由于前綫主將李顯忠與邵宏淵之間的不和，招致了符離之敗。於是以湯思退爲首的投降派又在朝廷中得勢，並在八月間派盧仲賢到金軍議和，這首詞大概就是寫于這一段時間。

如果從一一二七年汴京陷落算起，到詩人寫這首詞的時候，中原淪陷已經足足有三十幾個年頭了。北方淪陷區人民處在民族和階級的雙重壓迫之下，要求收復失地、趕走異民族貴族統治者的願望特別強烈，他們日夜企望着南宋政權能早日把他們從女眞貴族的統治下拯救出來。在《代揔得居士與葉參政》書中，張孝祥曾經提到過這樣兩件事情：「紹興初，諸將用兵淮上，亳、泗、徐、沂之人，簞食壺漿以迎我師，師退，虜復取之，卽盡屠其人以泄憤怒，然民終不悔，它日我師至焉，其迎我如初。去冬蔣州王俊但假託本朝名字，淮北之人信以爲然，自蔡、潁至于河北，尅期響應，會俊敗獲，事雖不克，然以此可見吾民之心。」但是，南宋政權却是那樣軟弱無能，給予他們的只是一次又一次的失望。如今戰事又告失敗，收復失地的希望又一次落空，瞻望北國淪陷敵手的大好河山與敵人的囂張氣燄，遙想淪陷區人民的悲憤失望情緒，詩人禁不住悲憤塡膺，從內心深處發出了深沉的感嘆。全詞慷慨悲涼，一氣呵成，感情眞摯而又深沉，具有強烈的感人力量。

在張孝祥的文章和詩詞中，還表現了生活的其他方面，但比起他關心國事的這些作品來就顯得遜色多了。當然，他也寫了一些像「柴門關上濯足眠，萬事不如高枕睡」，「短長無不可，且得是閑身」等一類反映消極情緒的作品，還有一部分是「青詞」「釋語」之類宗教迷信的東西，但這究竟不是他創作的主要方面，他的作品的基調還是比較健康的。

張孝祥作品的藝術成就，在他同時或稍後的人曾經對他作過很高的評價。謝堯仁稱贊他的文章「如大海之起濤瀾，泰山之騰雲氣，倏散倏聚，倏明倏暗，雖千變萬化，未易詰其端而尋其所窮」。（《張于湖先生集序》）意之所至，筆力隨之，這的確是張孝祥散文創作的一個特點。他的散文敍事平易流暢，說理明晰透闢，時或敍事與議論錯雜並用，夾敍夾議，而筆端常帶感情，讀之令人有親切之感。

謝堯仁又說他的詩「活脱是東坡詩」，他的詞「今人皆以爲勝東坡」。湯衡對張孝祥的詞也發出了「自仇池仙去，能繼其軌者非公其誰與哉」（《張紫微雅詞序》）的贊嘆。陳應行甚至把它說成是「前無古人，後無來者」。（《于湖先生雅詞序》）這種評價顯然是被夸大了的。其實張孝祥的詩是寫得比較呆板笨拙的，遠遠及不上蘇詩的豪邁奔放和富有新意，而他的詞的風格確接近蘇軾：意境開闊，想象豐富，往往能通過形象的語言來表達自己慷慨激昂的情感，使之達到情景交融的境界。與詩文相比較，張孝祥在詞的創作方面，是取得了較高的成就的。

張孝祥的文集，據王質所撰《于湖集序》，似曾在宋孝宗淳熙元年（公元一一七四年）有過一次編集和刊刻，此本今未見，其序收存於王質《雪山集》中，其內容、卷數等等因王序語焉不詳，無從揣測。又據宋寧宗嘉泰元年（公元一二〇一年）謝堯仁及孝祥弟孝伯所撰《張于湖先生集序》，有「天下刊先生文集者有數處」及「盡以家藏與諸家所刊屬其（王大成）讐校」等語，確知此前尚有其他各種刊本，但目前能看到的除宋刊四十卷本《于湖居士文集》及乾道本《于湖先生長短句》外，其餘各本亦均未見。陸世良在宋光宗紹熙五年（公元一一九四年）寫的《宣城張氏信譜傳》中，說張孝祥有《于湖集》四十卷，晁公武《郡齋讀書志》卷五趙希弁《附志》、陳振孫《直齋書錄解題》卷十八、《宋史藝文志》卷七著錄卷數均同。此外，《直齋書錄解題》卷二十一又著錄《于湖詞》一卷，《宋史藝文志》卷七張孝祥文集下又著錄詞一卷及古風律詩絕句三卷。

今本《于湖居士文集》收詩、文、詞等四十卷，附錄一卷，書中警、筐、貞、徵、完、愼、敦、憝、廓等字皆闕筆，避諱至寧宗時止。又據張孝伯序，知此本曾屬王大成以家藏與諸家所刊各本加以讐校，當是一個刊刻時代較早而又比較完備的本子。現以《四部叢刊》影印慈谿李氏藏宋刊本爲底本，校以宋乾道本《于湖先生長短句》、《宋名家詞》本《于湖詞》、《百家詞》本《于湖詞》、雙照樓校寫本《全芳備祖詞鈔》、《永樂大典》等，凡有校改的地方，出了校記。此外，凡遇原文明顯錯誤而又無其他版本可校的訛字，則用方括號和圓括號加以訂正，如「〔篷〕（蓬）翻纜斷泊不得」、「梟〔獍〕(鏡)心未寧」等等。方括號內是已經訂正的字，圓括號內是原來的訛字。有些明顯脫漏的字則用方括號直接增補，如「徒知荊南〔荊〕湖北路安撫使」、「朱晦翁贈學〔士〕安國公敬簡堂詩」，不另外出校。這些訂正不一定都正確，僅供讀者參考。又原書「尺牘」部份一人名下有兩札以上者均另行以示區別，現因整理時一札中亦有分段者，因將各札之間改爲空一行處理，以清眉目。原書僅正文四十卷有目錄，其中部份目錄與正文標目有較大出入，爲了保存原書面貌，且某些異文可與正文標目相互補充，故彼此間均未加以校改。原附「禁榜」、「附錄」及新增補「補遺」目錄均爲此次整理時所加。

本書整理過程中曾請朱東潤先生和章培恆同志閱讀過全稿，謹在此表示感謝。

徐　鵬

一九七八年十一月于復旦大學

張于湖先生集序

文章有以天才勝，有以人力勝，出於人者可勉也，出於天者不可強也。今觀賈誼、司馬遷、李太白、韓文公、蘇東坡，此數人皆以天才勝，如神龍之夭矯，天馬之奔軼，得躡其踪而追其駕。惟其才力難局於小用，是以亦時有疏略簡易之處，然善觀其文者，舉其大而遺其細可也。若乃柳子厚專下刻深工夫，黃山谷、陳後山專寓深遠趣味，以至唐末諸詩人，雕肝琢肺，求工於一言一字間，在於人力，固可以無恨，而概之前數公縱横馳騁之才，則又有間矣。故曰人可勉也，天不可強也。

于湖先生，天人也。其文章如大海之起濤瀾，泰山之騰雲氣，倏散倏聚，倏明倏暗，雖千變萬化，未易詰其端而尋其所窮，然從其大者目之，是亦以天才勝者也。故觀先生之文者，亦但當取其轇轕斡旋之大用，而不在於苛責於纖末瑣碎之微。先生氣吞百代而中猶未慊，蓋尚有凌轢坡仙之意。其帥長沙也，一日，有送至水車詩石本，掛在書室，特携堯仁就觀，因問曰：「此詩可及何人？不得佞我。」堯仁時窘於急卒，不容有不盡，因直告曰：「此活脱是東坡詩，力亦眞與相輒。但蘇家父子更有畫佛入滅、次韻水官、贈眼醫、韓幹畫馬等數篇，此詩相去却尙有一二分之劣爾。」先生大然堯仁之言。是時，先生詩文與東坡相先後者已十之六七，而樂府之作，雖但得於一時燕笑咳唾之頃，而先生之胸次筆力皆在焉，今人皆以爲勝東坡，但先生當時意尙未能自肯，因又問堯仁曰：「使某更讀書十年何如？」堯仁對曰：「他人雖更讀百世書，尙未必夢見東坡，但以先生來勢如此之可畏，度亦不消十年，吞此老有餘矣。」次年，公自江陵得祠東下，方欲踐此言，未幾則已聞爲馭風騎氣之擧矣。嗚呼！天不覔英雄之志，尙留莒、墨兩城與太原餘蘖，至今江流尙覺有不平，其以此歟！

天下刊先生文集者有數處，豫章爲四通五達之衝，先是先生之子同之將漕於此，蓋其責也。時侍郎莆陽蔡公屢勸之而竟不果，信知斯文通塞亦自有時。今閣學尙書公自其開府以來，即曉夕在念，而尙乃遲遲至於今者，豈不以先公後私，於事自有次第。而不知此事亦公也，蓋四方學者渴見斯文，以增壯筆端，方皆以先覩爲快。使公肯爲是擧，正是加惠學者之意，豈必獨認以爲激乎鴒原之情而足以有歉哉！

自渡江以來將近百年，唯先生文章翰墨爲當代獨步，而此猶先生之餘事也。蓋先生之雄略遠志，其欲掃開河、洛之氛祲，盪洙、泗之羶腥者，未嘗一日而忘胸中。使其得在經綸之地，驅馳之役，則周公瑾、謝幼度之風流，其尙可揖於千百載之上也，而門下之鯫生何足容議論之喙哉！

嘉泰改元之中秋，門下士昭武謝堯仁序。

張于湖先生集序

于湖先生長孝伯五歲，垂髫奉書追隨，未嘗一日相捨。別去餘十年，先生再冠賢書，會于臨安，時紹興癸酉也。明年魁多士，又明年入館，寖登清華。孝伯亦入太學爲諸生，無時不在左右。每見於詩、於文、於四六，未嘗屬稿，和鉛舒紙，一筆寫就，心手相得，勢若風雨。孝伯從旁抄寫，輒笑謂曰：「錄此何爲問？」從手掣去。良繇天才超絕，得之游戲，意若不欲專以文字爲事業者。一日，謂孝伯曰：「汝作一月工夫，我只消一日，明日便有用處。」夫所謂用者，豈章句而已哉。惜乎天奪之速，不容究其才於用大，僅能遺愛於六州。恭聞孝宗皇帝玉音，嘗與用才不盡之歎，使其適乘機會，必有以上契聖心，則其成就蓋不止此。嗚呼！大夫士有志當世，孰不以功名自許，至如先生，眞有過人者歟！

別後詩文，多得之耳授，然不能無舛也。埸南昌，解后王大成集，大成從先生久，先生深愛之者。盡以家藏與諸家所刊屬其讐校，雖不敢謂全書，然視他本則有間矣。繼有所得，當爲後集云。

嘉泰元年十月旦，弟華文閣直學士、朝請大夫、知隆興府、充江南西路安撫使孝伯謹書。

于湖居士文集目錄

第三卷

第四卷

第五卷

第六卷

第七卷

第八卷

第九卷

第十卷

第十一卷

第十二卷

第十三卷

第十四卷

第十五卷

第十六卷

第十七卷

第十八卷

第十九卷

第二十卷

第二十一卷

第二十二卷

第二十三卷

第二十四卷

第二十五卷

第二十六卷

第二十七卷

第二十八卷

第三十二卷

第三十三卷

第三十四卷

第三十五卷

第三十六卷

第三十七卷

第三十八卷

第三十九卷

第四十卷

禁榜附

附錄

補遺

于湖居士文集卷第一

賦

金沙堆

洞庭之野，吞楚七澤，乘秋而霽，天水一色。登高桅以掛席兮，插余舟之兩翼，凌長風以破浪兮，駭掀舞於一葉。橫中流而北望兮，何黃金之突兀？觸白日以騰耀兮，疑波神之汎宅。舟人告余曰：「此金沙堆也。」

壁立千仞，衡亙百步。靈鰲之背孤起以自暴兮，棄方丈而不負，湧青城之玉局兮，遲虛皇一本作「靈皇」。而來下。太倉露積以弗校兮，白粲粲而非腐，熬海波以出素兮，莽既多而無數。胡山十丈之雪，結而不復釋兮，吳江八月之潮，來而不復去。諒非目見而心識兮，雖巧譬其焉喻？

客有嘆曰：「墼土爲城，隱以金椎，一雨之暴，或傾以摧之。今此沙也，質輕而性離，得水而走，得風而飛，澶漫乎大漠之北，飄流乎崑丘之西，曷稽天之巨浸兮，獨與此而相宜？廉隅峻以特起兮，若斗之覆而四維，潦盡不爲之高兮，春既漲不爲之卑。風揭石以拔木兮，蛟鼉駕海而上馳，捲近岸之丘阜兮，若烈火焚乎枯萁，謂此沙既無有兮，當散入於渺瀰，旦起而視之兮，曾無毫髮之或夷。豈與息壤同生兮，爲上帝之所私，將富媪之多藏兮，萬寶萃而在茲？豈女媧五色之石兮，完天漏之所遺，將神禹治水兮，聚九野之土以補東南之虧？豈刼火之灰兮，歲既久而莫移，將神龍之攸居兮，百鬼夜築而守之？微至理而莫得兮，願先生之予思也。」

張子笑之曰：「子來前！天地之間，何所不有？遠者莫詳，近或可取。今夫積水爲冰，及春而澌，此物之常理也。然凌人氏乃得而藏之，塈其土，使地氣無所洩，厚其覆，使天氣不得下。天且暑矣，於是方謹而獻之。夫以一人之私，猶能變易陰陽之度，而況天地之大乎？沙之積不積，流不流，安所置論？子行矣！」

辭

攻蚊

后皇嘉生，物有羣些，強者熊虎，弱羔豶些。畜我遠我，區以分些，各保性命，不相紛些。爾獨何化，以爲蚊些？匪強匪弱，孰使云些？厥纖么麼，毒所熏些，利喙短翼，飛翁翁些。羸腹曲脚，豹成文些，藏陰伏翳，須日曛些。徵類嘯族，乘惡氛些，渙散揮霍，絲之棼些。緣頭撲臂，來如雲些，入隟伺罅，霰雪雰些。伊伊滃滃，相懽忻些，噆膚吮血，飽以醺些。前捷甫去，後亦塵些。無可奈何，夕及昕些。引鏡自照，面縐紋些。客或告我：祈火君些。彼嗜臭惡，憎芳芬些，謀野則獲，采蕭薰些。載暴載爇，烟絪緼些，儻不退聽，秉烈焚些。如彼即墨，殲燕軍些，焦腸爛腹，翅羽毨些。舉徒盡殪，永不聞些，涼霄大枕，奏厥勳些。豈其不仁？我則懂些。當斷不斷，露汝筋些。

祭金沙堆廟

憎九秋之半兮，絕洞庭予將歸，登磊石以遐矚兮，天水莽而相圍。鯨波浩其呼洶兮，蛟鰐擇食以自肥，盲風遻怒無時期兮，橫中流吾焉依？舟人諗余以湖君之神靈兮，曰甚仁而又威，若蓍龜之可信兮，盍潔齊而致祈。嗟余禱之既久兮，豈夫神今日之我違。

晨光杲其東升兮，破積霧之霏微，凝秋霽之萬頃兮，檣烏轉而北飛。棹夫集合以奏功兮，若駟馬熟路而騑騑，寄千里於一瞬息兮，才舉手而一揮。如靈宮以午泊兮，目眩積沙之輝，隨濤波以上下兮，岌金城之巍巍。信眞仙之攸宅兮，羌見聞之所稀。粉牆行樹繚以直兮，鋪首鳴其朱扉，儼帝服之中居兮，亦班寵于厥妃。來牲酒之雜遝兮，紛滿堂之芳菲，懷沙大夫之侑食兮，噫孰知其是非！鳥喙魚服，沙鰌鰋鯉，睢盱以列侍兮，駭怪譎之裳衣，蓋專制楚之七澤兮，實參握乎天威者也。

由余役之既久兮，闕水菽於庭闈，瞻白雲以延望兮，朝隮至乎夕暉。苟利涉以遄達兮，豈妄福之敢希？感神貺余以獨厚兮，銘肺一本作「腑」。膺而三欷，跪陳辭而侑觴兮，聊彷彿其音徽。

頌

壽芝頌代揔得居士上鄭漕并序。時年十九作。

上既專任一德，方內底定，眷江之北，昔爲戰墟，生聚教訓，十年于茲矣。曰：「疇予寶臣持節，以豈弟德惠爲予撫綏之！」百辟卿士再拜言：「漕江東臣某，再考績爲天下最，宜可。」上曰：「俞哉。」於是有詔華原增秩，總部淮南十有六州。詔下之日，淮民歡呼，奔走相告，自州達之縣，自縣達之田里，自田里達之窮巖幽谷。公江東之治，仁聲義氣，漸被于兩淮，故淮民聞公之來，其喜如此。

越翌日，歷陽郡東鄙樵民有得異草于松根者。郡人張某，寔公門下士，屬公誕辰甫及，當有頌詩形容盛德。迺以九月吉旦，潔齋執筆，爲文未有緒，俯而假寐，若有告者曰：「姑置之，天將以芝畀女爲公壽。」某驚悟。已而樵民奉芝款門曰：「疇昔獲此，弗之識，而神夢謂余：是蓋所謂芝者，天以華原公將持節吾土，是生靈物而爲瑞。」且此月之十日，則公生之日，是芝則又昭示公難老之徵。若里人有張氏者，寔公客，亟歸之，俾得獻公，不者禍女。神言如是。我懼，是以來。」某亦解昨者假寐若告之言，盛服再拜而受之，信芝也。一本二榦，高廣有咫，堅密溫潤，色如紫玉。輪囷蓊鬱，駢爲七枝，華葉敷芳，則十有四。藹然若卿雲捧日，燦然若奇葩豔春。噫戲異哉！未曾有也。神之命公，可謂深切著明矣。不知天之於人，相去遠近，而其物類之感召，如是其敏且速耶！且以公將持節西州而爲呈瑞，則胡不降甘露、流醴泉、異畝同穎、鳳皇翔集耶？不以是數者爲應而應以芝，天意若曰：芝上瑞也，不春而華，不秋而實，不根而植。竊而置之，雖歷數千百年而猶敷腴充實。則芝非特上瑞，又壽草也。天與公瑞，則於除命之後，瑞草發於淮西之境；天與公壽，則生朝之前，壽草產於古松之下。物像昭顯，決非偶然者。鄉惟甘露、醴泉、嘉禾、翔鳳之來，謂之祥瑞則可矣，烏在其爲壽徵也。於以見天之錫公富貴壽考，廣大繁昌，有永無極。豈兩淮之民獨受其福，將天下生靈寔受其福；豈公獨有其瑞，將朝廷國家寔有其瑞。然則此芝之來，所繫大矣哉。謹拜手稽首而爲之頌曰：

濯濯靈芝，施于古松，天錫珍祥，以壽鄭公。

文武鄭公，其德孔碩，文正之子，柔嘉維則。天子命公，汝予寶臣，宣力四方，其牖我民。公拜稽首，奉天子命，自西徂東，惟一其政。孰寒而飢，公衣食之；孰癘而疵，公藥治之。孰獷不率，則訓則治；孰姦賊民，則耨則夷。條疎節披，罔亦不宜。天子命公，汝有成績，盍其歸矣，箴補袞職。

淮堧奕奕，其疆千里，奠國北門，孰與予理？在列咸咨，曰公克任，天子命公，輟女往鎮。公來之初，靈芝則生，亦以壽公，寵錫百朋。蔚彼芝矣，厥生孔時，爰發其祥，以公來綏。蔚彼芝矣，公介眉壽，數百千祀，與國長久。神則有言，芝以瑞公，入侍帝旁，九旒升龍。神則有言，芝以壽公，楚南春秋，綠髮方瞳。

我作頌詩，式詔罔極，誕保休徵，有永無斁。

樂章

降神

於神何司，而德於木，肅然顧歆，則我斯福。我祀孔時，我心載祗，匪我之私，神來不來。

又

神兮焉居？神在震方。仁以爲宅，秉天之陽。神之來矣，道脩以阻，望神未來，使我心苦。

又

神在途矣，習習以風，百君後先，敢一不恭？奔走癘疫，祓除菑凶，顧瞻下方，消搖從容。

又

溫然仁矣，熙然春矣，龍駕帝服，穆將臨矣。我酒清矣，我肴烝矣，我樂備矣，我神顧矣。

升降壇

在國之東，有壇崇成，節以和樂，式降式登。潔我珮服，璆琳鏘鳴，匪壇斯高，曷妥厥靈。

青帝位奠幣

物物熙熙，胡爲其然？蒙神之休，乃莫報旃？有邸斯珪，有量斯幣，于以奠之，格此精意。

太昊位奠幣

卜歲之初，我迎春旗，孰克侑饗，曰古宓戲。於皇後闕。

于湖居士文集卷第二

古詩

和何子應賦不欺室韻

隆興天子開千齡，六龍飛天動潛鱗，東嘉先生初召對，不欺之論驚廷臣。誰令浮雲蔽白日？脱幘歸來環堵室。巍巍烏府憶霜簡，凛凛螭坳有椽筆。魏公眼力無餘子，與公周旋豈其死。請公細讀不欺銘，一字之褒如魯史。

讀中興碑

繡綳兒啼思塞酥，重牀燎香軀羣胡，阿環錦韈無尋處，一夜驚眠搖帳柱。朔方天子神爲謀，三郎歸來長慶樓。樓前拜舞作奇祟，中興之功不贖罪。日光玉潔十丈碑，蛟龍蟠拏與天齊。北望神皐雙淚落，祇今何人老文學。

題張仲欽所藏隆茂宗畫登瀛圖

老隆已死畫筆枯，畫歸天上人間無。公從何處得此圖？眼明嶺海三歎吁。天策上將天爲徒，指揮羣龍淸八區，褒鄂英衞供掃除，功成告廟金模胡。歌童舞女不願渠，乃此數士相爲娛，鐵面苦口談詩書，直欲措世如唐虞。老隆妙手神所摹，蒼頭廬兒亦敷腴，祝公歸直承明廬，願持此道補帝裾。

題蔡濟忠所摹御府米帖

生前官職但執戟，身後一字萬金直，當時雷霆下收拾，世間不復有遺逸。上淸虛皇手自擇，編星爲囊雲作笈，流鈴擲火守護密，君從何處見眞跡？知君定通玉帝籍，太微垣中賜餘墨，龍騰虎臥摹不得，想君神授五色筆。江南鈎鎖腕中力，釵折屋漏千態出，整整十卷字猶濕，光彩激射海爲立。平生我亦有書癖，對此惝怳心若失，口呿汗下屢太息，十日把玩不得食。作牋天公拜稽首，乞我此老生時一雙手，爲君痛飮百斛酒，墨池如江筆如帚，一掃萬字不停肘。

賦王唐卿廬山所得靈璧石

湘江竹深韶不傳，后夔神禹飛上天，泗濱之磬無人編，帝敕此寶淪深淵。於乎不知幾千年，奇形異質鬼所鐫，青虯赤虎遭縛纏，蹙筋怒爪身彎拳。自從胡塵障中原，神物變化隨霏煙，金聲玉振義不辱，六丁徙置康廬巔。靈臺星官未知處，但怪寶氣干霄躔。王郎齋居敷淺原，飲水泣血天所憐，空山無人下羣仙，似夢非夢或告旃。捫蘿獨上果有得，失喜而懼心茫然，百〔夫〕〔失〕挽取自包裹，解衣更買蠻兒擔，緘扃不肯鄉人說，知我好古容觀瞻。焚香再拜賛歎息，安得致之天子前？

安得致之天子前，明堂郊丘備宮縣，調和正聲薦上帝，簫勺羣慝收戈鋋。朝廷清明用者哲，一律四海歸陶甄，鳳皇來儀獸率舞，復古却到虞韶邊。是時賦公筆如椽，嶷㠜爲草登歌篇。

月之四日，至南陵，大雨，江邊之圩已有沒者。入鄱陽境中，山田乃以無雨爲病。偶成一章，呈王龜齡

圩田雨多水拍拍，山田政作龜兆拆。兩般種田一般苦，一處祈晴一祈雨。去年水大高田熟，低田不收一粒穀，只今萬錢糴一斛，浙西排門煮稀粥。聖神天子如堯湯，曰雨而雨暘而暘，

天公廣大豈有意，爾自作孽非天殃。

近得一二硯，示范達甫，笑以爲堪支牀也。許送端州大硯，作詩以堅其約

范郎紫玉餘半圭，翻手作雲雨雹隨，龍蛇起陸孔翠飛，雲收雨霽千首詩，薦以文錦盤珠璣，夜光發屋鄰翁知。桂州刺史書成癡，單車萬里日夜馳，囊中已無去年錐，欠此石友相娛嬉。范郎笑我支牀龜，忽遣致我重寶齎，金印如斗不願攜，愛此直欲忘朝飢。君行題輿古端溪，溪石醜好紛不齊，溪邊之人足謾欺，須君眼力爲辨之。更作萬斛之墨池，爲君大書十丈碑。

劉倅示崇寧上舍題名，翰林其父也

崇寧天子開皇極，發揮神謨詔羣辟，十八學士天與力。攀鱗附鳳才一日，翰林尙書古遺直，不作三公奄窀穸。當時盛事刊樂石，後五十年已今昔，令我再拜三嘆息。尙有之子似世德，不羸其躬且赫奕。

黃升卿送椶鞋

編椶織蒲繩作底，輕涼堅密穩稱趾，帝庭無復夢絲絇，上客還同睨珠履。我家江南山水窟，

日日行山勞展齒，感君投贈欲別時，布襪青鞋從此始。亨衢知子方着脚，直上雲霄三萬里，泰階歷盡却歸來，赤舄一雙應几几。

贈張欽州

張家承平四姓侯，門前列戟金成丘，南來清貧家立壁，但有萬卷書滿樓。雲山極觀半空寫，下有花竹秀而野，閉門讀易已三年，樂天知命忘華顛。我行湘中識此老，難兄莫年更枯槁，從來戚畹須表勸，會聽鳴珂趁朝早。衡陽小隱雖深幽，去天尺五君無留，貂蟬兜鍪何足道，君必不爲猿鶴羞。

賦沈商卿硯

石渠東觀天尺五，壁星下直圖書府，琳琅寶鎮出三代，浩瀚簡編照千古。右文儲硯一百九，鈿匣珠囊護瓊玖，有時清夜發光怪，諸儒縱觀容拜手。一收朝蹟歸故園，瓦池葦管塗突煙，夢尋清都故歷歷，起凭書案空潸然。眼明見此超萬石，色如馬肝涵玉質，白圭之玷尚可磨，澀不拒筆滑留墨。摩挲太息不自已，呼兒汲甘爲湔洗，天遺至寶瑞吾子，要與詞林壯根柢。子行飛騫爲時須，西清承明有佳除，收功翰墨儻乞我，田間自抄種樹書。

大雨呈同行諸公

我舡千斛初甚遲，上灘下灘風薄之，百夫撐挽才得過，水淺舟大行無期。同來賓客笑鈍滯，一葉自買如鳧鷺，瞥波急槳亂藻荇，瞬息不見飇車馳。忽然昨夜雷雨作，黑雲頹山風卷壑，龍門春漲魚龍亂，牛渚宵明鬼神惡。〔篷〕（蓬）翻纜斷泊不得，客只一身無處着。長年絕叫客驚起，一浪先掀半舡水，囊衣漂盡到巾履，一夜奔忙沙石裏。我時甘寢殊不覺，但怪飂飂風到耳，起來呼酒自勞苦，水滿涼生差可喜。鄉來笑者今却悲，人生淹速那能知？明朝轉柁我舡快，唤客同舡莫嫌險。

吳城阻風

吳城山頭三日風，白浪如屋雲埋空，北來大舸氣勢雄，車帆打鼓聲䪜䪜，我舡政爾不得去，跼促沙岸如鳧翁。長年三老屢彈指，六月何曾北風起？由來官儂多齟齬，世不汝諧神亦爾！我愧此言呼使前，順風逆風皆偶然，皇天廣大豈有意，想汝嗔喜庸非偏？瓶中有粟囊有錢，與汝飽飯姑留連。

金沙堆

玻璃盆中金作堆，藥房桂棟中天開，洞庭無底蛟蜃惡，君不喚我那能來？旁舡守風四十日，我行昨夜到磊石，山頭望君乞〔杯〕(柸)珓，僮僕歡呼得頭擲。二更南風轉旗脚，打鼓開舡曉星落，秋光淨洗八百里，亭午投君廟前泊。斬牲釃酒報君德，君今淸都豈其食？聊須醉飽撑舡儂，明日依舊行南風。

欲雪

欲雪未雪天模胡，凍行沙尾鶬鴰呼，北風刮耳立不住，更騎鈍馬穿枯蘆。兩生憐我意不舒，江頭三日占檣烏，高堂明朝置安輿，買羊沽酒償勤渠。

鑑湖納涼

鑑湖周圍三百里，極目平波淸到底，荷花歲久生滿湖，人來採蓮唱歌起。賀家千頃水雲鄉，六月荷花風最涼，短楫輕舟來斷續，山横曉月正蒼蒼。

和沈教授子壽賦雪三首

北風吹來燕山雪，十萬王師方浴鐵，風纏熊虎靈旗靜，凍合蛟龍寶刀折。何人夜縛吴元濟？我欲從之九原隔。東南固自王氣勝，西北那憂陣雲結？豈無祖逖去誓江，已有辛毗來仗節。

又

今年米貴更風雪，破屋荒涼冷於鐵，道人三日不出門，卧聽欹簷竹枝折。高吟忽送三十韻，覿面未覺千里隔，比公也自可憐人，家徒四壁衣鶉結。君不見漢時蘇子卿，窖中齧氈終持節！

又

天公作劇已三白，刮面東風利如鐵，只今斗米錢數百，更說流民心欲折。胡兒打圍涂塘北，煙火穹廬一江隔，陛下宵衣甚焦勞，微臣私憂長鬱結。爾曹忍凍不足說，我輩何時立奇節？

鄱陽史君王龜齡閔雨，再賦一首

老農歌舞手作拍，一雨紛紛稻花折，去年秋田旱政苦，史君隨車有甘雨。旁州不熟我州熟，至今中家有藏穀，地碓舂粳珠滿斛，老農左餐仍右粥。使君行矣伊佐湯，緝熙和氣無常暘，豈徒一雨潤九穀，要爲萬物除千殃。

喜晴賦吴常守葉夢錫

史君憂民出至誠，欲晴未晴天所矜，白衣老人無逢迎，香火未收東方明。指揮六龍扶日行，羣陰卷盡見太清，女攜柔桑男趁耕，熙熙和氣滿春城。去年歲事已如許，田頭試聽老農語：浙西更着五日雨，麥根爛盡種不土。

七夕

去年永州逢七夕，今年衡州逢七夕，往來不敢怨道路，迎送但知慚吏卒。年年七夕有定時，我行屬天那得知？東西南北會逢汝，但願強健無所苦。

謝劉恭父玉潭月色眞石室之賜

玉潭月色洌以清，石室千里猶典刑。何人遺我雙玉瓶？武夷先生翰林卿。約束風雨驅雷霆，長鯨夜吸川爲傾，明朝風止醉不醒，扁舟徑度君山青。

從張欽夫覓紙

蜀江擣麻色勝玉，百金才能致一幅，君家入則充棟宇，再拜未肯乞纖粟。爲君破慳作此詩，擔囊揭篋應有時，比鄰寒亡忌唇齒，君但勤渠送川紙。

幽興

海涵大陰日西墜，畫角一聲城欲閉，柴門關上濯足眠，萬事不如高枕睡。睡鄉廣大能我容，兀兀騰騰興莫窮，推枕起瞻河漢曉，月明庭竹響清風。

于湖居士文集卷第三

古詩

麒麟硯滴分韻，得文字

秦王西狩麟，筆削昌斯文，茂陵一角獸，妙語聞終軍。壯哉筆硯間，英姿欲拏雲，名參龜龍瑞，威掃狐兔羣。豈獨濡毫端，政爾清妖氛，會當獻君王，玉殿春夜分，輸寫胸中奇，恩波被無垠。

諸公分韻躋冒頓之區落、焚老上之龍庭，得老、庭字

横槊能賦詩，下馬具檄草，忠義乃天賦，勳名要時早。龍臥南陽客，鷹揚渭濱老，當其尚棲遲，衆或輕潦倒，風雲會相遇，氛祲當獨掃。鳳皇翔千仞，駑馬顧棧阜，士爲一飽謀，懸知不同道。

又

吳甲組練明，吳鈎瑩青萍，戰士三百萬，猛將森列星。揮戈却白日，飲渴枯滄溟，如何天驕子，敢來干大刑？嗚呼三十年，中原飽羶腥。陛下極涵容，宗祊甚威靈。犬羊爾何知，梟〔獍〕(鏡)心未寧，囊血規射天，蒼蠅混驚霆。佛狸定送死，楡關不須扃，虜勢看破竹，我師眞建瓴。便當收咸陽，政爾空朔庭，明堂朝玉帛，劍佩鳴東丁。八章車攻詩，十丈燕然銘，我學益荒落，尙可寫一本作「紀」。汗青！

椰子酒榼

矮胡生南方，託家碧山崖，採擇供貢篚，扶持上天街。愧此愿慤姿，欲售久未諧。道傍麴先生，風味故自佳，逢渠卽傾蓋，輸寫能開懷。刮削出光彩，規繩去欹瓜，金玉豈足貴，膠漆眞吾儕。客來有嘉招，二士往必偕，婆娑止坐隅，供饋煩金釵。矮胡雖木強，醇德眞無涯，虛心實其腹，居然外形骸，微物幸見用，棄置理則乖。毛穎有封國，陶匏薦欽柴，大樂起世痼，炮燔及根荄。顧子自洗濯，勿受塵埃埋，暇日肯相從，醉經坐高齋。

赭山分韻，得成、葉字

昨日一尺雪，今朝十分晴，杲日上積雪，光若虹氣升。江平鏡新磨，地迥玉琢成，赭山有令色，令我白眼青。借馬屋東家，喚客踏層冰，冒貂挾裘茸，石路五里平。竹樹紛掩冉，珠幢間霓旌，野僧不慣客，倉皇門前迎。屋古少完壁，堂虛有危登，石上迹宛宛，山腰塔亭亭，劫火偶不燒，百年費支撐。我有一尊酒，高處得細傾，諒非無事飲，憂國空含情，長歌眇寥廓，歸路已戴星。

又

萬生紛不同，宿昔有定業，哀哉彼遷民，苦事乃稠疊。纍纍庭際炊，采采澗底葉，問渠胡爲來，悲淚不盈睫。連年避胡亂，生理安可說？今年更倉皇，芻藁亦焚劫。扶持過江南，十口四五活，斗米六百錢，兼旬又風雪。前時詔書下，振廩要周浹，聖主甚哀矜，我曹空感咽。願今兵革罷，復得理歸楫，傳聞菰蒲中，相殺血新喋。本是耕田農，飢寒實敺脅，須公語縣吏，早與支米帖。

重入昭亭賦二十韻

我本山中人，對山輒忻然，蹉跎落世網，欲去常拘牽。倉鷹着珠韝，側腦思高騫，青絲絡奔驥，擺脫意乃便。抑鬱不自聊，沉冥向誰宣？長懷昭亭山，積翠摩青天，下有千柱宫，突兀數百年。往者雪中游，羣峯玉回旋，飛閣出木末，下睨春無邊。堂中二老人，龍象開法筵，炯炯月在空，浩浩海納川。應庵默無言，妙處心已傳，如庵説千偈，微辭諦眞詮。靜極炷爐熏，對床且安眠。更欲捐冠簪，一簞寄三椽，此志竟不遂，緇塵亂歸韉。今朝復何朝，却望山中煙，縹緲見樓觀，鍾梵聲淸圓，我擕九節笻，飛步雲蘿巔。

登馬氏永寧閣和朱漕元順分韻

佛宫昔誰營？猶挾蓋世氣。應慚割據醜，稍識苦空味。重簷隱白日，隆棟湧金地，耽耽壁間像，尚可將千騎。鄉來歌舞處，荒棘擁城雉，惟此悲願成，歷劫更興起，橫撞鍾萬石，妙響警昏醉。憶當風雪辰，玆事實經始。老僧喜成就，膜拜頰有泚，喚客饌伊蒲，齋房頗深邃。空巖才跬步，不往獨何謂？徑擕雙竹杖，脚力勇難制。繡衣兩使者，風誼我所畏，相逢瘴海上，此樂豈天惠。山林與心會，風月可回施，聊乘簿書隙，拚此一日費，摩挲水邊石，勝處欲專美。不用濡漆書，公詩卽行記。

再用韻呈仲欽、元順

今時朱仲欽，文字有奇氣，潛幽覩天奧，雋永得古味。袖手閱世紛，虛心餘樂地，那持獐野節，不從羽林騎。埋輪吾宗英，補衮五色雉，去年對延英，御坐再三起。憂民甚己溺，稽古乃心醉，天衢行日月，發軔從此始。會當紀鴻業，我筆墨先泚，相期並徵詔，禁殿直清邃。尙憶此追游，班中語相謂。我懷江湖去，初服反芰制，閑邊靜成趣，岐路險多畏。此事屬兩君，它年儻終惠。長篇起予病，妙語充法施，調高和難工，初學慚紙費。郊原春無數，風日極清美，已遣具方舟，重游更須記。

贈江清卿

吾友林少穎，讀書不計屋，抄書手生繭，照書眼如燭。往時羣玉府，上直對床宿，夜半聞吾伊，我睡已再熟。此君抱高節，雪柏映霜竹，造物乃兒戲，臥病在空谷。尙能作手書，寄我成一束，我懶更愧渠，終歲不報復。今來見江子，少穎儼在目，不必不如師，惟子肖甚速。持身嚴法律，自愛比冰玉。學官冷徹骨，三月食無肉，危坐談仁義，口吻若布穀。時能從我游，騎馬踏溪淥，定自我輩人，胸次不碌碌。惟皇開洪業，大廈非一木，豈有梁棟姿，而令久淹辱？願子益寵珍，卽日馬首北。我懷山林去，掃迹混樵牧，躬耕得薄少，持用供水菽，稍遠聲利場，眞勝萬鍾祿。但恨與子別，醉語成諄複，因書寄少潁，以寫我心曲。

和蔡濟忠天字韻

憶我初識君，屈指今七年，鹽車着騏驥，駑蹇紛爭先。謂當對淸閑，帝席半夜前，稍使修世官，復近尺五天，如何尙朱紱，亦墮嶺海邊？前山春色多，佳樹午陰圓，散策履幽徑，方舟下長川，心目得開明，語笑爲芳鮮。但恨〔暝〕（瞑）色至，不得窮攀援，尙欲夜然犀，下照蛟龍淵。淸遊渺〔難〕（灘）繼，歸夢蒼山巔，須君換鵝帖，更敍山陰賢。

考試呈周茂振舍人、陳季陵國正

胸中五斗棘，厭此十日讀，紛然湘羅帕，猶作春筍束。先生擇法眼，一閱不再復，探囊得至寶，每出輒驚俗。孟公更超絶，涇渭飽渟滀，從容了官事，繭紙唾珠玉。鄙夫聞道晚，衡鑑恐不足，冥搜夜無寐，慚愧費宮燭。何時卽三昧？屈指社甕熟。秋容日夕好，應到堂前菊。

和子雲白蓮

仙人玉步搖，佛子白練衣，新粧水底明，素手風中揮。盈盈夜露光，灔灔秋江肥，寒月分好色，朝霞借餘輝。遙聞功德水，盡洗幻化非，惟此妙花幢，坐受諸天圍。鄉來孤山遊，未覺所見稀，零落塞草邊，相逢故依依。結實須及早，要令飽霜威，采剝登君盤，勿嫌此么微。

與趙、李二同年夜飲，有懷石使君惠叔

佳月久不見，忽見如故人，淸風何方來，過我孤竹君。我有一尊酒，政爲二子斟，會此風月宵，更覺語笑新。北城石先生，欲喚不敢頻，坐上欠此客，長懷渺無津。南方鳳之徒，瑞世五色文，鐵石賦梅花，一洗瘴海氛。臺家須貢珍，我欲列九閽，且補諫官闕，日酌白獸尊。

金沙堆廟有曰忠潔侯者，屈大夫也。感之賦詩

伍君爲濤頭，姤婦名河津，那知屈大夫，亦作主水神。我識大夫公，自托腑肺親，獨醒梗羣昏，聚臭醜一薰。瀝血摧心肝，懷襄如不聞，已矣無奈何，質之雲中君。天門開九重，帝曰哀汝勤，狹世非汝留，賜汝班列眞。司命馳先驅，太一諏吉辰，翩然乘回風，脫迹此水濱。朱宮紫貝

闕，冠珮儼以珍，宓妃與娥女，脩潔充下陳。至今幾千年，玉顔凛如新，楚人殊不知，謂公果沉淪，年年作端午，兒戲公應嗔。

詠雪

東皇攜春來，屬車載霓裳，回風作妙舞，雜珮鳴珠璫。千官玉笋班，再拜稱瑤觴，酒罷各分瑞，圭琮粲琳琅。浩蕩涵濡恩，一笑徧八荒，塵垢得湔洗，焦枯亦輝光。偉哉造化力，天地爲翕張，功成了不居，杲日天中央。

題朱元順浯溪圖

去年過浯溪，王事有期程，夜半度湘水，但見天上星。平生中興碑，夢入紫翠屏，已辦北歸時，十日窮攀登。今朝復何朝，忽此短軸横，歷歷眼中見，湘山無數青。白雲著山腰，樓閣秋氣明，便欲扶短策，下濯滄浪纓。主人山水仙，妙處心自評，元順骨已冷，千載交蓋傾。賞音寄幅紙，益見忠孝情，題詩夯公畫，託我不朽名。

寄題向彥積史君采菊堂

史君天資高，夙昔事幽屏，長懷渺丘壑，餘習謝鍾鼎。東籬羲皇人，槁死骨已冷，淒其千載後，妙處一笑領。高堂娛白髮，兄弟極整整，不須南陽泉，壽與日月等。

止酒

飲酒見眞性，此酒不可止，一飲病三日，止酒寧獲已？飲酒有別腸，勸酒無惡意，既因酒成病，那識酒眞味？將軍罵不敬，文公醒而狂，破面棖觸人，不如持空觴。人言我止酒，似是遣客計，但使客常滿，客醉我亦醉。

于湖居士文集卷第四

古詩

昨日極暑，今日極寒

昨日火流金，今日風折膠；昨着綀布衣，今衣弊緼袍。赤帝與玄冥，凜凜隔一宵，聊將擁爐適，換此揮箑勞。冰炭欲盈懷，炎涼不崇朝，幻生過隙駒，是身九牛毛。等是一寒暑，胡爲自談嘲，萬法從心生，心靜境亦消。悟此本來無，絺綌同狐貂，還當隱吾几，試聽萬竅號。

初得愛巖

高巖劃天門，仄徑通乳穴，隈堆青螺髻，嵽嵲白玉闕。外有虎豹蹲，中恐蛟蜃蟄，東榮俯雷電，西出挾日月。萬壑生悲風，六月不知熱，但覺駭心目，未易紀筆舌。平生山水趣，嶺海最奇絶，洞府二十四，未厭屐齒折。晚乃得游此，餘地皆僕妾。同來六七士，嗜好頗相躡。舉酒酹山神，慰汝久湮滅。

與邵陽李守二子，用東坡韻

兩李有佳句，冰雪洒肺肝，淸越石在懸，圓熟珠走盤。我家十二樓，下俯千仞湍，誰掣白玉瑱，借與二子看。臨風度長箋，瘴海爲淸寒，卻立望九州，隘陋非所安。便欲馭長鯤，九萬扶搖摶，神山在吾牖，弱水空瀰漫。回首五千劫，不費一指彈，絶笑塵中年，攝提與涒灘。

奉送李彥國還廬陵

李生來嶺南，自挾書一束，食簞寄（蕭）（簫）寺，吃吃晝夜讀。餘子讓頭角，文作翻手速，小試不盡能，它日眞可卜。里中老仙伯，曾對玉堂宿，高節老彌厲，名蓋斗南北。掖垣我畏友，不愛萬鍾祿，卷藏一丘下，勳業所追逐。子歸問道要，儲作饑歲穀，富貴偶然耳，吾欲子金玉。

暑甚得雨，與張文伯同登禪智寺

老火陵稱金，聚作三日熱，舟行湘江上，蒸煮到魚鼈。黑雲起東北，一震山石裂，不知雨來處，但見風卷葉。銀河倚天瀉，高浪舞飛雪，只聽打（篷）（蓬）聲，已覺涼意愜。岸傍古佛屋，樓殿頗嵽嵲，不辭衝泥去，一看雨脚闊。吾宗紫巖客，窮苦志不懾，自我來浯溪，奔走已旬浹。我慚久廢學，愧子來挈挈，相攜得偉觀，爲子爔然說。願子領話頭，吾今指摽月。

丙戌七夕，入衡陽境，獨游岸傍小寺

七年暑中行，道路萬里賒，今夕已七夕，我猶在天涯。繫舡蒼石根，人影散晚沙，上岸是脩竹，仄徑如行虵。茅屋四五間，往昔佛所家，經禪劫火盡，舊觀初萌芽。牆叠古瓦盆，僧披破袈裟，喜聞拄杖聲，掃地自點茶。何以爲我娛，冰雪汲井花，一洗十日渴，分涼到童髽。盈盈牛女期，不着雨洗車，踈星銀漢動，新月玉鈎斜。更呼老奚官，卷蘆作鳴笳，莫驚潭中龍，聊起棲樹鴉。

福嚴丙戌七月

行行山益高，所見益以奇，煮茶南臺寺，更上千級梯。道傍古時松，閱世心已灰，不與歲月競，況受霜雪威。路回聞鐘聲，寶刹隱翠微，排空寫金碧，刓石著栱枅。門前兜率橋，劫火昔所遺，神龍厭庳陋，一炬然枯萁。譚笑舊觀還，殿柱百尺圍，老禪七十餘，高與此山齊。大屋貯龍象，空巖走金犀，齋盂細細參，至味無鹽醯。頗聞三生藏，中有萬寶齋，佛牙舍利湧，貝葉旁行稀。剖蚌慈相尋，破匣血縷飛，稽首所願覩，爲洗往昔非。卻尋上山路，擬看浴日池，急雨忽留人，吾其少須之。

湖湘以竹車激水，粳稻如雲，書此能仁院壁

象龍喚不應，竹龍起行雨，聯綿十車輻，伊軋百舟櫓。轉此大法輪，救汝旱歲苦，横江鎖巨石，濺瀑叠城鼓。神機日夜運，甘澤高下普，老農用不知，瞬息了千畝。抱孫帶黄犢，但看翠浪舞，餘波及井臼，舂玉飲酡乳。江吳誇七蹋，足繭腰背僂，此樂殊未知，吾歸當敎汝。

贈黄司法

吾友黄升卿，乃是天下士，阿翁苦硬節，御坐留諫紙。辛勤敎其子，不但爲科第，一官法曹〔掾〕(椽)，整整老胥忌。吾行桂嶺南，所得但吾子，願渠自愛惜，窮達初不計。功名儻來耳，期子以千歲。

宵征

畏暑倦長道，呼童戒宵征，三更渡前溪，溪水淸且鳴。舟人自相喚，炬火如疎星，俯視亂石多，仰見北斗横，微微白露下，磔磔宿鳥驚。竹輿出林薄，十里月漸明，光采散草木，涼意侵冠纓。

汎湘江

十日行湘江，湘水清而溫，不瘵亭午渴，却憶土井渾。道傍古刹竿，着屋高樹根，飛泉出山腹，甘冷冰瓶盆，何止解百憂，一洒塵埃昏。設供者誰與，稽首兩足尊。

上封寺

七月十五夜，我在祝融峯，與世隔幾塵，上天通九重。手取白玉盤，納之朱陵宮，羣山羅豆〔登〕（登），萬籟酣笙鏞。盡酌五湖水，勸我酒一〔鍾〕（鐘），爲君賦長言，寫向西北風。一作「爲君長言謠，寫向東南風」。

岸傍偶得木犀

天公不求金，富媼不復藏，居然土同價，散作草木芳。英英園中葵，一心傾太陽，采采籬下菊，令汝壽命康。惟此木之犀，更貯萬〔斛〕（解）香，雄姿傲霜雪，鱗甲森青蒼。三賢鼎足立，正色凜相望，豈比桃李徒，紅紫紛披昌。聊息貪者心，來上君子堂，歲晚從我遊，置汝兄弟行。

王弱翁與余相遇漢口，賦古意贈別

我舡行荆江，厭此江水渾，北風知人意，引着清漢濱。漢濱有佳人，心與漢水白，涉江弄秋葉，唤客踏明月。明月永相望，佳人不可忘，期君以千年，珮我明珠璫。

贈朱遠遊

遠遊何方來？峨峨古衣冠。袖中三百篇，貯月白玉盤。溪清石瀨急，雪凍銅壺乾，有如山澤仙，外瘠中氣完。便合朱紘彈，細着青瑤刊，懷哉人未識，飛步江風寒。

和張欽夫尋梅

寒梅本無心，適與春風期，孤根擢歲晚，桃李更媢之。取我碧玉壺，薦此白雪枝，故人不可寄，耿耿空自奇。故人隔湘江，獨立知者稀，采香正滋蘭，忍飢不食薇。拏舟許過我，此約不可違，江南煙雨村，願與子俱歸。

黄龍侍者本高覓詩

高禪本儒冠，誰令着伽黎？勞渠千里來，賸我一卷詩。句法有源流，人物乃清苦，不用追九僧，政須越諸祖。君家寒巖師，今代僧中龍，持此送君行，更去問乃翁。

題濁醪賦後

仇君在長沙，未嘗出門，養丹火三十年，不惜分人，屢起死。又善釀山東酒，李卿寶文所爲賦濁醪也。此軸留余所半載，其猶子洪自長沙來荆州求跋，乃書一詩併歸之，幸呈似南軒先生，或肯同作。

仇公昔釣璜，乃得丹竈術，閉門養眞火，𩐈甕釀新秫。酒熟分四鄰，丹成活千人，窮巷不改樂，一室長如春。我知酒中仙，歲晚當得度，乘雲見東皇，請誦濁醪賦。

屢登橫舟，欲賦不成，阻風漢口，迺追作寄趙富文、楊齊伯

已過漢陽岸，却望橫舟山，秀色挹不盡，西風將夢還。我昔登橫舟，最愛漢陽樹，橫舟今不見，樹色只如故。公舟在青冥，我舟一浮萍，闌干試拍手，我亦同舉酒。

棲眞寄南康錢守

憶昔姑蘇臺，實與君子別，一別已六年，音書間何闊！我行半天下，塵土汙須髮，君亦抱艱棘，衣袂洒清血。今日復何日，相望一山隔，我領通玄府，乃在廬山北，君宦山之南，兵衛森晝戟。無由接杯酒，但可共明月，作詩付郵筒，聊復寄消息。

黄子餘自海昏見予於九江，欲行，爲賦此詩

昔我初識君，乃在潯陽城，卻數已十年，此地還見君。積雨楚水高，落日淮山明，我病不舉酒，何以娱佳賓？我行不可留，明復與君别，悠悠千里情，還當付明月。

勸范東叔飲

今代太史公，四海范氏門，斯文十世澤，斑斑被諸孫。我識叔西父，白玉比粹溫，今來見令弟，俊氣百馬奔。一第涸子耳，勿愧而家尊，臨分無多言，更酌老瓦盆。

留題彭澤故縣修眞觀

五月問脩途，今日一百里，莫投彭澤縣，愧此邑中士。古觀官道傍，借榻暫少憩。折腰向道士，乞我五斗米，聊爲奴僕飯，明日更早起。一本作「借榻容少休，高林度清風，似爲客子謀」。

湘中館

雲去月在沙，潦淨秋滿川，北斗掛落木，西風送歸船。去年過湘中，夜半投馬韉，籌燈洗塵土，所見只屋椽。雞鳴問前途，殘夢兀擔肩，那知闌干外，有此山水妍。微微清露溥，稍稍明河偏，孤光耿自照，靜極忻所便。身世兩悠然，吾其遂飛仙。

中隱

吾家中隱君，才比萬斛泉，短小精悍姿，一劍當雄邊。去年郴州賊，俯視衡嶽顛，君從襄陽來，孤忠作戈鋋。譚笑百雉安，淨洗湖嶺煙，謂當疇王勳，金印如斗懸。言歸遽如許，此意誰爲宜？小隱卽居山，大隱卽居廛，夫君處其中，政爾當留連。早晚有詔書，喚君遠朝天，欲爲中隱遊，更着三十年。

贈師永錫，併簡子西、文潛

永錫西方來，持論乃據正，健飯不飲酒，自詭作縣令。我已識淮父，但未見伯渾，林林三珠樹，知是難弟昆。上方顧中原，有君但無臣，豈有千里足，而令走踆踆？願子徑入關，請對通明殿，此事定在我，不必問和戰。

于湖居士文集卷第五

古詩

萍鄉境上有驛，傍有老杉餘百本，余過而愛之。驛無名，余名之曰愛直，而爲之詩。又以告邑大夫趙君公廩曰：使繼自今爲令者，幸如君之賢也，則此杉長存；不然，將斧斤斯民，以自封植，於杉何有？

此杉已百年，林立官道側，鬼神所訶護，斤斧不敢迫。愛此遺直姿，凜凜有正色，未云支大廈，聊以蔭行客。作詩調令尹，爲我驛壁刻，但使杉長存，懸知令清白。

遊千山觀

朝遊七星巖，莫上千山觀，東西兩奇絕，勢略領海半。長江寫縑素，叠巘俯杯案，中有萬雉城，鐵立不可玩。伏龍起行雨，老樹舞影亂，衝風挾驚雹，意恐崖谷斷。路懸石磴滑，衆客紛駭汗，嵌空偶自託，發若鳥集灌。須臾便開霽，杲日麗清漢，卻坐山巔亭，容我烏幘岸。長懷付尊酒，别語不容判，會須九垓外，與子期汗漫。

庚辰二月夜雪

夜半雨鳴廊，晨起雪暗空，不減臘月寒，故作昨日風。融銀擁山腰，飛花滿裘茸，辦此了不難，咳唾煩天工。纖纖園中花，一夕無光容，凛凛庭下松，巍然兩蒼龍。

張欽夫笋脯甚佳，秘其方不以示人，戲遣此詩

使君喜食笋，笋脯味勝肉，秘法不肯傳，閉門課私僕。君不見金谷饌客本萍齏，豪世藉此眞成癡；但令長須日致饋，不敢求君帳下兒。

蒙和答益奇，輒復爲謝

齋廚極蕭條，晚食以當肉，公來共蔬盤，留語輒更僕。平生懲沸仍吹齏，欲了官事渠能癡，何時竟作淮南歸，擊鮮校獵從廬兒。

張欽夫送笋脯與方俱來，復作

笋脯登吾盤，可使食無肉，鮭腥辟三舍，椶栮乃臣僕。書生長有十甕虀，却笑虎頭骨相擬；得君新法也大奇，且復從游錦綳兒。

勸農，以湘波不動楚山碧、花壓闌干春晝長爲韻，得干字

積雨已連月，長沙尚春寒，今朝定何朝，喚客來江干。問訊湘西寺，霧重江漫漫，聊須萬斛舟，渡此千尺湍。老松如相迎，翠落頭上冠，却望城中花，寶髻垂珠鬘。勸農有故事，般樂非所安，薄晚會春園，老稚隨馬鞍。兟肩侑尊酒，呼喚來同盤，從容及鄙事，爾汝開心肝。我是耕田夫，偶然此爲官，飽不知稼穡，愧汝催租瘢。願言各努力，長年好相看。

陳仲思以太夫人高年，奉祠便養，卜居城東，茅屋數間，澹如也。移花種竹，山林丘壑之勝，湘州所無。食不足而樂有餘，謂古之隱君子，若仲思者非耶！乾道戊子六月，某同張欽夫過焉，裴回彌日，既莫而忘去。欽夫欲專壑買鄰，欽夫有詩，某次韻

平生交游中，此士故耐久，不折爲米腰，頗袖斲輪手。卜居並東郭，草草宮一畝，日課種樹書，箋題徧窗牖，花草當姬妾，松竹是朋友。上堂娛偏親，家飯隨野蔌，客至即舉詩，興來亦沽酒。清溪遶屋角，高木老未朽，翻翻荷見背，戢戢魚駢首。幽觀天所藏，勝踐我獨後，不因南軒

君，茲遊幾時有？爲君便買鄰，溪南好岡阜，我喜君亦狂，呼兒挈尊卣，一洒塵埃胸，快若苗去莠。夜涼佳月出，人影散箕斗，恨我當先歸，君能小留否？

贈陳監廟

陳子居城東，茆屋三四間，下有五畝園，灌畦泐清瀨。松柏充羽葆，荷芰作髻鬟，再拜太夫人，壽比衡麓慳。我早與子遊，期子到孔顏，蔡子意甚眞，不與時聾〔班〕（斑）。扁舟漾荆渚，餘子頗謗訕，大道甚坦夷，勿歎行路難。彼自種荆棘，吾寧翦榛菅，一醉乘秋風，共此霜月彎。

送邵懷英，分魯直詩韻人間風日不到處、天上玉堂森寶書，得書字

將酒澆君車，問君行何如？初無十萬錢，但有一束書。往昔千官班，渠曾綴簪裾，日月九門隔，江湖十年餘。老榦久淩剝，寒灰費吹噓，今者尺一追，問津承明廬。蓬萊道家山，紫極帝所居，功名儻來爾，步武當徐徐。遙岑出踈林，淺水行游魚，臨分再三囑，音信莫我踈。

送張定叟

戊子歲二月，定叟如南山，行李太怱草，問君何當還？敬展南陽阡，永慕涕已潸。畢事却登

攬，紓子悲悴顏。羣峯最高處，眼界窮塵寰，紫蓋款佛剎，黃庭扣玄關。夜榻藉雲衲，曉窗闢煙鬟，野飯薦筍蕨，幽尋窮榛菅，酒賤可痛飲，詩成要重刪。勿作賈胡留，閩人賦刀環，歸時買竹鼦，小破行囊慳。

朱陵洞

黑雲起我趾，白雨過山脚，卻立朱陵洞，一望紫虛閣。神丹吾已必，仙臂眞可握，試向靜處聽，空濛有笙鶴。

題屏風送裘甫歸臨川

不見已四年，既見還作別，贈以墨竹屏，況此君子節。歲月不我留，玉立空山陰，願言無相忘，因風時寄音。

送道州酒與吳伯承

陽城所臨州，酒味猶清醇，我病不能飲，負此盎盎春。彝吳燒苦筍，喚客車連軫，名酒隨惡詩，掀髯一笑齜。

葵軒觀笋

葵軒新笋生，戢戢水蒼玉，脱籜便林立，爾輩殊窘束。黄梅四月雨，念子亦良苦。十二鳳凰鳴，秋風何處聲？

贈尹童子夢龍

長沙尹氏子，四歲誦萬言，青松一寸長，歲晚當摩天。終爲棟梁用，莫作桷與椽，斫根刳其明，本瘁末亦顛。持此勸乃翁，閉門養眞源。

一覽亭

城中十萬戶，亭脚五千丈，小退鴈(鶩)(鶩)行，却立雲雨上。主人心如此，坐了鏡中像，沙尾是我舡，煙波更空曠。

睡起

睡起有佳聲，蕭蕭竹間雨，蒿廬澹無營，一榻不受暑。微颸入牖來，喚起香中縷，撫卷忽超然，空梁走飢鼠。

吳伯承送苦笋消梅，用來韻各賦一篇

問訊湘西笋，政得夜來雨。高標諸枉直，餘味良藥苦。

又

脆圓供小摘，不待四月雨。新詩同咀嚼，學子心獨苦。

戲書贈蘇待問

從公覓此紙，欲與蘇待問，醉中墨鴉黑，北風起雲陣。明朝酒醒看，爲子傳心印，子若不領略，取火燒作燼。

贈震山主

震公住山年，與我共壬子，瓦礫化金碧，頗力一彈指。鄉來祖師禪，風定月滿天，語子義第一，飢餐困當眠。

春盡日送聞人伯卿，次家君韻

早年翰墨場，未見心已親，筆底三峽流，胸次萬卷春。省試文字適在某房。相從未淹時，欲別故惱人，敢賡老仙詩，索去不用頻。

洗塵贈張立之判官

立之居糟丘，胸有萬斛塵，歸來臥西窗，涇渭自此分。汙泥生芙渠，榛墟有白雲，莫厭吏事煩，願子清天君。

王龜齡賦喜雨，諸賢畢和，某客行半月，未嘗晴也，故於末章云

久旱一雨足，高低水平分，老農爾何知，史君甚艱勤。史君家鴈山，出作無心雲，四海方立槁，須君來救焚。

又

客行苦淫潦，道路渺不分，十步九掀淖，眷言僕夫勤。昔旱欲訟風，今雨當誅雲，我已寫綠

章，擬向淸夜焚。

八桂堂池上賞蓮納涼

山月半池白，水風終夜涼，蛙聲作鼓吹，芰製爲衣裳。萬里俱遠客，三人同一觴，但使嶺海豐，此樂未渠央。

前日出城，苗猶立槁，今日過興安境上，田水灌輸，鬱然彌望，有秋可必。乃知賢者之政，神速如此。輒寄呈交代仲欽秘閣

筒車無停輪，木梘着高格，粳稌接新潤，草木丐餘澤。府公爲霖手，號令行頃刻，願持一勺水，敬往壽南伯。

南臺

我遊衡嶽巔，路半此歇脚，風雷駕飛殿，日月隱傑閣。闌干十萬里，仰視天一握，遂訪紫虛君，歸時騎白鶴。

書懷

七夕在衡陽，九日在蘄州，秋風浩如海，我行尙扁舟。破帽不堪落，菊花空滿頭，醉眼忽瞠若，悠然過滄洲。

元宵同張欽夫、邵懷英分韻，得紅、旗字

佳月妬纖雲，微和扇東風，聊持一杯淥，共此千燈紅。吾宗延閣英，聖學與天通，且最治郡課，遂收活國功。

又

邵子坐學官，今日有詔追，道山萃竹帛，武庫森戈旗。文武要兩有，腐儒不足爲，明年燕端門，舉酒還相思。

贈盧司法

逃秦盧博士，讀書不讀律，江陵法曹〔掾〕(椽)，移病滿百日。燕坐供佛香，青燈照繩床，肺熱今無恙，一本作「今好否」。門前春草長。

于湖居士文集卷第六

律詩

進芝草

廟錫珍符豈偶然，靈華再見只經年。祥開二室昭貽燕，根託同楹自屬聯。上瑞應誠雖紹至，宸衷思孝益增虔。微臣願考皇天意，不獻終童效異篇。

又

煌煌瑞彩映金鋪，元氣回旋卽此都。太史連年書盛事，近臣更日奏新圖。璇宮薦祉寧虛應，玉葉流芳已兆符。早晚清塵款原廟，臨觀敢請駐前驅。

某頃蒙信陽使君教以邊字韻佳句，伏讀降歎，病勑答謝甚緩，復不能奇，仰俟斲削

風流追數建安年，誰遣朱轓並塞邊？舉國向來儒服少，是邦端有大夫賢。須公帷幄收長

策，着我江湖刺釣舡。池閣追涼肯臨否？紅粧翠蓋擁三千。

又

百適歸來又一年，投身烽火戍樓邊。私憂自笑愚無策，制勝懸知國有賢。北去燕然堪勒石，西來樊口看燒舡。中州更有王夫子，筆陣猶能獨掃千。

子雲歷境先遺詩，次韻

相風日日問長年，鷁首遙知近箇邊。別後情親難過我，故家人物更誰賢？一尊且對荒城酒，六月休牵上水舡。小此淹留待追詔，公車歸奏牘三千。

送劉伯同侍開府公入覲

相公早勒太常銘，康樂當家更典刑。槍急曾看飛鳥過，筆精時作換鵝經。極知許國心常赤，趁取封侯鬢尚青。若到都城見知舊，爲言江漢有浮萍。謝玄封康樂公。

送子雲倅荆州

閱世波流險未涯，愛君悃愊靜無華。高門自惜聯三戟，飛珮何當乞九霞。喬木世臣餘故國，采蘋齊女甚宜家。君王早晚思前席，會有徵書訪賈嘉。

又

荆吳相望各天涯，惜別尊前菊未華。便放扁舟衝駭浪，要看秋日冠輕霞。新詩滿路分吾子，盛業康時是故家。好去依劉靜曖瑣，策勳行即賜褒嘉。

枕上聞雪呈趙、郭二丈

上瑞來寧玉座憂，夜聲先到竹窗幽。飢腸已作來年飽，病眼聊須臈月收。高士清貧無弊屨，故人狂與阻扁舟。却思清曠江邊路，鶉兔成車酒自篘。

湖上晚歸遇雨

陰雲靄靄草萋萋，晚過東湖雨濕衣。細柳含煙凝翠色，浮鷗戲水弄晴暉。輕舟繫纜斜依岸，釣子收輪欲下磯。湖上人家未扃戶，兒童蓑笠負薪歸。

雨入廬山

夢想羌廬一段奇，經行那得雨追一本作「相」。隨？晴來見説山逾好，勝處如今我自知。虚室眞人珠咳唾，卍庵老子白鬚眉。並游三士風流甚，袖手傍觀定有詩。清虚眞人皇甫坦、東林長老道顔俱在山中。

再和

借一本作「帶」。雨尋山故自奇，幕中佳客肯相隨？清游端拜史君賜，此樂詎容兒輩知。唶谷水來鳴雜佩，遠峯煙斷出脩眉。庾樓百尺江千里，遥憶遲高政索詩。

郡侯遣騎至山中餽名醞，輒呈長句，用黄宰韻

山南山北雨生寒，竹樹風煙蒼莽間。青壁倚天元未見，白衣送酒故相關。共追蓮社公應許，穩上籃輿我欲還。後日重來拚一月，細扶藜杖覓孱顔。

去年正月三日雪霽，入昭亭訪應庵、如庵二老，今年在臨川，追懷昔游，用寄卍庵韻

蹇驢銜一本作「踏」。雪度松林，謅一本作「潄」。石溪流有令音。旋摘白雲濡燥吻，更參黄蘗印初心。嵐開複嶺雲千疊，凍合浮圖玉數尋。一夢經年歸去好，宦情全薄此情深。

卍庵自東林欲還蜀，某以報恩招之，大人賦詩勸請，再次韻

憶攜拄杖過東林，掣電奔雷聽法音。青壁倚天元滿眼，白雲出岫本無心。峨眉江險公無度，法眼泉清我欲尋。手種庭前柏樹子，孤根應比鄉來深。

用韻簡天童應庵

敬亭松竹古叢林，二老風流舊賞音。樓閣長開太平象，鐘魚能洗祖師心。別來黄鵠還千里，盟在白鷗當再尋。却憶西堂大言客，只今高坐海雲深。

奉陪宣守任史君謁昭亭神祠

緩驅千騎出朝京，門名。喚得春回眼界青。旗脚靈風來廟步，馬蹄山雪過昭亭。極知太守懷忠款，端爲君王薦德馨。慚愧去年冬十月，軍書徹夜聽鳴鈴。

又

豐年已卜稻如京，雪盡春從草際青。竹裏紅旗行點點，松間白塔見亭亭。暖回宿麥開寒色，風約踈梅度晚馨。却憶宣城李太白，也將詩句掣齋鈴。太白詩云：「昨日方爲宣城客，掣鈴交通二千日。」

任守作醮，爲民祈福，先期而雪，是日開霽

紫府仙人自列眞，綠章封事更通神。清塵已作連宵雪，不夜潛回萬屋春。玉節朱幡來浩蕩，雲車風馬正紛綸。步虛聲徹朝元路，便挈荷囊款帝閽。

應庵退席蔣山，來寄昭亭，萬壽三請，不得已而去，輒贈長句，兼簡蘇州內翰尙書

逍遙丘壑欲忘年，忽作風蟬蛻骨仙。鍾阜恰從三昧起，靈一本作「雲」。巖重要一燈傳。極知掃迹終無策，且與臨岐快着鞭。莫作山林城市想，從來大隱故居廛。

又

不寄音書又隔年，因師問訊玉堂仙。碧油早覺儒爲貴，青海應無箭可傳。憶昔絲綸催喚

仗，何時沙路聽鳴鞭？生涯落寞公知否，準擬松江受一廛。

辛巳冬聞德音

帳殿稱觴送喜頻，德音借與萬方春。指揮夷夏無遺策，開闔乾坤有至神。南斗夜纏龍虎氣，北風朝蕩犬羊塵。明年玉燭王正月，擬上梁園奉貢珍。

又

韃靼奚家款附多，王師直到白溝河。守江諸將遙分閫，絕漠殘胡競倒戈。翠蹕春行天動色，牙檣宵濟海無波。小儒不得參戎事，賸賦新詩續雅歌。

和曾裘父韻送老人赴鎮九江

邊箭收聲江不波，廬山高處與天摩。向來只作青鞋計，此去無如紫詔何？塵滿庾樓煩麈拂，經餘蓮社更摩挲。文成本自籌帷幄，不數黥彭戰伐多。

上丁齋宿

青衿陪祀憶初年，老矣齋居重慨然。俎豆不知鵝鸛事，牲牢空薦犬羊羶。北來被髮車連野，東去乘槎浪接天。汲汲兩宮常旰食，受膰歸去淚如川。

和揔得居士康樂亭韻

倘憶池塘夢阿連，當時此意惜無傳。薪車不障洪河決，喬木終隨故國顛。柳下煆工眞得道，竹林酒友謾稱賢。先生義槪雲天薄，千載參渠活句禪。

寄張眞父舍人

玉珮瓊琚出近班，仙槎從此到人間。聊須海內無雙士，往鎮坤維百二關。御府應留霜簡看，鄉人休羨錦衣還。嗚呼國步艱危日，補衮懸知欠仲山。

又

投分平生不數人，憶陪文館笑談新。賫中宰樹看成拱，荆府詩筒迹又陳。已恨別離空歲月，那知解后亦參辰。古來命駕須千里，薄宦區區愧此身。

中秋觀月齊雲樓，用孫昌符韻

玉宇無塵夜氣清，銀河徹底素波明。人應好月同千里，身在高樓近一本作「接」。五城。丹桂定知憐我老，綠尊何惜爲君傾。建章鳷鵲當年夢，便欲憑空上玉京。

題魯如晦通隱

先生早結社中蓮，覆錦憑熊亦偶然。不向江湖忘魏闕，故應山澤有儒仙。十洲便着登瀛士，三徑難留避世賢。我亦經營一丘壑，問公先乞小壺天。

同胡邦衡夜直

慕用高名二十年，敢期丹地接周旋？先生義與雲天薄，老去心如鐵石堅。夢了瓊崖身益壯，煙銷金塢臭空傳。一尊莫惜空相屬，宮漏穿花夜色鮮。一作「月滿天」。

雪晴成五十六字

烏烏聲樂作初晴，日到南窗氣象新。天接瓊瑶三萬頃，樹明組練五千人。已從炎海消陰蠻，更與神皐洗戰塵。曾侍嚴宸知帝力，隆興借與萬方春。

將如會稽寄曾吉甫

起居一代文章老，闕寄音書恰二年。詩債未還緣懶拙，宦游如此竟危顛。會稽舊有探書穴，賀監應尋載酒舡。我欲從公留十日，問公乞句手親編。

過昭亭哭二弟墓

陌上春風久矣歸，墓頭衰草正迷離。白頭未抆三年淚，黄壤長埋短世悲。憶昔追游常並轡，只今獨往更題詩。兩兒二弟俱冥漠，顧影伶俜欲語誰？

贈邕州滕史君

千騎東方白玉鑣，十眉環坐紫檀槽。安南都護來縶禁，建武將軍握豹韜。瘴雨蠻煙驚鼓角，朔雲邊雪滿旌旄。夕烽不到甘泉殿，尺一徵還近赭袍。

于湖居士文集卷第七

律詩

齊山

江山平遠三千里，水石嵌空二百巖。地闢天開成洞府，峯回路轉有精〔藍〕（籃）。九華卻立纔堪倚，萬井橫陳我所監。欲賦齊山無傑句，夢中危壁尚巉巉。一本作「提筆上巉巉」。

夜讀五公楚東酬唱，輒書其後，呈龜齡

同是清都紫府仙，帝敎彈壓楚山川。星躔錯落珠連緯，嶽鎮岧嶤柱倚天。宮羽在縣金奏合，驊騮參隊寶花鮮。平生我亦詩成癖，却悔來遲不與編。

薦福觀何卿麒壁間詩，對之悵然，次前韻

金華老子定臞仙，翰墨文章徧兩川。遺迹已驚風落木，高名依舊日行天。人間易得朱顏

老，寺壁空懸玉唾鮮。欲繼三賢歌薤露，嚴詩杜集儻同編。

再用韻作五公詩

公如韓子定飛仙，更喜門人老玉川。莫説詩筒頻度嶺，即看侯弁去朝天。飛龍位正雲霄近，集鳳樓高采色鮮。我欲扁舟君記否，但教歸去雜民編。

蒙侍御丈再用韻作送行詩，走筆和答，迫放舡不暇工也

憶曾總領道山仙，自挽狂瀾制百川。廷策萬言功蓋世，臺評三上力回天。楚東賸喜詩郵速，天北催頒詔墨鮮。老我江湖堪野史，看公勳業手親編。

龜齡攜具同景盧、嘉叟餞別於薦福，即席再用韻賦四客詩

使君領客訪金仙，小隊旌旗錦一川。我欲采芝非辟世，公當立極要擎天。詩聲政爾容傳稿，僧律何嘗禁割鮮。一笑番陽逢歲熟，問公鐘磬幾時編？

登清音堂，其下琵琶洲也。再用韻

夜橫霜竹夢遊仙，曉到餘干月滿川。山遶樓臺欲無地，水環洲渚更連天。明霞一抹朱紘直，芳草分垂綠綬鮮。却憶洞庭張樂地，石鐘浮磬定同編。

餘干趙公頙，賢宗室也，魏公題其堂曰養正，且爲作銘，取易頤之義，刻碑堂上。予過之，爲賦詩

眼裏紛紛不要同，從敎三徑滿蒿蓬。肯來與子談周易，此去何人識魏公。家近星辰雙闕北，身居煙浪五湖東。淸臺有日占雲氣，一丈豐碑夜貫虹。

雞籠福地在歷陽，將至豐城，望一山宛然，感之賦詩

黃茅白葦徑才通，忽見晴嵐掃翠空。從吏只今俱蝨戶，仙山何許是雞籠？逢人漸覺交游少，問路仍行盜賊中。自是粗才合粗使，瘴鄉那得便途窮！

午憩道傍人家

一畮人家竹樹涼，午陰深處着胡床。石泉政似煮茗沸，稻花已作炊粳香。夢到家園歸自好，起尋官路去何長。塵埃滿面迎西日，底處青山是故鄉？

入清江界，地名九段田，沃壤百里，黃雲際天，他處未有也

野水瀰漫欲漲川，稻雲烘日更連天。定無適粵千金橐，可買臨江九段田。黃犢眠邊高樹蔭，白雞啼處遠炊煙。此中若許投簪紱，便老耡耰卜數椽。

謁吳城廟

乞得東歸一信風，敬持牲酒扣靈宮。千尋石甃蒼藤合，百歲神倉赤眚空。廟有神倉，每遇覆舟，則赤氣起。汩汩午陰移岸樹，蕭蕭涼意滿舡〔篷〕(蓬)。杖藜更作僧坊去，借壁題詩却未工。

呈樞密劉恭父

鼎席方虛望已隆，上游那得更煩公？敢言兩鎮成交契，自是孤根累化工。舊弼新開元帥府，閑官且領太平宮。歸家淨洗如椽筆，準擬燕然勒駿功。

子功、補之遠送海錯甚珍

白龜烏羊見未曾，青蛇赤蟻當常珍。忽驚海物來登坐，能致南烹有故人。萬里漂流憐逐

食，百年甕牖愧嘗新。新篘恰趁來時熟，細酌梅花雪片春。

張仲欽朝陽亭亭在建康

便合朝陽作鳳鳴，江亭聊此駐脩程。南瞻御路臨雙闕，東望仙家接五城。日上白門兵氣靜，春歸淮浦暗潮平。遥憐莫府文書省，時下滄浪自濯纓。

次韻

明年，余爲桂州，仲欽以常參官十六人薦，爲廣西提點刑獄公事。又明年，余罷去，仲欽直秘閣，寔代余。蓋仲欽常遊朝陽巖而樂之，於余之行也，仲欽置酒巖上，諸侯賓客咸集。顧不可以無語，乃賡建康之詩以記余與仲欽事契如此，爲嶺表異日雄觀云。

空巖相望一牛鳴，不要郵籤報水程。天接海光通外徼，地連江勢挾重城。絲綸疊至龍恩重，繡斧前驅蜑霧平。鳳閣鸞臺有虚位，請君從此振朝纓。

又

飢腸得酒作雷鳴，痛飲狂歌不自程。坐上波瀾生健筆，歸來鐘鼓動嚴城。不應此地淹鴻業，盍與吾君致太平。伏櫪壯心猶未已，須君爲我請長纓。

送張司戶還蜀

似向川人有夙緣，交游存歿最多賢。今年初識張公子，六月還尋上水舡。萬里親庭心已到，一杯别酒意空傳。西行賸有新詩句，寄我應書十樣牋。

和仲彌性煙霏佳句，兼簡貳車

收斂經綸寄一麾，戲分風月與煙霏。醉餘綵筆三千首，老去蒼官四十圍。露菊溥秋催落帽，蠟花擢夜照更衣。登臨縱好難留滯，白髮雙親待汝歸。

又

引手星辰逼太微，盪胸雲物散空霏。莫山好處青成案，秋月明時雪打圍。竹洗佳人千點淚，荷翻仙子六銖衣。西巖定有漁翁宿，障雨攔風不肯歸。

庾樓和林黄中韻

九月扁舟下水風，一尊佳處與君同。眼高四海氛塵外，詩在千山紫翠中。傾坐只驚談麈白，踏筵不怕舞衫紅。樓頭今古無窮事，醉倚胡牀月滿空。

高遠亭和林黄中韻

簷桷飛翔入太空，下窺廬嶽最高峯。亭如峴首應遺愛，詩比西湖欲亢宗。天上喚君從此近，酒邊着我幾時重？憑闌欲去仍回首，誰與佳名自點胸！

與同僚十五人謝晴東明，得淵字

靈光便滿恆沙界，大士重來七十年。秋入郊原成樂歲，風隨簫鼓散香煙。定知蠻獠安三窟，更遣蛟龍閟九淵。太守憂民但逃責，所忻畢至有羣賢。

釋奠

又領諸儒款泮宮，車書同處禮應同。柏庭老影留江月，竹屋寒聲作社風。坐客語殘香一穗，候人催起鼓三通。歸來稅冕仍分肉，更覺休官興未窮。

風雨石首呈同行，寄荆州僚舊

昨日離筵酒未醒，今朝風雨暗江亭。近人積水春全綠，隔岸荒山夜却青。野吏衣冠行木偶，客舡燈火散疎星。寬程且作三旬約，要看廬山紫翠屏。

江行再用前韻

澤畔行吟我獨醒，歸程不計短長亭。西風送浪頭頭白，芳草隨人段段青。昨夜疎〔篷〕（蓬）猶窘雨，今朝嚴鼓欲侵星。無人去喚華容宰，畫我江行作小屏。

次韻黄子餘

縮肩得句極酸寒，何似黄郎咳唾間。少日曾經諸老學，傳家自有祖師關。詞林根柢今誰在？振古風流要力還。我老故應無用此，因君猶欲更晞顔。

去臨川書西津漁家

作客臨川又一年，却尋歸路淺灘舡。宦游到處眞聊爾，别恨何須更黯然。夾道長紅慚父老，繞城濃碧記山川。無端此地成留滯，定自從渠有宿緣。

將至池陽呈魯使君

珍重池陽魯使君，忘年交契獨情親。江山佳處公開府，風雨來時我問津。翠逼筍輿松徑合，綠隨秧馬稻畦新。東歸賸作登臨好，病怯詩腸故惱人。

上元設醮畢作長句

綠簡朱書自叩眞，復爐香霧晚絪緼。雪花便作茶花白，春色還隨月色新。江漲不憂堤萬丈，年豐何啻粟千囷。微生只擬休官去，拜胙歸來吉夢頻。

齊安郡夫人挽章錢長主之孫女，楊子寬之內子

儲祥吳越王家子，婉德蓬萊閣上仙。湯沐幾年開大國，笄珈長夜掩窮泉。鸞臺曉月悲塵鏡，鳳軫春風泣斷絃。木落荄枯何限恨，蘘砧應賦悼亡篇。

于湖居士文集卷第八

律詩

賀郊祀并序

臣恭惟皇帝陛下飭躬齋精，祗見郊廟，神靈昭答，符瑞紛委。臣猥叨奉引，與覩熙事，竊慕天保歸美之義，昧死再拜，上郊祀慶成詩一章。句格淺鄙，不足以鋪張鉅麗，垂示無極。臣不勝恐懼，惟陛下幸赦。

漢統千齡接，虞衡七政齊。德馨天自饗，容衮古猶稽。輿衞鉤陳北，衣冠靦闕西。景靈宮在國之西。雨先清道蹕，寒避禮神圭。給事中周麟之實進圭，爲臣言：「圭之溫，手不知寒，蓋和氣所聚。」方士朝仙仗，是日有異人迎駕于道左。宮垣挾御堤。廟芝楹叠璧，去歲靈芝又生廟楹。帝樂字連奎。始用御製樂歌。虛次尤祗慄，不御小次。懷親極慘悽。自徽宗室還復位，帝淚涔灑不已。珠旒依玉色，蘭炬映璇題。兩相初扶翼，崇壇六降隮。粤初卜郊及今六舉上儀，於是方備二相。高靈森欲墮，諸福應如擕。燎夜壇三燭，凌霜甲萬犀。宗藩中寶酌，祕檢護金泥。奉引星辰爛，旋歸錦繡迷。端門臨五鳳，步輦駐雙霓。日照雲裳委，風含綵筧低。和聲翔四表，嘉澤浸羣黎。盛事眞寥廓，微生荷獎提。侍祠叨執爵，著籍繆通閨。異寵何由報，孤忠誓不睽。裁詩獨慚晚，猶得並凫鷖。

送顏廷藻歸三衢

歲事今如此，公歸意若何？倚門親望切，傳舍客愁多。美識當圓石，仙游看爛柯。一科須俯拾，五字要長哦。

送郭遐齡喬年

去從公府辟，不爲故人留。國士眞如此，臺家合見收。聲名早多誤，功業晚方優。不必毛錐子，相期定遠侯。

次家君韻

柏禪工立雪，松壽不凋寒。筆底波瀾壯，胸中宇宙寬。登車慵攬轡，投檄願休官。四海英名滿，懸知袖手難。

又

憶昔金門直，通班玉殿寒。風雲黄道近，日月太虚寬。法錦羅千仗，宫花覆百官。江湖歲將晚，未覺報君難。

題玄英先生廟方干

木老參天直，江清白日閑。先生元不死，遺廟亦空山。文采雲仍似，風流正始間。平生子嚴子，高處得追攀。

謹和老人貽具圓復之什

儒名參墨行，詩律傲宗風。老去能從我，生來未識公。據梧心已死，行李歲將窮。應見維摩詰，天花結習空。

和王景文

陸行忌豺虎，水去怯風波。世路險猶爾，客中愁更多。吾生眞漫與，天道合如何？千古興亡意，臨風一放歌。

又

斯文到之子，砥柱閱頹波。致主規模別，傷時疾疢多。大臣譏賈誼，逆旅欠常何。無路排閶闔，聊當扣角歌。

又

王師行六月，淮海靜無波。元老前籌密，諸軍捷奏多。西風向蕭瑟，北顧要誰何？聞說收兵後，謳吟雜雅歌。

即事簡蘇廷藻著

落日邊書急，秋風戰鼓多。私憂眞過計，長算合如何？盡斂淸淮戍，仍收瀚海波。尊酒，幽恨滿關河。

和韓中父

天入南郊白，雲連朔野昏。敬臣開盛府，殤虜哭新魂。聞道通軺傳，何當拜寢園？荒寒歲將晚，愁絕更堪言？

又

東鄰子韓子，憂國忘晨昏。也作漳濱臥，誰招「楚些」魂？舊勳留幕府，新渥到丘園。家法傳來久，遲君一盡言。

東垻

固城朝送客，東垻晚留儂。浙近風煙好，春回港汊通。北來愁亂轍，南去喜踈〔篷〕（蓬）。不是趨朝市，松江學釣翁。

過建德

古縣依山住，肩輿帶雨來。閭閻無地着，巖壑有天開。野驛編青竹，公庭砌碧苔。傳聞長官好，小泊亦佳哉。

龜齡侍御以番陽士子之意作五峯亭，且賦詩，某敬和

廬山眞滿眼，秀句憶東坡。但遣佳名易，懸知得士多。雲霄身已近，星象手能摩。太守文章伯，風行水自波。

過嶽麓，見子雲題字，偶逢來使，因寄二詩

籍甚韓公子，情親我弟兄。星沙逢驛使，嶽麓見題名。共作三年別，相望五日一本作「十日」。程。湘江接淮水，寄與濯塵纓。

又

故人應問我，客裏定何如？馬鋪爲行館，雞栖是使車。四郊多賊壘，五管欠兵儲。此去無來鴈，因人數寄書。

送劉子思

送客古城東，陰晴一日中。舊憐杉樫碧，新喜荔枝紅。香火叢祠冷，魚蝦小市空。明朝萬里別，今夕此尊同。

月夜與蔡濟忠、曹公會汎舟自水東歸

一舸駕長風，銀河此路通。波光連月白，燭影到江紅。五嶺經星外，千山颶霧中。不知今夜賞，更有幾人同？

鹿鳴燕

明庭下溫詔，方岳貢羣賢。巢鳳山中客，栖一本作「驂」。鸞地上仙。魚龍回夜水，鵰鶚在秋天。添種家鄉桂，歸途快着鞭。

訾洲卽事

一雨便清涼，風回百草香。雲山米家畫，水竹輞川莊。僧賦鐲新帖，牆榛斬舊行。歸鞍乘晚霽，空翠滿輕裝。

罷歸

親老難爲仕，恩深許放歸。北行湘水闊，南望瘴煙微。兵衞收門戟，征塵上客衣。遥知六七月，喜氣滿庭闈。

罷歸呈同官

去年秋七月，我犯瘴煙來。賦少畬田熟，徭歸驛路開。上恩均雨露，孤迹返蒿萊。想像山中趣，參差屐齒苔。

又

嶺水常時急，巒山是處高。戶輸無翠羽，溪瘴有黄茅。游子歸鄉國，斯人滯冗曹。臨分那忍別，風裏鬢蕭騷。

贈江清卿

嶺海適相逢，經年颶霧中。官閑詩格進，祿薄俸囊空。子昔南征鶴，吾今北去鴻。江湖渺何許，聽唳九霄風。一本作「一絇釣絲風」。

過靈川寄張仲欽，兼贈王令尹

塵沙行半日，煙火是靈川。縣只三家市，渠通十斛舡。官空無見俸，稅重有荒田。太息王郎子，棲遲欲四年。

滑石

重來滑石鋪，爲愛碧泉鳴。古甃苔花澀，虛簷桂月明。喬林通夜氣，密竹動秋聲。客裏清涼地，悠然一振纓。

興安

提封連嶺海，風土似江吳。仙去山藏乳，商歸斗算珠。劭農多樂歲，厲俗有通儒。已過炎關了，吾行且緩驅。

炎關

驅馬度炎關，身經瘴野還。稍餘衣帶水，已盡劍鋩山。海月隨人遠，湘雲似我閑。不須占紫氣，游戲且人間。

蒸霞谷爲曹公會賦

見說蒸霞谷，連山只種桃。補成天五色，散作佛千毫。月底羣仙下，風前細一本作「綵」。仗高。期君成美實，歸獻赤霜袍。

登瀛橋爲曹公會賦

從此上瀛洲，虹蜺晚未收。濟川誰作楫，浮海不乘桴。弱水三萬里，五城十二樓。讀書羣玉府，風袂揖丹丘。

丙戌七月望日自南臺遊福嚴書留山中

乞我一枝笻，經行又別峯。水流仙界葉，風落化城鍾。錫去泉無恙，車行石有蹤。却憐磨衲老，曾見兩儒宗。自方廣、南臺主僧萬致一能詩，吕紫微、汪內相昔嘗指授。

和萬老

歸途正遼邈，此地更淹留。落木千山夜，空江萬里秋。聊爲無事飲，莫賦畔牢愁。明發催舡鼓，風颿過橘洲。

再和

吾行聊復爾，處處賈胡留。天入星沙晚，風連夢澤秋。未容詩作祟，政要酒澆愁。明月無人伴，攜君鸚鵡洲。

于湖居士文集卷第九

律詩

三塔寺阻雨

塔上一鈴語，湖頭三日風。蒼山在煙外，高浪與天通。市迥薪芻少，僧殘像教空。不妨留滯好，且看夕陽紅。

又

倦客三杯酒，高僧一味茶。涼風撼楊柳，晴日麗荷花。鐸語時鳴塔，漁歌晚釣槎。停艫快清憩，步穩襯明霞。

過湘中，得詩僧萬致一，於書無所不讀，非苟得詩名於僧中者。余欲與俱還吳中，而萬家浯溪，將結草庵其上，送余至湘陰復歸。作四十字以別

別去太匆匆，回舡夢澤東。擬尋行脚路，忽遇打頭風。梵網威儀在，天花結習空。它年三百首，吾爲子流通。

欽夫、子明、定叟夜話舟中，欽夫說論語數解，天地之心、聖人之心盡在是矣。明日賦詩以別

江北我歸去，湘西君卜居。誰知對牀語，勝讀十年書。不飲清無寐，來朋樂有餘。明朝千里別，密處幾曾踈。

送張立之赴臨江判官

珍重清江〔掾〕(椽)，相從五見秋。炎涼無改節，夷險有忠謀。蓬幕開新府，蒲帆漾小舟。凄然洞庭野，別意與川流。一作「波流」。

黄陵廟

百世黄陵廟，凄涼屋數間。只憐斑楚竹，那記赭湘山。訪古韓碑在，徵歌「屈些」閑。虞嬪更堯女，莫入一作「作」。水仙班。

磊石

鼓發營田市，帆收磊石山。冰紈六十里，煙髻兩三鬟。天氣水雲合，人家罾網間。晚來風更熟，别浦棹歌還。

黄州

平生聞赤壁，今日到黄州。古戍參差月，空江浩蕩秋。艱難念時事，留滯豈身謀？索索悲風裏，滄浪亦白頭。

東坡

繫舡着西日，曳杖過一作「到」。東坡。暗井蛙成部，荒祠鳥作窠。老仙騎鶴去，稗子飯牛歌。

興廢何須問，斯文自不磨。

過蘄口，六奉寺丞仲文親帖之貺，今早本約來陳店，復勤千騎至冶塘，所以招迎之意甚厚。感歎不已，賦此爲謝

故人經歲別，連日幾封書。不識江頭路，仍迂長者車。追參空幕府，牽挽到賓除。太息交情薄，多公不我疎。

臨發再和

水落魚成塞，風高鴈欲書。公爲東道主，我滯北轅車。邊障無傳警，朝廷有拜除。江干便迎候，此別未云疎。

送仲子弟用同之韻

凄然鴻鴈影，晚歲索衣裘。惜別湘江夜，歸程楚甸秋。極知違定省，不敢更淹留。明月分攜處，無言只是愁。

送謝夢得歸昭武

莫吟青玉案，恐弊黑貂裘。國步艱難日，人間浩蕩秋。不須烏工往，且作賈胡留。後夜回春閣，凄然一段愁。

和欽夫喜雨

佛刹起香雲，高低一雨均。使君心未已，閣老句還新。喜入村鄉樂，涼生甕盎春。莫嫌知稼穡，我是種田人。

詩送荆州進士入都

人才收楚產，賓薦謹周官。就日三吳近，披風七澤寬。解包珍貢入，瑑玉寶光寒。簇仗春旗裏，看君策治安。

城西晚步呈王亮采

城西行半日，佳客偶相隨。古寺尋脩竹，荒園讀斷碑。三杯午時酒，一簇晚沙旗。春色從今好，重來未可知。

歷雲亭

登臨多好處，第一歷雲亭。水作高低白，山分遠近青。人家半煙樹，客柁滿春汀。膹欲留連晚，歸時更摘星。

玉淵亭

夜投寶覺寺，徑上玉淵亭。峽束千崖水，天分一段星。神光行熠燿，空翠盪青冥。雄觀兼幽趣，悠然寄獨醒。

簡寂觀

瀑水流紅葉，荒祠瑣翠微。紫霄人不到，白鶴事全非。苦筍今年少，黃冠竟日飢。摩挲石龍柱，竚立爲歔欷。

皇甫坦所居

石側疑無路，峯回別有天。神泉通玉海，帝晝麗奎躔。紫闥雖重到，青瑤却未鐫。直須香案吏，爲寫白雲篇。

出郊

楚霧侵衣潤，湘江到眼明。春連嶽麓寺，花滿定王城。佳客眞如此，天公却不晴。空濛殊可意，沙濕馬蹄輕。

酬朱元晦登定王臺之作

海內朱公子，端能爲我來。譚諧渺今古，懽喜到輿臺。日月何曾蔽，風雲會有開。登臨一盃酒，莫作楚囚哀。

吳伯承生孫，交游共爲之喜，凡七人，分韻我亦從來識英物、試教啼看定何如，某得啼、定字

得孫當贊喜，喚客便分題。樓鼓方行夜，天星恰照奎。熊羆通夢寐，孔釋自提攜。湯餅那應晚，吾來爲止啼。

又

吳郎薄軒冕，市隱室垂罄。兒孫忽成行，乘除乃天定。我女才三歲，此事當退聽。賸欲便款門，積雨道苦濘。

贈王茂升

薦士移書早，論交識面遲。寬行十里路，細讀百篇詩。句法能如此，胸中定自奇。不嫌知己少，莫厭此官卑。

秋日郊居

秋日郊扉樂，心閑景趣閑。風生踈竹裏，雨在片雲間。疏港聊通水，關門不礙山。殘書讀未盡，飛鳥暮雲還。

中秋書事

江月清光冷，波亭夜色奇。流螢翻露草，倦鵲遶風枝。素魄不長滿，故人頻語離。有懷千里恨，若爲一杯辭？

請說歸休好

請說歸休好，扶行白髮親。訪醫無遠近，買藥辨新陳。索酒兼鄰舍，要賓盡里人。短長無不可，且得是閑身。

又

請說歸休好，從今自在閑。新除疊黄紙，舊隱接青山。竹遶披風榭，蘆藏釣月灣。田間四時景，何處不開顔？

喜歸作

月地參差影，風簷取次花。酒爲春主掌，貧是老生涯。湖海扁舟去，江淮到處家。扶持兩仙伯，丹鼎絢彤霞。

故年家姚公挽章

世德方隆報，君恩未及封。起家惟子好，弗壽竟誰鍾。無復時中聖，遥憐不相舂。隻雞吾阻往，抆淚睇喬松。

于湖居士文集卷第十

絕句

殿廬偶成

簾幕垂垂燕子風，宮花春盡翠陰濃。日長禁直文書靜，寶熱時時一拆封。

和劉國正覓雌黃

劉郎家具少於車，只有詩囊未厭渠。乞與丹鉛將底用？點勘腹中行秘書。

又

𧾷發𧾷发欹斜落傑句，淸似秋月横蛾眉。口中雌黃蓋天下，聊欲教我煩新詩。

蠟梅

滿面宫粧淡淡黄，絳紗封蠟貯幽香。遥憐未識春消息，乞與一枝教斷腸。

次韻左舉善木樨

想見秋花插滿頭，遥憐不負此山遊。一枝併與詩筒饋，氣壓西湖萬斛秋。

以茶芽焦坑送周德友，德友來索賜茶，僕無之也

帝家好賜㕑雲龍，衹到調元六七公。賴有家山供小草，猶堪詩老薦春風。

又

仇池詩中識焦坑，風味官焙可抗行。鑽餘權倖亦及我，十輩走前公試烹。

蘄春道中

霜淨波平水落灣，我行正在畫圖間。簾鈎不用怕風日，且看江南江北山。

次江州王知府叔堅韻

說河不救癡兒渴，砥柱乃障頹波流。庾公樓中三昧手，何時歸侍殿西頭？

又

霜餘江北山如畫，歲晚家鄉稻作京。萬里公方黃鵠舉，扁舟我自白鷗盟。

又

今朝放纜好天色，過午忽作打頭風。却望江州纔十里，我船且繫蘆花中。

又

廬山突兀上霄漢，使君豪氣與相疇。廬山雖好不足戀，歸矣當爲蒼生謀。

又

連城鼠璞不足唾，千金敝帚誰能疇？只今機會不容髮，願借前箸君當謀。

又

谷簾釀酒極清美，風味大似主人翁。我有一尊正傾寫，却思煙雨庾樓中。

又

何人列屋閉嬋娟，憶對清歌重慨然。一笑相憐窮相眼，謾撩詩思入愁邊。

又

經行有恨是陰雨，不見香爐生紫煙。安得草堂容一榻，聽松聽水日高眠。

道間見梅

寒女生來不解粧，天然玉色照孤芳。疎籬茅舍無端恨，故有幽人與斷腸。

題定山寺

蹇驢夜入定山寺，古屋貯月松風清。止聞掛塔一鈴語，不見撞鐘千指迎。

又

千山蒼茫月東出，萬木擺搖風怒號。幽人隱几撫羣動，淸燈明滅爐煙高。

昭亭食柑

一雙分我洞庭秋，梨棗傍觀不那羞？喚得風霜回齒頰，夜尋淸夢五湖舟。

和如庵

厭聽諸方三昧禪，却思夜雨對床眠。欲知千偈如翻水，看取朝來綠漲川。

又

不談世法不談禪，徹曉齁齁一覺眠。箇裏神通元不小，回風急雨震山川。

又

朝供爐香夜供燈，閑來落得困瞢騰。如庵許我參堂去，長作昭亭粥飯僧。

又

一燈分作百千燈，光徧河沙正鬱騰。稽首應庵休揀擇，直須傳與在家僧。

又

道人受偈自然燈，筆底光芒夜夜騰。詩成十手不供寫，鑿齒敢對彌天僧！

又

飛蛾撲撲誤占燈，火色何人要上騰？我已澹然忘世味，蒲團紙帳只依僧。

楓橋

四年忽忽兩經過，古岸依然窣堵波。借我繩牀消午暑，亂蟬鳴處竹陰多。

題西湖可賦軒

風光獵獵上烏巾，不那西湖爛熳春。借我繩牀對脩竹，爲君一洗軟紅塵。

題胡敦約山行圖

松行石磴兩崎嶇，此去長安路更迂。底箇官儂強健在，葛巾芒屩自騎驢？

從張唐卿乞韭黃

雪壓畦蔬僮手皸，度郎多日欠常珍。懸知旅食初無恙，窖裏黃芽借得春。

送紙衾韓中父

韓郎香盡諸緣絕，壞衲篝燈供佛熏。乞與紙衾綿樣暖，撩教醉裏夢紛紜。

又

了知夢境皆虛妄，妄念常從夢處開。敗子道心因此夢，夢成還我紙衾來。

再用韻

雪中紙衾有奇趣，煖香夜作椒蘭熏。毗耶丈室本無病，天女爲散花紛紜。

又

雪花如席風色惡，擁被圍爐門不開。我亦窮閻車馬絶，一杯相屬望君來。

將至宣城，和壁間韻，寄王宣子

一笑歸來見在身，倒傾江水洗緇塵。騎驢緩緩東風裏，知有工夫展故人。

寄當塗王守叔堅

隔江燈火夜深明，見説江城犬不驚。黠虜頭顱當獻社，使君胸次有長城。

隱静覓杉株

舊聞隱静庭前柏，虎嘯龍吟三十秋。我亦經營一丘壑，無根樹子却須求。

題夏氏莊

平湖漠漠雨霏霏，壓水人家燕子飛。欲向湖東問春色，杏花無數點征衣。

舟中卽事

夜行水澀舟難進，月白林稀鳥易驚。老去不堪霜露力，尊中微覺似多情。

小憩孫氏竹軒觀諸公詩

開軒種竹仍留客，想見此翁强健時。借我繩牀小盤薄，爲君試讀壁間詩。

又

種竹主人今白髮，題詩客子半青雲。北來南去何時了？風月依然只此君！

王龜齡遣妓送酒賜詩，走筆爲謝

不復襄王夢裹雲，紛紛縞袂與青裙。嗚鞭枉送齋中釀，病徹杯觴欠薄醺。

與薦福

湖上童童百畝陰，丹樓碧閣照淸深。不嫌歌板相喧聒，要見桃花印此心。

豐城觀音院有胡明仲、范伯達、汪彦章諸公題字

中興人物數諸公，遺墨凄一本作「依」。然野寺中。欲訪英靈無處所，獨搔蓬鬢立西風。

入桂林歇滑石驛題碧玉泉

百折崎嶇嶺路頭，一環淸駛石間流。須君淨洗南來眼，此去山川勝北州。

明年重過次韻六言

世事風經雨過，此身遇坎乘流。折腰不爲五斗，轍環或徧九州。

和都運判院韻，輒記卽事

登臨不但爲山水，玉節政爾觀民風。因君引我看勝處，詩在千山煙雨中。

又

平生烟霞成痼疾，置在朝市殊不宜。夢尋歸路向何許？淮南小山生桂枝。

又

先生名字帝所識，三節在道已相望。早晚鳴珂朝玉闕，朱衣正在殿中央。

又

便建油幢上木天，棠陰元不用蒲鞭。南州小試調元手，國步多難政要賢。

又

綠蓑青笠舟一葉，黄麻紫誥言如綸。君扶日月行黄道，我向江湖作散人。

又

盆池雖小亦清深，要看澄泓印此心。不嫌蛙黽相喧聒，夜靜恐有蛟龍吟。

又

君詩我續貂不足，曹鄶大楚非匹儔。要知二人唱必和，異日盛事傳中州。

敬謝經略祕閣餘甘湯

甘言誤我三折臂，良藥爲洗五斗腸。欲知苦過味方永，請試君家肘後方。

又

此老才堪上諫坡，南州留滯意如何？還將苦口劘英主，醫國懸知藥籠多。

德慶范監州以子石硯寵假，雖小而奇，戲作

曾侍虚皇玉案前，夜書繭紙筆如椽。莫嫌此石規模小，一寸玄雲萬斛泉。

又

端溪別駕極風流，白璧明珠不暗投。笑我支牀已多許，須君隱几更冥搜。

以水仙花供都運判院

十月西湖冰齒涼，梅間松下小齊房。幽芳靚色天爲笑，落莫南來也自香。

又

瘴土風烟那有此，却疑姑射是前身。冰肌玉骨誰消得？付與霜臺衣繡人。

再和

雪屋因君發妙思，作歌可比漢芝房。根塵已證淸淨慧，鼻觀仍薰知見香。

又

玉壺寒露映眞色，霧閣雲窗立半身。可但淩波學仙子，絶憐空谷有佳人。

和仲欽題粉巖

一麾縻我欠追從，悵望千山紫翠重。忽向郵筒得新句，知君正在碧蓮峯。

仲欽寄民爲重齋詩和答

齋中寒日影瓏葱，齋外參天十八公。二十四州民樂否？莫教一物怨途窮！

又

玉節南來兩使星，埋輪折檻有家聲。不嫌齋榜民爲重，去國當時一葉輕。

又

德意丁寧到綠林，都捐刀劍作齋民。皇華入奏天顏喜，趁得朝元第四春。

又

行邊使者幾時回？寄我淸風欲滿懷。已把十詩鐫樂石，爲公滿意落新齋。

又

蠻烟瘴雨侵行李，每向南雲有所思。定自爲民忘涉險，請君細讀寄來詩。

贈珪老求竹

東窗便種千竿竹，準擬淸風六月涼。傳語報恩珪長老，相煩去作竹街坊。

于湖居士文集卷第十一

絕句

偶得四月菊，以奉提刑、運使

午陰籬落小裴回，底許清香鼻觀來。定自霜臺風力峻，故敎霜菊暑中開！

又

金縷裁衣玉綴裳，掃除瘴暑作秋香。一杯擬做重陽賞，更借西風一夜涼。

偶得新茶，獻提刑文，旣壽北堂太夫人，亦可助齊眉之餉也

龍焙新春出尙方，細官佳句總堪嘗。遙知擧案齊眉處，再拜萱堂壽未央。

鄭義寧送蕁菜

我夢扁舟震澤風，蕁羹到筯晚盤空。那知嶺海炎蒸地，也有青絲滿碧籠。

贈甘法曹

北嶽仙人汗漫遊，斯文曾到海邊州。誰憐詩禮甘公子，牢落青衫向白頭！

贈劉全州子龜從兄弟

山到湘中青未了，月横嶺北夜何其？問字劉郎能載酒，爲渠更賦一篇詩。

和蔡濟忠溪上

一潭秋水不見底，十里暮山無斷頭。長恨公餘過溪晚，放教明月上扁舟。

廣右無筆，劉子思攜一束來，擇其尤者作字但如此。它日中州有筆，當愛惜也劉侯贈我筆一束，筆鋒如錐管如玉。不嫌夜艾剪銀燭，爲君一掃千兔禿。

登七星山呈仲欽

魁杓歷歷控雲嵐，地闊天虛萬象涵。不與天公管喉舌，猶堪嶽立鎮湘南。

又

便騙匹馬出煙嵐，聖主恩深若海涵。却到璣衡高處望，白雲無數滿江南。

壽老迓使者以齋素不置餞

火雲飛電遠連天，太息齋廚几不羶。定自隨車有甘雨，爲言星使早加鞭。

又

藩府東行迓繡衣，海雲山月照旌麾。錦囊賸有新詩句，寄與幽人莫遣遲。

臨桂令以薦當趍朝，置酒召客。戲作二十八字，遣六從事佐之，壽其太夫人

雙鳧舊作朝天計，一鶚新收薦士書。不惜持杯相煖熱，白頭慈母最憐渠。

風洞

山入烏蠻連越嶲，天開斗野對珠宮。應憐嶺海長炎熱，乞與清涼萬竅風。

羅江驛

湘南湘北三十里，六月七月再經過。紫荊花開白酒賤，奈此湘中風月一本作「山水」。何？

秦城

塹山堙谷北防胡，南築堅城更遠圖。桂海冰天塵不動，那知壠上兩耕夫！

龜潭

浯溪見渠文字古，龜潭有此竹石幽。王孫賣藥城市去，江雨過時余獨遊。

早發衡山

飛廉盛怒土囊口，美滿風帆眞快哉。後日南山山下過，更留餘力掃塵埃！

西湖

岸草汀花對夕陽，滿船新月夜鳴榔。秋湾菡萏紅千柄，風靜瑠璃碧一方。

舟中

扁舟東去幾時還？身寄雲濤泱漭間。一夜櫓聲鳴到曉，覺來滿眼是它山。

又

山圍平遠水浮天，目送歸鴻落照邊。好趁新年釀雲液，歸來猶及牡丹前。

又

亂山深晻小蹊斜，野水微茫浸斷霞。一笛晚風生碧樹，始知林裹有人家。

又

南來北去祇紛紛，又過荆山一月春。笑殺風前桃李樹，飄蓬猶作未歸人。

又

泊船江口夜深深，月傍蓬窗照淺斟。隔岸漁燈半明滅，不眠空有故人心。

喜雨

已晴復雨雨還晴，慣閲人間夢不驚。小立欄干搔短髮，亂雲飛度夕陽城。

謝黄主管

一杯爲我貰天刑，便覺人間有獨醒。憶昨金華侍經席，曾分甘露飲春庭。

有懷

故人春夢誰復見，故園梨花二月天。丁祝主人時醉賞，荆州寒食又經年。

廣右道中

參天古木綠陰合，峻極層巒瀑布長。啼鳥一聲家萬里，依然無語對斜陽。

又

觸鼻野花香泛泛，勸歸啼鳥意諄諄。嶺南三月已煩暑，猶向江頭細問津。

贈鹿苑信公詩禪

詩卷隨身四十年，忙時參得竹篦禪。而今投老湘西寺，卧看湘江水拍天。

又

句中有眼悟方知，悟處還同病著錐。一箇機關無兩用，鳥窠拈起布毛吹。

聞德遠與曾裘甫、黎師侯會飲范周士所

海棠開後碧桃開，寒食人家燕子來。一病閉門三十日，更無屐齒到蒼苔。

又

張飲名園樂有餘，奉常何苦但齋居？一杯我亦垂涎甚，病起無聊只羨渠。

又

臛會句法早知名，新築詩壇五字城。不要綈袍憐范叔，應將石鼎調彌明。

水仙

淨色只應撩處士，國香今不落民家。江城望斷春消息，故遣詩人詠此花。

賦衡山張氏米帖

人物千年海嶽翁，筆精墨妙與天通。傳聞有帖藏張姓，怪底湘江月貫虹。

借魏元理畫

復古殿中留醉墨，只今神品世間無。衡山尚畫傳家寶，花鴨來禽肯借不？

欽夫折贈海桐賦詩，定叟、晦夫皆和，某敬報況

童童翠蓋擁天香，窮巷無人亦自芳。能致詩豪四公子，不教辜負好風光。

贈周義山子季隱

迺翁幾年在黃閣，郎君四十猶白丁。一家榮瘁不足道，誰持此意聞天庭？

樞密端明先生寵分新茶，將以麗句，穆然清風，久矣不作，感歎之餘，輒敢屬和

伐山萬鼓震春雷，春鄉家山挽得回。定自君王思苦口，便同金鼎薦鹽梅。

又

先生筆勢挾風雷，春色先從筆底回。卻笑麄官成漫與，望林止渴竟無梅。茶爲郵卒所竊，但詩筒至耳。

又

詩腸隱隱轉飢雷，一本作「殷殷作驚雷」。春困無人與喚回。強續新詩終不似，空傳衣鉢向黄梅。

送慈曼如金山迎印老住大潙

傳語金山山下龍，乞將上水一帆風。道人自有飛空錫，只載中泠十丈洪。

小山書院爲劉之翰作

萬里清江占一灣，叢生桂樹點幽閑。誰人得似劉郎子，賦到淮南大小山？

舟中熱甚，從鄂守李壽翁乞冰雪櫻桃

熱顆櫻桃一本作「種沙」。和露摘，新冰削玉辟風開。南樓縱作一水隔，不遣小舟衝浪來。

夜半走筆酬壽翁

短〔篷〕（蓬）掀舞不得寐，忽枉新詩手自開。主人留客不作意，更送一江風雨來。

又

二年塵土堆中坐，一到南樓眼暫開。風靜江平留不得，待敎黃鵠送詩來。

琵琶亭

江州司馬舊知音，流落江湖感更深。萬里故人明月夜，琵琶不作亦沾襟。

又

潯陽江上琵琶月，彭澤門前楊柳風。兩賢抵許不相似，哀樂雖殊吾意同。

過三塔寺

湖光瀲灧接天浮，風捲銀濤未肯休。夜岸繫舟來古塔，不妨蹤迹更遲留。

又

層巒疊嶂幾重重，萬頃煙波浩渺中。釣艇未歸饒夕照，耳邊蘆葦戰寒風。

于湖居士文集卷第十二

絶句

玉淵

靈源直上與天通，借路來從五老峯。試向欄干敲拄杖，爲君喚起玉淵龍。

萬杉寺

莊田總是昭陵賜，更着官船載御書。今日殘僧無飯喫，却催積欠意何如？

又

老榦參天一萬株，廬山佳處着浮圖。只因買斷山中景，破費神龍百斛珠。

楞伽寺

朱砂峯下楞伽寺，白髮僧生乙丑年。乞我一杯清淨水，爲扶脚力上層巔。

又

天圍欲盡三千界，地險眞成百二關。不向中峯最高處，諸君元未識廬山。

又

山北山南劫火餘，如何留得此僧居？一本作「廬」。可憐鐘閣三枝竹，無復山房萬卷書。

鸞溪

蒼龍翔舞餘千仞，瀑水奔流欲百盤。定自山靈憐寂寞，故敎臨鏡有窺鸞。

漪瀾堂

水漫春洲到處通，檣竿無數插空濛。主人只愛堂前木，不放廬山入眼中。

和家君韻寄舅氏

夷齊之淸格鄙頑，跖跖盜跖何曾閑？空齋風定香縷直，但有書冊猶相關。

送猿翟伯壽

萬里歸來無苜蓿，扁舟共載兩猿君。今日送君向何處？黄鶴山中多白雲。

奉題富文横舟

山林城市不相得，此處俱勝天下降。欲展江天一千里，横舟西南更開窗。

子餘許修草堂，遣句勸請

蓮社高人久寂寥，草堂風物故蕭蕭。追還舊觀須公等，唤我它年寄一瓢。

次韻南軒喜雨

午窗溜雨忽潺潺，想見欣然阡陌間。敬簡堂中有新事，水滿新池雨滿山。

又

北風吹雲如裂絲，赤龍卷水尾倒垂。雷轟電激不敢駐，驅入吾家喜雨詩。

又

天公有意不作難，一雨千里須臾間。但得湖南今歲熟，我亦腰鐮歸故山。

又

使君保障仍繭絲，可憐民屋如罄垂。今朝一雨秋事了，便可高詠豐年詩。

送茶

頭綱八餅密雲龍，曾侍虛皇拆御封。今日湘中見新夸，喚回清夢九煙重。

從吳伯承乞茶

三月新茶猶未識，作詩去問野堂君。春風有脚家家到，定爲麄官不見分。

送僧遊天台

寶刹憑虚五百仙，猶將心事向塵邊。煩君試問橋東寺，若箇而今又應緣？

石惠叔以石斛爲貺，因筆賦詩

截得蒼山一段秋，千峯萬壑翠光浮。虚堂百尺瑠璃簟，對此眞堪作卧游。

題趙知府墓

翁仲無聲石馬閑，墓門蕭瑟鎖青烟。故人仰卧青松下，落日孤村聞杜鵑。

朝謁南嶽

泰常嵩岱拱神州，玉帛閑來四十秋。卻到朱明回北首，憂時淚作九江流。

題方務德靜江所作雪觀

昔日主人今法從，空留偉觀古城隅。邦人指點思遺愛，我亦先生屋上烏。

和伯承送茶韻

佳句新茶亦太奇，嘗新卽日未全遲。掃除鴈鶩行邊事，細輾春風細讀詩。

和伯承惠笋

錦籜離離鄉觸藩，怒雷挾雨更追奔。絶甘賴有吳公子，菌蠢貓頭不足論。

又

楚產惟渠可定交，時時隔壁望煙梢。已煩穉子來相過，更有新詩送島郊。

有懷長沙知識呈欽夫兄弟

順寧去覆郎官錦，府谷仍監太府錢。唯有吾宗老兄弟，閉門依舊絶韋編。

又

春風花柳又芳妍，更接膋郎水竹園。小閣横橋俱勝絶，只應欠我共開尊。

又

召公分陜是東鄰，天遠堂中好主人。更喜新來黄太史，賸拚佳句了新春。

又

髯郎高臥元無恙，何日湘濱具一舟？肯約春風同過我，爲公釃酒脔肥牛。

又

洛陽家世邢郎子，間止逍遥自在身。病肺秋來定甦昔，可能乘興到沙津？

題塔子寺

酴醿壓架玉交加，深院無人有落花。却憶江南田舍樂，旋敲生火煮新茶。

題斷堤寺

柔桑細麥緑油油，雲水烘春爛不收。馬上困來尋歇處，斷堤寺裏半時留。

又

堤邊楊柳密藏鴉，堤上游人兩髻丫。可惜行春來較晚，誰家留得碧桃花？

又

古寺留春最得多，紫微花畔海棠窠。無人歲晚同幽獨，古柏陰森著薜蘿。

德化漪嵐堂感二林碑六言

兩林文章翰墨，只今塵上牆陰。炎涼莫作世態，是非當印吾心。置二林碑於屋後，恐非作碑者之意，請移置堂上。

欽夫遺送箭筍、日鑄甚珍，用所寄伯承韻作六言，便請過臨

君家稚箭寶茗，賜出太官水衡。已約髯吳過我，更須君來細評。

欽夫和六言，再用韻

君詩與物俱妙，鄙夫那敢抗衡？芭蕉辟君三舍，筍脯亦須改評。欽夫筍脯甚妙，顧非稚箭比也。

游湖山贈圓禪六言

素香無脂粉氣，好語諧韶濩音。有人問西來意，門前秋水沉沉。

送萬老六言

桑下不須再宿，囊中莫留一錢。打鼓退高臺寺，洗脚上五湖船。

次東坡先生韻

微涼入紅窗，秋水滿湘浦。過盡前頭灘，只得夜來雨。

又

人魚不相及，掛頰以香餌。因循十年錯，歸計覺今是。

又

悠然望江南，日出煙霧微。倚門雙白髮，屈指待兒歸。

又

漁師來賣魚，舡小風蕩漾。得錢瞥波去，不怕江流漲。

又

朝發方良磯，莫宿白水灣。寬作一月程，須見江南山。

又

我程可默數，中秋過江池。趁得江南米，新春玉滿箕。

又

棧羊割肥紅，社賽撥濃綠。再拜爲親壽，起舞自作曲。

又

閉門靜觀心，踵息闕天和。從渠江頭人，尺水一丈波。

題福嚴寺行者堂

揮毫高山巔，餘墨走龍蛇。請收今夜雨，爲汝洗袈紗。

題梅塢圖并序

尹孺文往時住廬山，名所居曰梅塢，蓋一丘一壑，自在孺文胸中，觸於外者感乎內，信乎其有樂於此也。孺文遇異人，得丹竈術，蠲痾起死，探囊一笑，客建康市。久之，解后故人，恐其遂忘歸也，爲此圖，殆騷人賦招隱之意。然聖賢之學，不但爲己，孺文窮困，悼無以施諸人，一寓之藥，眞得道者所爲。儻又欲按圖尋故巢，翩然而往，其可乎哉？

我曾到梅塢，正自晝不如。是處有風月，君無懷故居。

贈趙簽

趙侯富貴種，自有巖壑姿。同姓古所敦，早晚踏天墀。

歸宗寺

兩峯雙澗水，萬古一篇詩。玉局竟仙去，空山無此碑。

煙雨觀

七澤闌干外，茲游亦壯哉。主人何處去？猶未賦歸來。

題朱元晦所書凱歌卷後

我詞不足錄，聊以醒渠醉。更參三十年，當與風子對。

贈萬上座

過了鐵圍山，復生金蓮臺。與問萬上座，一笑愁容開。

野牧圖

吳牛三十角，久與牧相忘。忽憶淮南路，春風滿柘岡。

又

秋晚稻生孫，催科不到門。人閑牛亦樂，隨意過前村。

題畫

權郎筆墨禪，往者屢參請。斯人骨已朽，妙處一笑領。

于湖居士文集卷第十三

文

原芝

紹興二十四年，芝産于太廟楹，當仁宗、英宗之室，詔羣臣畢觀，奉表文德殿賀。既二年，芝復生其處，校書郎張某作原芝，曰：

非天私我有宋，我祖宗在天，篤丕祜于子孫，明告之符。於惟欽哉！在昔仁祖，登三咸五，以天下爲公，授我英祖，以永我基祚。於惟欽哉！我聖天子躬濟大業，既平既治，上恬下嬉，惟大本未立，社稷宗廟之靈，亦靡克寧饗。有燁兹芝，胡爲乎來？天維顯思，命不易哉！和氣致祥，敢曰不然？曷不于他，乃廟產旃？曷不于他，惟二宗之室？曷不于他，再歲再出？於惟欽哉！天意則然，我祖宗之意則然。於惟欽哉！我二三輔臣，以告我聖天子，告我聖天子承天之意，承祖宗之意，早定大計。惟一無貳，紛以貳起。辛伯有言，惟貳惟一，治忽所原，匪弗圖之憂，惟貳之懼。敢告聖天子，爲萬世慮。蠢爾小子，越職罪死，弗罪以思。惟二三輔臣，以思以謀，告聖天子。言有一得，以裨吾國，萬死奚恤，渠敢愛死而畏越厥職？

記

遊無窮齋記

人之心，思無不至也，一息之頃，北可以燕，南可以越。夫物之善遊，莫心若也。方在越也，則目之所營，足之所履，越之山川城郭也，而燕不與焉。及其至於燕也，猶在越也。夫一息之頃也，一心之思也，而燕、越不能以相通，何也？思爲之礙也。故一物入於思，一物爲之礙；一事入於思，一事爲之礙。吾雖欲遊而事與物者留之，其能無所不通而無所不至也哉！

子張子謂子郭子曰：「子好游乎？子必無思而後可以游於無窮。雖然，無思者，聖人之學也，而吾與子何足以知之？嘗試與子取其似者而言之。子嘗寐而無夢矣乎？寐而無夢，非無思也，神潛而心不用也。方是之時，可喜可怒可哀可樂者紛於吾前，而吾心不知焉，則亦近於聖人之寐而無思也已！夫昔之遊不遂者，以吾之思累之。今吾嗒然自放於一榻之上，子欲求吾心之所在，了不可得。其遊燕耶越耶？其在天地之間耶？其出天入神而與化終始耶？子固不能知之，而吾亦安能知之；豈獨吾不知之，雖有聖人亦安能知之？故名吾寢齋曰游無窮。於子何如？」

郭子曰：「信斯言也，則子所不能自同於聖人者，直在於寤寐之間，豈其然耶？」

張子曰：「然。吾方欲就睡，須子他日來爲子言之。」

紹興戊寅三月記。

宣州修城記

宣爲城，西南負山，東北踞溪流，幅員三千四百步。建炎中，侍御史、直龍圖閣會稽李公嘗守以支潰卒，圍閱月引去。公益治城，具器用，嚴爲之備。當是時，江、淮之間，靡焉騷動，惟宣以城堅好，故不被兵。宣之人德李公，尸而祝之，蓋距今辛巳餘三十年矣，而定陶任公亦以御史、直龍圖閣繼李之績。

惟定陶公德成而行尊，實大而聲宏，剛方以立朝，豈弟以牧民。民聽旣孚，吏虔弗媮，教條一施，事訖于理。乃視城壘，東傾西決；乃閱戎器，剝折蠹敗。公聳然懼曰：「吾惟守土，不此之務，吾失職矣。」卽日出令，裒材揆功，易圮以堅，增庳爲崇。尺積寸會，役有成數，檄召下縣，使以徒集。程督有制，犒賜有時，無偏徭，無墮工，一月而栽，再月而畢。千雉雲矗，百樓山峙，屹業岋峨，若化而出。池隍險幽，門闉回阻，譙何周嚴，至者神沮。凡城所須，無一不給。旣又冶金伐石，刓革揉木，殺簳傅羽，濡筋削角，練工之良，大治兵械，戈劍弓矢，櫜兜戟幟，視諸故府，乃易乃飭，枚計其凡，四十萬有奇。邦人士女，四方賓客，駭嘆其成，天造鬼設。

冬十月，虜驅絕淮，窺我合肥，蹂我歷陽，流柹投鞭，規濟天塹。並江列城，焦然以憂。公且起聞諜，色不爲動，徐召賓佐，分畀其職。某調某卒，某賦某甲，某守某險，米鹽薪芻，鐵炭布帛，瑣細之物，毛舉其目，嚴以待命。增斥堠，申火禁，察姦宄，詰逋逃。吏持筆牘，畢受成畫，號令明壹，奔走就事。邑居之豪，率其僮客，什伍相聯，以藝自達。受粟取傭，豐殺以宜，旬日得戰士五千，嚴兵登陴，部分整暇。驛聞諸朝，恩給臺仗，朝莫閱習，導以醲賞。四鄰繹騷，羽書交馳，吏駭人搖，滋不奠居。而吾宣城，晏起早眠，在都在鄙，弗震弗驚。邊之遷民，係路來歸，振廩授地，罔不得所。十有一月，首亮就斃，閫府文武，撰日解嚴。

父兄子弟，惟公之勤，歡喜踊躍，願肖公象，置祠宇，如所以事李公者。公持不可。民不公之謀，亟營屋市中。公命撤之。邦人曰：「公德著聞，天子且奪公歸之朝，盍乞諸天子而留公。」則數百千人相與扶攜走闕下拜疏，願借公十年。公又遣縣吏禁止。民從間道疾馳，卒上疏，乃已。

或謂某：「子之居是邦也，宜知之矣。今吾父兄子弟將列公之事刻之金石，使子孫不忘公，文非子誰宜爲？」

某謹應之曰：「不敢辭也。雖然，此公之細也。使公自是進而居可爲之地，一衆心以爲城，尊主威，隆國勢，以保鄣天下，此公之志也。而見於宣城者，公之細也，曾何足云勞苦？父兄幸敎某，某不敢辭，顧因父兄之言，書顛末以詔來今。」

明年三月吉日，歷陽張某記。

樂齋記

趙再可於癸未之秋，往主濠之鍾離簿事，過別予於吳門。時虜方聚兵汴、宋，居江之北者蓋皆徙而南，再可獨驅車以北。與再可戚而愛之者交諫止之。再可慨然無難色，謂予曰：「吾聞濠自更辛巳之兵，府寺蕩焉，而吾簿之，於職又廢而復存者。今吾往，寓直之無所，將營一椽之屋以庇風雨，而將名之，孰可？謀之子。」予名之曰樂齋。

夫濠上之樂孰知之？使吾於濠官守得其職固樂；不幸而不得其職，而不害其爲趙再可者，再可亦樂也；又不幸而虜入塞，再可與民以心爲城，擇險而守，再可之志如此，再可亦樂；又重不幸，再可力不支而見得於虜，再可以得死所爲幸，再可彌樂。

夫無往而再可莫不有以自樂，再可茲行，其策得矣。彼紆朱懷金，駕高車，從卒史，號稱大官，平時冒爵位，取富貴，一旦赤白囊至，股慄心悖，謀自竄之不暇，聞再可之樂，可愧死矣。

八月二十六日，張某記。

宣州新建御書閣記

臣前年客宛陵，間出城東門，望喬林中有屋餘百楹，問知其爲學宫也。卽其後，有出於衆屋之上，欹傾支拄，若樓觀云者，御書閣也。私念宣大郡，民業於儒十五，守多貴卿名人，惟聖人之經，天子所書，於此乎藏之，弗稱；顧若是，非政之闕耶！

今年秋，臣自撫來吳，舟行過江上，解后宣之士大夫，則已雄詫其鄉之所謂御書閣者。謂江而南，環數十州，莫若吾州之閣麗且壯，而吾經營之功，民蓋不之知焉。臣心竊喜快，謂前日方嘆其庳陋，而今果有新之者，恨未得一至其下也。冬十一月，宣之守集英殿修撰臣許尹以書謂臣，使記其成。臣頓首不辭。

竊惟我祖宗以聖繼聖，所以出治一於道德仁義之實，雖未嘗求工翰墨，而英華之發越，精神之運動，心手相忘，道藝一貫，得於自然，超冠古昔。臣在秘閣，嘗竊窺累朝雲漢之章，蓋以太祖皇帝艱難草昧，日不暇給之際，重之劫火散亡之餘，其書之存，猶數十百卷。自太宗至于徽祖，所藏益多。然後知聖人所以遺其子孫，謂雖極天下之貴，而退朝燕息，從容娛樂者，獨在於是，狗馬聲色技巧之奉，不皇及也。我太上皇帝天縱聖學，遹追先猷，身濟多虞，同於創業。萬機餘力，一寓之書，六經諸子，史官之所記，寫之琬琰，頒於天下者，無慮數千萬字。特書寵賚，登牀所取，散於羣臣之家者不與焉。於乎，可謂盛矣！主上富於春秋，稽古重華，心畫之妙，其則不遠。臣知宣城之閣，不足以盡藏所賜，繼是又將闢而增之也。

昔者尹嘗爲工部侍郎，以耆儒被上眷，知上之德意志慮。其來宣城，百廢具舉，農勸于耕，士興于學，廩有積粟，帑有餘布。既新是閣，甿俗呼舞，整整愉愉，邦用綏和。蓋相其役者，宣城知縣臣李端彥，而教授於其學者，臣豐至。

風月堂記

風月堂既成，張安國過之，季高使記其歲月。

夫士達而爲宰相，窮而爲農夫，足夫已而遺其外，樂一也。坐廟堂，進退百吏，時雨暘，穫蓺五穀，以彼較此，孰憂孰適？季高天下士，獨從其適而遺其憂，豈理然哉！堂雖成，予恐風月不能淹季高於此也。若予懵甚，理亂不知，黜陟不聞，飢而食，渴而飲，借公茲堂，或可遺老。

太平州學記

學，古也。廟于學以祀孔子，後世之制也；閣于學以藏天子之書，古今之通義，臣子之恭也。當塗於江、淮爲名郡，有學也，無誦説之所；有廟也，無薦享之地；有天子之書，坎而置之屋壁。

甲申秋，直秘閣王侯秬來領太守事，於是方有水災，盡壞堤防，民不粒食。及冬，則有邊事，當塗兵之衝，上下震搖。侯下車，救災之政，備敵之略，皆有次敍。飢者飽，壞者築。赤白囊書夜至，侯一以靜塡之。明年春，和議成，改元乾道，將釋奠于學。侯語敎授沈瀛曰：「學如是！今吾州內外之事略定，孰先於此者？」命其掾蔣暉、呂濱中撤而新之。先是，郡將欲樓居，材既具，侯命取以爲閣，闢其門而重之，凡學之所宜有，無一不備。

客有過而嘆曰：「賢之不可已也如是夫！今之當塗，昔之當塗也，來爲守者，孰不知學之宜葺，而獨忘之者，豈眞忘之哉？力不〔贍〕（瞻）耳！始王侯之來，民嘗以水爲憂，已又以兵爲憂。王侯易民之憂，納之安樂之地，以其餘力大新玆學，役不及民，頤指而辦。賢之不可已也如是夫！」

客於是又有歎也：「堯、舜、禹、湯、文、武之天下，傳之至今，天地之位，日月之明，江河之流，萬世無敝者也。時治時亂，時強時弱，豈有他哉？人而已耳！財用之不給，甲兵之不強，人才之不多，寧眞不可爲耶？詩曰：『無競維人。』謂予不信，請視新學。」

夏四月既望，歷陽張某記。

隱靜修造記

平時江東法席之盛，建康曰鐘山，當塗曰隱靜，宛陵曰敬亭。敬亭，黃蘗之所居，而鐘山、隱靜，則又誌公、杯渡託化之地，山川形勢，略相甲乙。建炎之兵，敬亭獨存，鐘山、隱靜，則瓦礫之場也。

自余往來建康，住鐘山者既更十餘輩，未嘗不欲建立，而卒不能有所就。數年來，僅能□有佛殿矣，問其事力，悉出於道人楊善才者，寺之僧無與也。

惟隱靜介居繁昌、南陵之間，地瘠民窮，而無大檀施；山又深阻，尋幽好奇之士不至。妙義禪師道恭，紹興甲子自大梅來，披荆棘，薙糞穢，由尺椽片瓦之積，至於爲屋數百千楹，土木之工，金碧之麗，通都大邑未有也。蓋妙義住此山，於今二十有二年，以歲月之久，願力之堅，規模之宏遠，心計之精明，始於至難，積而至於易，營於所無，積而至於有，以能圓滿此大事因緣。歷年雖多，一彈指之頃也；爲屋雖多，一把茅之易也。

夫以鐘山距建康十里而近，富商大賈之所走集，金帛之施無虛日，舊觀之還，其艱若此。隱靜望鐘山不敢十一，而所以莊嚴成就，乃百過之。余嘗求其故矣，妙義之道業，足以致此，而其大端，亦以久故也。此佛事也，非久不濟；而今之爲郡縣者，視所居官如傳舍，朝而不謀其夕，欲民之化也，政之成也，難哉！

年月日，張某記。

于湖居士文集卷第十四

記

仰山廟記

仰山二王，自江而西，飲食必祭，威德所被，齊光日月。乾道元年，張某來守桂林，時李金方寇郴陽，羽書交馳於道。某謁於祠，禱曰：「使廣西不被兵者，神之賜，則請爲王廟于桂，且奉神之像以俱。」其七月，某至郡。九月，寇平。蓋嘗以萬人闖吾境，知其備也引去。惟王之仁之靈，某不敢盡述，獨敍其荅某者如此。敬撰日擇地，於城之北爲王館御，而書其所始，使後有考，且勸桂之民以虔事王。

二年二月旦，張某記。

棠陰閣記

君子之爲政，去之久而猶見思者，必有惻怛愛民之誠心，感於民也深。故其來也，如慈父母之撫其子；其去也，如父母捨其子而去。父母捨其子而去，子之心之思，寧有既耶？猶曰：「吾父母將復吾歸。」及其久而不復來也，思之之心益不能忘。於是過其宮室，見其所服用與其所愛樂，起敬起慕，尸而祝之，社而稷之，更數十百世而不敢怠者，蓋昔之人以爲父母，則今之人皆其孫子，孫子而事其祖，宜如何也。

余昔爲中都官，聞閩有賢令曰張君仲欽，閩之人歌舞之，去而思之。前年余爲建康，仲欽適通判府事，當塗闕守，余檄仲欽攝焉。居數月，余罷建康，仲欽亦代去。余居當塗之別邑，往來田間，聞民之思仲欽，飲食必禱也。余曰：「張君之政何如，而使爾不忘若是？」民曰：「我亦不能知。但去年有水菑，而君寔來，民不知水；今年水不爲害，而吾懼然若將隕焉。君之時，吾與官若相忘；君去我，我日與州縣之吏接。我亦不知其故，知思君而已。」

去年余來桂林，仲欽提點廣西獄事，下車一月，冒黃茅瘴走二十五州，以扁舟渡海，吏士扣頭涕泣交諫，仲欽搴裳登舟，半濟，風作，舟師震駭，仲欽怡然不爲動也。黜陟罷行，一皆考之民，民扶輿讙噭，以爲百年未之見也。夫以當塗之思，則知閩之思；以閩、當塗占之，仲欽之去嶺表而還天朝也，民之思仲欽可勝述哉！

昔召伯之教，明于南國，而人愛其甘棠，故余登仲欽之閣，名之曰棠陰，以識民異日之思。

閣之前有榕木，交蔭閣上，仲欽之所遊息。

乾道丙戌五月朔日，歷陽張某記。

遊朝陽巖記

丙戌上巳，余與張仲欽、朱元順來遊水月洞，仲欽酷愛山水之勝，至晚不能去。僧了元識公意，即其上爲亭，面山俯江，据登覽之會。五月晦，余復偕兩賢與郭道深來，水潦方漲，朝日在牖，下浚倒景，涼風四集。仲欽忻然，舉酒屬余曰：「玆亭由我而發，盍以名之？」余與仲欽頃同官建康，蓋嘗名其亭曰朝陽，而爲之詩，非獨以承晨曦之光，惟仲欽之學業足以鳳鳴於天朝也。今亭適東鄉，敢獻亭之名亦以朝陽，而巖曰朝陽之巖，洞曰朝陽之洞。元順、道深合辭稱善，即書巖石，記其所以。張某記。

千山觀記

桂林山水之勝甲東南，据山水之會，盡得其勝，無如西峯。乾道丙戌，歷陽張某因超然亭故基作千山觀，高爽閎達，放目萬里，晦明風雨，各有態度。觀成而余去，迺書記其極。

衡州新學記

先〔王〕（生）之時，以學爲政，學者政之出，政者學之施，學無異習，政無異術。自朝廷達之郡國，自郡國達之天下，元元本本，靡有二事。故士不於學，則爲奇言異行；政不於學，則無道揆法守。君臣上下，視吾之有學，猶農之有田，朝斯夕斯，不耕不耘，則無所得食，而有卒歲之憂。此人倫所以明，敎化所以成，道德一而風俗同，惟是故也。

後世之學，蓋盛於先王之時矣。居處之安，飲食之豐，訓約之嚴，先王之時未必有此；然學自爲學，政自爲政，羣居玩歲，自好者不過能通經緝文，以取科第，既得之，則昔之所習者，旋以廢忘。一視簿書期會之事，則曰：「我方爲政，學於何有？」嗟夫！後世言治者常不敢望先王之時，其學與政之分與！

國家之學至矣，十室之邑有師弟子，州縣之吏以學名官，凡豈爲是觀美而已？蓋欲還先王之舊，求政於學。顧卒未有以當上意者，則士大夫與學者之罪也。

衡之學曰石鼓書院云者，其來已久，中遷之城南，士不爲便，而還其故，則自前敎授施君鼎。石鼓之學，據瀟、湘之會，挾山嶽之勝。其還也，新室屋未具。提點刑獄王君彦洪、提舉常平鄭君丙、知州事張君松，皆以乾道乙酉至官下，於是方有兵事，三君任不同而責均，雖日不遑暇，然知夫學所以爲政，兵其細也，則謂敎授蘇君總龜，使遂葺之。居無何而學成，兵事亦已，環三君之巡屬，整整稱治。

夫兵之已而治之效，未必遽由是學也，而余獨表而出之，蓋樂夫三君識先王所以爲學之意，於羽檄交馳之際，不敢忘學，學成而兵有功，治有績，則余安得不爲之言，以勸夫爲政而不知學者耶！凡衡之士，知三君之心，則居是學也，不專章句之務，而亦習夫他日所以爲政；不但爲科第之得，而思致君澤民之業。使政之與學復而爲一，不惟三君之望如此，抑國家將於是而有獲與！

明年八月旦，歷陽張某記。

三河記

直秘閣胡昉治歷陽之明年，令行禁止，道不拾遺，於是始以民之餘力開三河，曰千秋，曰姥下，曰石跋。因民之利，不勸以從，雷動風偃，天造地設。知閤門事龍大淵將上旨視其成，都統制劉源、江東運使韓元吉、淮西運使梁竑皆會。

夫興事造業之難，聖智懼焉。是擧也，惟天子之信臣臨之，而諸賢參同異之論，稱其平以復于上。將不獨吾千里蒙其利，爲保鄣，爲繭絲，昉其任是責哉。

乾道丙戌十月旦，張某書于三瑞堂。

觀月記

月極明於中秋，觀中秋之月，臨水勝；臨水之觀，宜獨往；獨往之地，去人遠者又勝也。然中秋多無月，城郭宫室，安得皆臨水？蓋有之矣；若夫遠去人迹，則必空曠幽絶之地，誠有好奇之士，亦安能獨行以夜而之空曠幽絶，蘄頃刻之玩也哉！今余之遊金沙堆，其具是四美者與？

蓋余以八月之望過洞庭，天無纖雲，月白如晝。沙當洞庭青草之中，其高十仞，四環之水，近者猶數百里。余繫舡其下，盡却童隸而登焉。沙之色正黄，與月相奪，水如玉盤，沙如金積，光采激射，體寒目眩，閬風、瑶臺、廣寒之宫，雖未嘗身至其地，當亦如是而止耳。蓋中秋之月，臨水之觀，獨往而遠人，於是爲備。書以爲金沙堆觀月記。

萬卷堂記

歐陽文忠公之諸孫曰彙字晉臣者，居廬陵之安成，築屋其居之東偏，藏書萬卷，扁之曰萬卷堂。乾道丁亥冬，晉臣自廬陵冒大雪過余於長沙，曰：「彙堂成久矣，而未有記也，願以爲請。」

夫人莫不愛其子孫也，而爲之善田宅，崇貨財。今彙有三子，不願以此愚之也，蓋辛勤三十年，以有此書，以有此堂，而使三子者學焉。余以爲文忠公之德宜有後也，而今未之聞焉。充晉臣之志，其在茲已！其在茲已！

晉臣歸，幸爲我告之：古之所謂讀書者，非以通訓詁、廣記問也，非以取科第、苟富貴也，亦曰求仁而已。仁之爲道，天所命也，心所同也，聖人之所覺焉者也，六經之所載焉者也。得乎此，一卷之書，有餘師矣。不然，盡讀萬卷之書，以爲博焉，其可也；以爲知讀書，則未也。

壽芝堂記

秘閣脩撰襄邑鄭公子禮，自湖南轉運副使就拜本路提點刑獄，提刑置司衡州，而衡州，子禮落南寓家所在。於是有芝產於內寢，一本九莖，五色備具。子禮築新堂未有名也，客或考芝之祥，名之曰壽芝。

蓋五芝生五嶽，得以和藥，皆致神仙，壽千歲。子禮今年七十有二，康寧而好德，其奉使典州，皆有績惠。語曰：仁者壽。則芝之生，豈徒然哉！余與子禮廣西、湖南同官，又有連也。既書其扁，又爲之記。

乾道丁亥十二月望，歷陽張某記。

金堤記

蜀之水既出峽，奔放橫潰，荆州爲城，當水之衝。有堤起於萬壽山之麓，環城西南，謂之金堤。歲調夫增築，夏潦方涇，府選才吏，分護堤上。

乾道四年，自二月雨，至于五月，水溢數丈，既壞吾堤，又齧吾城，晝夜澒洞，如叠萬鼓。前尹尚書方公，極救災之道，決下流以導水勢，親督吏士別築堤，城中民安不搖，越兩月而後水平。秋八月，某自長沙來，以冬十月鳩材庀工作新堤，凡役五千人，四十日而畢。已決之堤，匯爲深淵，不可復築。別起七澤門之址，度兩阿之間，轉而西之，接于舊堤，穹崇堅好，悉倍于舊。

既成，某進府之耋老，問堤之所以壞。曰：「異時歲修堤，則太守親臨之，庳者益之，穴者塞之，歲有增而無損也，堤是以能久。今不然矣，二月，下縣之夫集，則有職于是者率私其人以充它役，或取其傭而縱之；畚锸所及，併宿草與土而去之耳。覗堤既平，則告畢工，於是堤日以削而卒致於潰也。」予感其言，因書之以告來者，使知戒焉。

築堤餘材，哀之作小亭于堤之牛，取少陵「江湖深更白，松竹遠微青」，扁之青白亭，而刻文于壁間。

五年三月，張某記。

荆南重建萬盈倉記

按荆州圖經，府倉在牙城西街北，今之倉者，乃在牙城之南街西，其遷廢歲月，不可得而考也。

初，荆州平時，米、麥、麻、豆歲輸于府者合十四萬有奇，今財七之一。以其少也，故廩庾出納，在官者不復甚經意，因陋就簡，以至于今。十年來，荆州屯兵，諸道之饟者受給無所，於是因倉之餘地，續續爲屋，横邪曲直，隨地之宜。如積薪，如布算，或高或庳，上雨旁風，至棟桷委地，而猶藏穀。軍士月給皆黑腐，以飼雞豚，且不食。

余至官三月，既築潰堤，間與僚吏周視官寺，蓋無有不敝壞者，而倉爲急。會朝廷賜以峽州所買之木，即檄統制官董江、節度判官趙謙、攝掌書記汪琳，撤舊屋而新之，合爲屋一百五十盈，揭之曰萬盈倉。外峻牆垣，内謹扃鑰，臺門高廣，聽事深明，面勢位置稱其爲大有司也。自湖之南北，江之東西，舉無與吾倉爲儷者。是役也，奔走程督，又有攝潛江巡檢郭搗。凡用木九千枚，緡錢六千，米千斛。

既成而余以親疾丐祠去，前所謂官寺之當葺者，僅能畢甲仗庫，若學宫、軍帑，則已鳩工而未成也。

乾道五年三月旦，歷陽張某記。

黃州開澳記

守楊宜之至黃三月，問諸父老，曰：「黃之所以未復其故者，以古澳之未濬也。黃爲州，臨江背山，沙岸壁立。客艘上下，無所於泊，幸而畢關征，則棄去如脫兔。四方之物至黃者，不復貿易。黃之民，惟其土之毛，晝合於市，無所售，則悶然以歸。夫然者，以四方之來者不留故也。今誠還澳之舊，使順流而下、泝江而上者，不于黃有風濤之厄，稍爲旦暮計，黃之爲黃，庶乎可也。」宜之惕然，不皇顧其畚虆之有無，即日鳩工，惟父老之言爲信。親率畚鍤，於以用民，而民無怨，閱廿日而開澳之工畢。始澳有上源，乘夏潦之淫，沙水俱至，水去沙積，日濬治之，亦塡淤也。宜之謂澳者所以藏舟，絕一源則下澳長無湮塞之患，蓋前之議者未及講也，乃能開上澳。余來適丁其成。且宜之之言方公務德則啓其端，余覩方公爲文人行，故樂記所以。

乾道五年四月八日，張某記。

于湖居士文集卷第十五

序

廣招後序

廣招，吾友郭從範爲丞相趙公作也。丞相没南荒，不及見紹興乙亥冬〔之〕（致）事，天下哀之，故從範作此文以尉九原之思。張子曰：「丞相以忠受知天子，同列娼疾，羣纖嗾吠，丞相以遷死。丞相之死不死也，今大憝幽戮，聖政日起，丞相志願畢矣。挾姦欺君，雖生猶死，謂丞相之魂可無招也。」

從範年未三十，長不滿五尺，胸次浩然，常欲軒輊天下士。聞不平事，攘臂齧齒，椎牀唾壁，終日咄咄。使從範幸而見用，必不澳澀帖然隨流波也。又區區爲趙公作此文，從範之心可知也已！可知也已！

龍舒淨土文序

阿彌陀如來以大願力攝受羣品，繫念甚簡，證果甚速。或者疑之，余嘗爲之言：阿彌陀佛，卽汝性是；極樂國土，卽汝身是。衆生背覺合塵，淪於七趣，立我與佛，天地懸隔。佛爲是故，慈悲方便，開示悟入，現諸無量，如幻三昧，莊嚴其國，備極華好。復以辯智，而爲演說，令諸衆生，歡喜愛樂。於日用中，能發一念，念彼如來，欲生其國。卽此一念，淸淨堅固，還性所有，與佛無異。當是念時，不起于坐，阿彌陀佛，極樂國土，悉皆現前。如是脩習，乃至純熟，幻身壞時，此性不壞。金蓮華臺，由性種生，往生其中，如歸吾廬。諸佛菩薩，卽我眷屬，性無異故，自相親愛。

友人龍舒王虛中，端靜簡潔，博極羣書，訓傳六經諸子數十萬言，一旦捐之，曰：「是皆業習，非究竟法，吾其惟西方之歸。」自是精進，惟佛惟念。行年六十，布衣蔬茹，重趼千里，以是敎人，風雨寒暑弗皇恤。閒居日課千拜，夜分乃寢，面目奕奕有光，望之者信其爲有道之士也。紹興辛巳秋，過家君於宣城，留兩月，始見其淨土文，凡脩習法門，與感驗章著者，具有顚末，將求信道者鋟木傳焉。

或病虛中：「公儒者而好佛之酷若是，又欲率天下舉以從公，不亦戾吾聖人之意耶？」虛中應之曰：「聖人固云然也。書非聖人删耶，而曰『惟狂克念作聖』。夫狂去聖遠甚，而一念之克，卽到聖處。衆生一念念佛，卽到佛處，如之何不可？商太宰問聖於孔子，自三皇、五帝皆不以云，而曰西方有聖人焉。庸詎知西方之聖人非佛謂耶？」虛中謁予序其書，故并載之。虛中名日休。

是歲十月旦，歷陽張某序。

送王壽朋歸霅川序

王壽朋自臨川相從，度彭蠡，登廬阜，方舟順流，盡覽東南山川之勝，蓋三閱月，至吳門而後別去。

壽朋幼游太學，爲名進士，以其餘力旁通神農、黃帝之書，探囊起死，退然無驕色。鄉來賓客相與游從如壽朋耐久，可二三數也。

臨分置酒齊雲，惘然爲書。隆興初元六月二十五日。

送吳教授序

臨川於江西號士鄉，王介甫、曾子固、李太伯以文爲一代宗主，而皆其郡人，故居民多業儒。碌碌者出於它州足以長雄，故能文者在其鄉里不甚齒錄，獨素行可考而後貴也。

吳氏子鎰，余爲州將時所舉進士，方羣試于有司，予因識之，登于朝中乙科。知舉者嘗欲以冠多士，既不果，則爲之延譽，一時名聲籍甚。分教郴州學，以余之素也，來廣西從余，歷三時而後之官。

余謂鎰不以文勝，蓋見貴於鄉里者。雖然，古之君子固有獨行自立，舉世非之而不悔；至貴於鄉里，猶未足道鎰也。蓋尚友古人，益思未見其止者與！必試於烈火而後知玉，萬物俱流而金石乃止。余欲金玉鎰也，鎰勉之。

送野堂老人序

乾道丁亥六月，余來長沙，於是金華宋君子華爲之丞。子華老於學校，忠厚慈祥，練習典章。事之來也，子華雖不言，而意之所屬，蓋得之於眉睫之間。某得師焉，以免於戾。

子華今歸矣，某蓋婁申之於有位者而未達也。雖然，達不達於子華何足道？夫不在其身，必在其子孫，子華年固未艾也。子華由是顯，以爲天子之名卿才大夫，則必惟其宜，將其後四世五公也耶？未可知也！

十有二月六日，歷陽張某安國書。

送臨武雷令序

雷氏子洙爲臨武縣令，將行，問所以爲縣於子張子，敬與之言：「夫虎豹之暴也，猶豢而畜之，豈非度其意之所安而逆其情之懼者與！是以王者之治本人情。今吾臨武之人，人也，其好生而惡死，趨利而辟害，與吾等也，獨奈何以夷貊之？故吾願雷子之居是官，不欲夷其民，善推其所願欲而已。摩而撫之，搏而磔之，其寬其猛，各有攸當。」雷子之爲臨武，將以是而有濟與？未可知也。

史警序

余自荆州得請還湖陰，未至黄州二十里，扁舟遡浪來迎者，故人談獻可也。握手問無恙，命酒相勞苦。略赤壁，泊黄岡，望武昌西山。

余歎曰：「壯哉周公瑾之爲丈夫也，一舉而三國之勢定。使老瞞屏息帖耳，不敢睥睨吳、蜀者終其身。」

獻可曰：「是則然矣。孰知三國之勢定而天下之人不復知有漢也。公瑾、孔明外託大義，實自爲計，確乎以劉氏爲心者誰與？」余惕然正色，不敢復議。

獻可又出所作史警十餘篇相示，純正剴切，得古人論議所未到，余三復擊節之。同舟至蘄陽而別，因書以冠諸篇首。獻可蘄水人，獻可名也，字亦云。乾道己丑四月既望。

銘

陳季陵借軒銘并序

陳子借鄰居之水竹以名其軒，張子曰：「萬物皆備於我矣，奚以借爲？」雖然，陳子之意則有在也，作軒銘。銘曰：

自我觀物，有一不可。反身而誠，至於備我。混爲一家，抉其藩籬。曾謂陳子，而不是知？利欲移人，抑或盜取。施施夸人，曰己實有。我登借軒，聞子德音。息陰俯流，以洗我心。

吳春卿高遠軒銘

坎井之蛙，爬沙終日；大鵬垂天，六月一息。穴壁而闚，見不盈尺；我登泰巔，洞視八極。今春卿覽德輝於千仞之表，期汗漫於九垓之外，高矣遠矣。此余之所以名其室者歟！

取友銘

直諒多聞，我友三益。言則我從，斯我之賊。天高聽卑，好是正直。側僻取容，幽有鬼殛。隳節敗名，禍止汝身。當官而行，將疢我民。揆己何如，以處它人。汝誨汝思，汝銘汝紳。

龔養正芥隱銘

一雞之爭，覆我龜蒙。或俛而拾，以華厥躬。是子龔子，矯矯六尺。斂而藏之，寄此一粒。龍伯觸氏，孰大孰小？我銘此庵，不滿一笑。

橘隱銘

采芝之仙，藏於橘中。江頭木奴，比千戶封。彼君子兮，從吾所好。霜落橘熟，持杯一笑。

墨沼銘

直大而方，重厚少文德比玉。磨礲圭角，虛以受人不碌碌。坐閱萬物，與古爲徒。受命獨有酌者水，和而不流滿不覆。瑞我翰墨，散爲膏澤潤民屋。是謂墨沼，天實畀我奠南服。

永寧寺鐘銘

謂聲非鐘，謂鐘非聲，離是二想，此鐘常鳴。聲無盡藏，鐘亦不壞，如雷如霆，震此嶺海。

李周翰所藏洮石銘周翰，蘄州人，中洲乃其隱號也。

出西河之結錄，薦中洲之隱君，蓋未始用吾力也，不必發於硎。若夫砥節礪行，不見其穎，則所以表一世而無羣者耶？

說

二張字說吳宮教祗若之甥

涉世欲淺，造道欲深，故涉之字深伯。舜爲法於天下，可傳於後世，我猶未免爲鄉人也，故法之字傳伯。過涉滅頂，在易則凶；居安資深，左右其逢。鞅法起秦，卒轘而躬；弗儆以傳，厥惟聖功。爾深爾傳，惟是之誨；謂予不然，質爾舅氏。

勉過子讀書

學無早晚，但恐始勤終隨。今有二人焉，皆有百里之適。一人雞鳴而駕，馬瘠車敝，憩於塗者數焉，則窮日之力，未必能至。一人日中而駕，馬良車駛，其行不息，吾知其必先於雞鳴者矣。故夫車馬者，質也；作輟，其勤墮也。

過氏子年二十有一矣，棄其舊學之佛，而惟吾儒之歸。質甚美也，志甚勤也，猶懼其畫也，故書此以勸之。

諱說

某屏迹念咎，不接外事，然所寓淺狹，東西行者，語音輒相聞。竊聽小民籍籍，稱說新史君之政寬而不淪於弛，嚴而不入於暴，老吏斂手，不得措可否其間，如平舅甥之獄於談笑頃，事關教化，皆可紀述。父子相告，私自抃蹈。謂士以所學所行析爲兩塗久矣，今公經術學問，軌世立範，立朝如是，治郡如是，全德具美。稽之昔賢，無所與讓，敢再拜賀。

但有避諱一事，始聞而笑，中聞而疑，終之不能自決而私布之執事。何者？以公高明直諒，萬萬不應有此，談者妄謬已甚，是故始之以笑；談者至于三數人而不已，又聞有所何治，是故中之以疑；以某受知，疑焉不告，則爲有罪，是故終言之，而不敢以逆公意而止。

蓋二名不偏諱，卒哭乃諱，禮也。私諱不及吏民，不諱嫌名，律也。不偏諱，屬聯則諱，「徵在」是也。卒哭乃諱，生者之名不當自諱也。私諱不及吏民，惟天子之諱通乎天下；不諱其私，示不敢與尊者抗也。不諱嫌名，「雨」「禹」、「丘」「蓲」是也。禮不應偏諱，偏諱某字，猶之可也；偏諱其嫌，猶之可也。今凡「支」「申」之屬，音之近者皆諱之，「支使」謂之「察推」，「收支」謂之「收給」，「狀申」謂之「狀呈」，「申時」謂之「衙時」。果然也，豈不甚可笑也。則與退之所謂「宦官宮妾之不敢言諭及機」者何異？以公之剛正，而欲人以宦官宮妾之態事己，必不然也。此某所以始聞而笑也。

談者又曰：「不獨此也，雖公之名亦不欲人及之。昨者小吏誤以言，笞之百矣。」誤公名且受笞，宜吏民之諱「支」諱「申」也。此某所以中之以疑也。

故相名檜，謂膾「魚生」；王氏諱「山」，易「山」爲「巖」。又有郎位名説而自諱「月」，使其隸候月，則曰「汝往覘天大星出告我」。家諱「禮」，客李姓者更以「季」。至如墨池皮緭，載在稗官；不舉進士，退之作辯。此公之所熟聞而訕笑者，夫寧躬自蹈之？意者羣吏求容悦於公而爲是耶，抑公未之聞耶？其笞吏也，將它罪耶？此某終之不能自決而私言之執事也。果有是也，公更之不難；不然也，願公進羣吏而諭之，使言一循其故。春秋之法責賢者備，公垂意焉。

或謂某曰：「公或無是，以告者過也，公得無怒子？」某謹應之曰：「公屬爲御史，聞無不陳，責難於君，天下歸忠焉。士有爭友，況某於公也，無而言之，公必諒某之心，奚怒之有？」

歐陽氏子字說

春而萌芽，夏而長養，揫斂於秋，而閉藏於冬，天之時如此。可以仕則仕，可以止則止，可以久則久，可以速則速，聖人之時如此。知時之義者，其發而中節之謂乎？涉於過不及，則必爲小人而無忌憚，故君子曰時中。

歐陽氏子年十有一，育於外大父袁仲禮。其生也，有以時魚饋者，袁君名之曰時。時，楚產也，出必春莫，漁伺之識歲月，以其時也，故以「時」名。夫時非有知也，乘氣而化。時且如此，今吾之時，天所命也，人欲既勝，顛倒錯亂，曾時之不若，故字時曰伯時，而書其所以告之。

贈時起之

時氏，彭城大族，度江而南，一居秀之崇德，一居吳興，一居廬陵。

居崇德則某之外王父也，嘗爲登聞檢院，通判吉州，知雷州，卒葬崇德。兩子。伯舅諱鈗，不及仕而死。亦兩子，長嘉之，迪功郎；其季三歲隨母適廬陵伍氏，從伍姓，今年三十三矣。某守臨川，同舍郎王宣子守廬陵，遣人訪尋得之，告以家世，爲更其名曰起之，而字之曰子家。仲舅名檄，居官廉正，惠愛辦治，今爲朝散郎，新通判汀州。子男四人，勝之、恭之、文之、惠之，未艾也。

居吳興曰衍之，卒官朝請大夫、成都轉運判官。子伍人：雋登進士科，傑、侃、佐、行以任入官。

居廬陵曰開之，兩子：佑、倚。

某於時氏既外諸孫，又娶仲舅之女，因書遺子家，使概知其生出本末云。年月記。

贊

贈白雲道人贊

白雲説相，口舌瀾翻。南山霧中，時見一斑。是耶非耶，吾不得而知也。

題劉仁瞻告贊

劫火洞然，玉石皆空。天存此書，于以勸忠。

題桂林劉眞人眞贊

河目甚口，須髯怒張，人貌而天者耶！其骨已朽，其人不死，與天地齊年者耶！山高谷深，變化成空。一笑相從，惟我與公。

龔養正寫眞贊

山澤臞儒詩中仙，獨立骯髒遺拘攣。服以幽蘭佩芳荃，臨風高詠離騷篇。不知畫工胡爲而得其傳耶？

自贊

于湖，于湖，隻眼細，隻眼粗。細眼觀天地，粗眼看凡夫。

于湖居士文集卷第十六

奏議

論總攬權綱以盡更化劄子 秘書正字召對日

臣恭惟陛下天縱神聖，身濟興運，兢兢行道，餘三十年。以陛下之心，行陛下之政，唐、虞、三代，宜不足進。而懷忠之士，以今揆古，容欲有議者何哉？羣臣負陛下使令也。自建炎以來，朝廷之治，蓋嘗一再更張。方陛下厲精於中興之初，則執事者立異相高，隆虛名而略實用；逮陛下恭己於修好之後，則專國者怙權植黨，廢公議以竊主威。夫君，天也，父也。事天事父若此，尚何暇望其它哉！

今陛下收還威柄，人才用舍，斷自聖志，先時二者之敝，固已革去。然臣之愚，猶欲冒昧自竭者，誠願陛下淸閒之燕，密諭邇臣，使之無苟目前，益務遠略而已。夫事有可爲，當各進所聞，豈必拘形迹之疑；政或偏敝，當勿憚改作，不宜習見聞之舊。玩歲月，則將失投機之會；飾文具，則必盭責實之旨。使羣臣精白以承休德，則陛下高拱而昭成功，永輯隆平，無有紀極，惟陛下留神財幸。取進止。

乞改正遷謫士大夫罪名劄子祕書正字召對日

臣仰惟陛下天造神斷，與海內更始，士大夫流竄降黜，一皆抆拭，待之如初，甚盛德也。

臣竊見前者大臣竊陛下之威福，濟私心之喜怒，逮其莫景，很忞尤甚。士大夫稍自振厲，不肯阿附，或小有違忤，則羅致之獄；毛舉縷析，旁逮知舊；懼其不能廢錮，必以贓私罪汙之。有司觀望風旨，鍛鍊煩酷，使之誣伏，爰書訊鞫，貫穿首尾，強立左驗，務令案節備具，牢不可破。今雖杲降詔旨，許以辯雪，然有見賢能之士，或曾蒙陛下獎拔，則忌之益深，乃使虛被誣衊，自新無路，人才終棄，實可憫惜。

臣愚欲望聖慈斷自宸〔衷〕（哀），特降睿旨下刑部：諸命官自去年郊祀赦前犯贓私罪，除州縣監臨之官，因民戶論訴，監司按發，若有冤抑，依條審實外，如係近年取怒故相，並緣文致，有司觀望，鍛鍊成罪之人，特免看詳，並與改正。庶幾士大夫實霑恩宥，復全名節，得備國家選用，天下幸甚。取進止。

論涵養人才劄子

臣聞國勢之強弱，不係於土地之廣狹，甲兵之利鈍，而係夫人才。所謂人才者有二焉：文章足以藻飾治具，風采足以羽儀薦紳，此平時用之而有餘者也。靜有以察未形之機，動有以應方來之變，如藥石眞可療病，如穀粟眞可救飢，此則平時既不可不涵養蓄儲，而羽檄交馳之際，則又不可頃刻而無此者也。

恭惟陛下以天縱之聖，躬履興運，而宵旰求治，深思遠慮，將以遺子孫萬世之安，搜羅人才，惟恐或失，所謂藻飾治具、羽儀薦紳者固自不乏。然臣區區之忠，猶効此言者，誠懼夫實用之才尙少也。

夫楩、楠、杞、梓，自拱把知其爲良，然不假之以歲月，培壅封埴，遽責之以任重，鮮有不撓折者。是人才又貴夫涵養。欲望聖慈深詔二三大臣，俾更廣求實才可用之人，善謀能斷，文不足而質有餘者，置諸中都，扶持長養，婁試熟察，以須其成。在平時則隆國勢以折未萌，於緩急則受任奔走禦侮捍患無不可者，誠得一二十輩森布在列，則陛下可以垂拱無爲，固宗社於磐石，而二三大臣，亦可以優游怡愉於廟堂之上，而無所事矣。取進止。

請删定列聖圖書劄子校書郎賜對日

臣仰惟帝室龍興，聖聖傳緒。天德地業，既載諸信史；雲章奎文，又勒于鴻編。於是並建內閣，以謹其藏，所以宣奕葉之文明，示萬世之軌範。陛下身濟大業，遹追來孝，載卽廣內，一新寶儲。館御邃清，規模輪奐，神聖顧歆，中外咸悅，太平盛舉，不可加已。然臣竊聞列聖圖書，皆在冊府，六閣所藏，或爲未備。欲望睿明深詔祕館，恭取祖宗寶訓，御集實錄，五朝正史，盡行錄寫，館職讎校，上之六閣。庶幾典冊尊嚴，日星並煥，上以昭陛下尊祖欽宗，丕揚謨烈之意，外以闡治世之彌文，垂耀來今。取進止。

小貼子：契勘今來陳請，並係已成之書，止乞就祕書省官吏抄錄校正，卽不置局支破添給，將來了畢亦不推恩。

乞不施行官員限三年起離僧寺寄居劄子校書郎賜對日

臣伏見指揮，臣僚陳請州縣僧寺官員見住者限三年起離，今來將已限滿。臣竊惟朝廷住賣度牒之久，僧徒寖少，所在佛屋，例多空閑。往者中興之初，西北士人渡江，嘗有指揮，許於僧寺安下。休兵以來，雖間亦自造住屋，然其間實有窮困者，卒歲之計猶且不給，豈有餘力可以買地建宅。今緣年限將滿，僧徒漸敢無禮迫逐，或結託官吏，迫以威勢，流落之士，極爲狼狽。臣又聞紹興府、福州、泉州宗司及南班宗室，皆在僧寺。格以新制，則此官府亦合遷起。若別行營繕，豈惟州縣甚有所費，而工役之多，又復重擾百姓。

伏望陛下矜恤，特賜睿旨，將昨降寄居僧寺限三年起移指揮更不施行，庶使僑寓之士數百千家皆均被上恩，不致失所。取進止。

論先備劄子

臣聞善醫者不以無病而廢藥石之儲，善國者不以無事而忽先具之備，蓋懲病克壽，弗畏入畏，古之戒然也。

恭惟陛下神心淵懿，聖學高遠，前世安危治忽之鑒，當今先後注措之宜，皆已昭晰洞達，無有疑蔽；如日之中而纖悉必照，如衡之平而輕重必審。凡所以明謹政體，興起治功，鞏固丕基，維持萬世者，罔不備具，固何待羣臣千慮之愚？然臣不識忌諱，深惟古人先事之義。竊謂今日歲誠豐矣，然荒政不可以不治；兵固戢矣，然邊備不可以不謹。黎獻畢集，允釐百工，當思有馳騖不足之時；四方無警，百姓按堵，當思有毫末弗緝之患。此其略也。

夫綢繆宜陰雨之未及，宴安惟酖毒之可畏。伏惟席大治大安之勢，擇凡當預備之策，因大臣造膝之餘，使之一二條舉，熟復而深圖之。孟子曰：「國家閒暇，及是時明其政刑，雖大國必畏之矣。」臣不勝惓惓，以爲陛下獻，惟陛下幸赦。取進止。

乞更定太常樂章劄子

臣恭惟陛下飭躬齋精，祗見郊廟，靡愛圭幣，懷柔百神，獨聲詩之薦，未稱明德。伏覩太常所奏樂章，第其篇敍，則有詳略之不同，稽之文義，則或違牾而弗協。三歲之親祠，四時之常祀，率用此也。而習熟所傳，有司弗議，臣甚懼焉。

恭惟真宗、仁宗，寔始親製薦饗樂章，所以申景鑠，宣至和，假三靈之貺者，炳然與日星較著。而當時輔臣翰苑奉詔而作者，亦皆依末光，垂典册，雅、頌所編，不足進也。臣愚欲望聖慈深詔邇臣，取凡太常樂章，更定篇次，摽別部分，具以奏御。陛下萬機之暇，用列聖故事，擇宗廟郊禖親祠所用，駿發睿思，肆筆而成，其餘分命大臣與兩制儒館之士，一新撰述，裒爲成書，下之太常，以俟來歲郊見奏焉。庶幾中興追繼韶、勺，施之無窮。取進止。

乞脩日曆劄子 起居舍人兼脩玉牒實錄院檢討官日

臣聞神宗皇帝相王安石用私意作日錄，一時政事美則歸己，陳瓘以死爭之，著爲尊堯集、日錄辯等書，忠臣義士，感激增氣。恭惟陛下躬履艱難，濟登休治，寶慈與儉，仁民愛物，聖德之盛，固已聿追先烈。而故相信任之專，禮遇之隆，又非特如安石受知於神祖也。臣竊謂政事舉措，號令設施，一皆繳自聖斷，故相或能將順贊襄而已。臣懼其作時政記，亦如安石專用己意，掠美自歸，揜陛下之聖明，私羣臣之褒貶。日曆之官，因取其說著於簡策，大非尊戴君父，傳信萬世之義，臣實恐懼。

仰惟陛下既遴選史臣，付以論撰，欲望驟發明詔，再取去歲以前臣僚脩過日曆，詳加是正，審訂事實，貶黜私說，發明聖德。庶幾作宋一經，襃六爲七，垂之無窮，天下幸甚。取進止。

論王公衮復讎議兼權中書舍人日

復讎，義也。夫讎可復，則天下之人，將交讎而不止，於是聖人爲法以制之。當誅也，吾爲爾誅之；當刑也，吾爲爾刑之。以爾之讎，麗吾之法。於是爲人子而讎於其父母者不敢復，而惟法之聽。何也？法行則復讎之義在焉故也。

今夫佐、公衮之母既葬而暴其骨，僇尸也，父母之讎莫大於是。佐、公衮得賊而輒殺之，義也；而莫之敢殺也，以謂有法焉。律曰：發冢開棺者絞。二子之母遺骸散逸於故藏之外，則賊之死無疑矣；賊誠死，則二子之讎亦報，此佐、公衮所以不敢殺之於其始獲而必歸之吏也。獄成而吏出之，使賊洋洋出入閭巷，與齊民齒。夫父母之讎，不共戴天者也。二子之始不敢殺也，蓋不敢以私義故亂法。今獄已成矣，法不當死，二子殺之，罪也；法當死而吏廢法，則地下之辱沉痛鬱結，終莫之伸，爲之子者尙安得自比於人也哉！佐有官守，則公袞之殺是賊，協於義而宜於法者也。

椿等聞春秋之義，義在復讎。公袞起儒生，尫怯如不勝衣，當殺賊時，奴隸皆驚走，賊以死捍，公袞得不死，適耳。且此賊掘冢至十數，嘗敗而不死，今又敗焉而又不死，則其惡必侈於前。公袞之殺之也，豈獨直王氏之寃而已哉！

椿等謂公袞復讎之義可嘉；公袞殺掘冢法應死之人爲無罪；納官贖弟，佐之請當不許；故縱失刑，有司之法宜如律。謹議。

于湖居士文集卷第十七

奏議

進故事

臣某曰：曹操、苻堅狃數勝之勢，擁百倍之衆，因利乘便，長驅而前，偃然有吞併之心。然吳與晉卒能以單寡之士，談笑走敵。操、堅號爲善用兵者，及玆智勇俱困，鳥駭鼠竄，僅以身免，而其國遂以不競者何也？吳、晉之君臣，能以靜制動，以逸待勞，以直應曲，而又有周瑜、謝玄爲之將帥也。

夫兵不欲多也，兵多而不精，則志不一而易潰，曹操、〔苻〕（符）堅之衆是也；是故兵不可以不練。將欲專也，將得其人，則兵雖不多，亦足以取勝，赤壁、合肥之役是也；是故將不可以不擇。夫兵已練而將已擇，則吾飭邊備，遠斥堠，峙糗糧，省不急，籌於帷幄以待之而已耳。雖狠子野心不義而強，吾何畏焉！

又

臣某曰：文帝可謂知道也已，不以我之休戚易天下。故約於處己而天下以尊榮歸之，詘於一時而萬世以盛德稱焉。炎正傳禩，彌於四百，文帝所以固結天下之心者在是也。

夫儉非難，而出於誠之爲難，民至愚，而神不可以文具化也。愼夫人不出房闥，而天下知其衣不曳地，文帝亦庶乎其誠矣，其於富海內而興禮義也何有？

昔者舜、禹之世而苗民不格，夷狄之患，何世無之？不曰舞干羽乎？文德誕敷而後干羽可以懷遠，不然抑末也。匈奴盜邊，文帝猶恐傷民，不欲深入，蓋諱兵而不用也。然當文帝之時，疆埸無甚擾，匈奴浸亦貼服，文帝所以爲強，在德而不在兵也。

夫強固不在兵，而軍政不可不修，細柳之屯，帝識其爲眞將軍，當饋而歎。然後又知文帝勤於修德，猶不敢一日而忘兵也。

論薦劉澤奏

臣等伏覩武功大夫、馬軍司後軍統制劉澤，懷州人。初爲劉錡偏將，錡器之，使特將一軍，順昌一本作「順川」。之役有雋功。錡罷，澤以所部屯太平，都統王進掊尅苛暴，軍人怨之刺骨，獨澤撫士卒如子。進有所科斂，澤一不從，進怒逐之。澤家無蓄儲，即日乏食，舊部曲議賑給澤，澤不可，曰：「幸有官，可以歸吏部。」與其子徒步參選。既判成矣，會馬軍司後軍闕官，此軍從劉錡久，倚功怙勇，將非其人，則或頡頏而不服。帥擇將難之，有以澤告者，以爲後軍統制。一軍怗怗，且畏且喜。

澤之在後軍，如在太平軍中。分市官布，澤曰：「吾軍貧甚，顧可以布與吾軍耳。」明日以狀謝得布。它日，令軍中市瓦，澤又曰：「所居間屋尚多，瓦可撤也。」撤以與之。澤在軍，自己俸之外，雖添給之屬，不以一錢供其私，起居飲食，與士卒賤者等。廉勤忠直，根於天性，自其儕伍，雖平時有不快於澤者，亦不能不稱其賢。

澤年五十有二，從軍三十年，婁有戰功，介於進取，不善委曲，專務奉公守職，存撫士卒而已。夷考其行，雖古名將何以過？是臣等采之公議，輒敢論薦，欲望聖慈將澤不次拔擢，以爲中外之勸。

繳駁成閔按劾部將奏中書舍人日

准中書省送到錄黃一道，爲成閔按劾西溪選鋒第一將部將李因，全不照管人兵，致令逃竄，乞罷從軍，與遠小差遣。奉聖旨依，李因添差江西安撫司准備差使，令臣書行者。

右。臣竊惟國家之所以懲勸天下，賞罰而已。然賞不當功，則不如無賞；罰不當罪，則不如無罰。何也？功罪已著而賞罰未行，則賞罰之權猶在也；功罪著而賞非功，罰非罪，則爲善者不勸，爲惡者不懼，賞罰之柄於是失矣。自聞西溪卒伍逃竄之事，既兩旬浹，其所以不憚死而竄者，情之曲折，陛下既已知之，不待臣之言。然二十日之間，主帥而下，未聞略有黜責，外廷之臣不敢以爲疑者，意朝廷方此圖之而未也。今兹則大不然，朝廷既已不治其人，而成閔乃敢無所忌憚，公爲劾章，歸過隊將，乞罷見任，仍送吏部。夫掊刻軍士，役使軍士，利入於己，怨積於下者，閔與統制、統領官實爲之也。閔不爲之，則統制、統領官安敢爲之？統制、統領官不爲之，則將副、部隊將安敢爲之？朝廷委曲涵容，置閔與統制、統領官等一切不問，乃特用閔之言罷一隊將，所謂隊將者，何其獨不幸也哉！

罰不當罪，臣恐浸失賞罰之柄，自此此輩愈更恣横，輕侮憲章，事雖至微，關繫甚重。臣愚欲望聖慈將成閔與當來士卒逃竄本軍統制、統領、將副等官等第降黜，其本軍統制官仍與罷免，庶爲餘人之戒。或陛下聖意不欲如此行遣，即乞將閔今來陳乞罷隊將劄子亦不施行，以破小人詭計，以慰士卒之心。所有録黄，臣未敢書行。

小貼子：臣訪聞馬軍司尋常減刻軍兵請受，及非時役使，最爲酷虐，士卒怨帥臣入於骨髓。陛下聖聰，幽隱必察，諒必周知，臣不敢復布。若因此時略與黜責，不惟餘人知所懲戒，亦可以收中原士卒之心。疎遠冒聞，不勝恐懼。

論衛卒戍荆州劄子

臣仰惟陛下軫念上游，既以荆州付之劉錡，而又倚信聽從，無一不至。伏覩此來詔旨，爲錡而下，數踰二十，如嚴制節、備官屬、頒緡錢、增鎧仗之類是已。顧中外之論，猶謂錡之所急，寔在兵少，欲出衛卒往戍錡所。

夫自吳至荆州，山川阻遠，調發數千，與其孥俱，則是數萬，不惟經行煩擾，亦非所以外示安靖也。臣愚竊欲效計，以謂取之於遠，不若取之於近，所謂夔路是也。今諸路將兵，往往有名無實，臣嘗詢之，惟蜀爲盛，成都萬人，潼川六千，夔路四千。夔之去荆，道路無幾，若以夔兵二千益荆州，轉潼川之卒以補夔闕，而下成都之甲如夔之數戍潼川，或歲時踐更，或一定不易。如是則內無遷徙之爲勞，外無疑間之可開，周旋几席之上，而形勝之強成矣。

議者必曰，夔當蜀後，夔守虛則蜀以危。臣謂不然，自荆入蜀，取道峽中，地勢險絕，人必魚貫而進。荆在平衍之地，據吳、蜀之衝，使荆果強，則孰敢踰荆而窺蜀？是夔雖有兵，寔置於無用之地，徙之於荆，則上可經蜀，（一本作「徑蜀」。）下控沔、鄂，蜀既無慮，而上游亦固，一動兩得，有利無害。伏惟陛下留神財幸。取進止。

貼黄：臣竊攷祖宗舊制，諸將兵未有不更戍者，所以均勞逸，習道路。如蒙聖慈采擇，乞下四川制置使及湖北帥臣同共措置，從長施行。

論治體劄子甲申二月九日

臣竊惟今日天下之事，可謂極矣。國威未振，士氣未立，財用殫匱，甲兵脆弱。譬之元氣虚竭之人，百疾俱見，非醫如俞、扁，有湔胃浣腸之術，莫能起也。天授陛下神聖英武，龍潛既久，周知天下之故，作其即位，則舉茲世而新之。獨攬權綱，考核名實，憂勞圖回，日不皇暇。顧惟内外小大之臣，不足以仰望清光之萬一，是以再歲于茲，大勳未集。

然臣聞之，立志欲堅不欲鋭，成功在久不在速。治有大體，不當毛舉細故；令在必行，不當徒爲文具。大僚欲其同德比義，共濟艱難之業；羣臣欲其宿道鄉方，不爲朋黨之私。如是則内治不患其不修，外難不患其不弭。以此富國，以此靖民，以此復文、武之境土，以此攄高、文之宿憤，躊躇四顧，無不可爲者已。如其不然，臣恐藥不當而病益深，則其憂有不可勝言者，惟陛下留神財察。取進止。

晝一利害

一、國家駐兵淮甸，根本之地，實在江南，沿江控扼，當有重鎮。除建康係帥府外，如鎮江、九江、武昌，守臣權輕，緩急難以責辦。欲望詳酌，移浙西帥於鎮江，江西帥於九江，鄂州則帶沿江安撫使，仍撥蘄、黄、光三州爲管内，遴選帥臣，使治城壁，繕修器械，訓習本路兵民，積蓄財穀。責以歲月，務收實効。

一、竊聞議者欲分拋鹽引於民間兑便錢物。緣食鹽之人有限，若一頓賣過，却須暗損榷貨務常年所入之數。臣昨曾具白劄子，乞將婦人封號自恭人至孺人等第立價出賣，許人户書填與母若妻及女，如貴族品官之家，亦許與妾。比之官誥，人更樂從，比之度牒，不損户口。

一、諸路如提刑、提舉職事，以漕臣兼之有餘，空立兩司，官吏浮費，每路不下數萬貫。欲乞詳酌，盡行廢併，逐司錢物，專委帥臣拘收。其見役人吏，並合裁減，兵卒發歸元來州軍。漕臣每路止置一員，依淮南體例兼諸司職事，仍不添置人吏。

一、諸司屬官初無職事，止能倚勢作威，占破吏卒，搔擾州縣。除諸路應辦軍事處量行存留外，其餘並當省罷。若監司實有職事合委屬官，即於置司處就令州縣官兼權，更不添請給人從。

一、州縣百姓既出免役錢，有物力者猶當差科；官戶既免差役，役錢復免一半，輕重不均。欲望詳酌，將官戶役錢據見科之數增起一倍，並同編戶，其收到錢别項樁管贍軍。

一、行在百司乞委臺諫公共相度，將不係緊要處權行住罷。公吏並放逐便，候邊事寧息日依舊。

乞不催兩浙積欠劄子 知平江府日

臣竊聞今年浙東、西州郡間被水患，陛下至仁惻怛，即降睿旨，分命監司賑給。遂使數州之民，左餐右粥，如歲豐時，無轉徙之患。隆恩厚澤，浹洽〔霶〕（雱）霈，何有紀極！然臣得之道塗，謂湖、秀諸州，猶催積欠，督責甚急，百姓頗復不堪，皆言聖天子軫念我曹，濟之以食，而官司不能推廣德意，乃追積年逋税，名色既多，何所從出？

欲望聖慈特賜處分兩浙路監司州縣，將今年以前民間所欠逐色科名税物，除官戶公人及二等以上戶外，其餘或與一切蠲免，或與權行倚閣，至來年秋成起催。如敢違戾，許人戶越訴，及委御史臺彈劾取旨，重寘典憲。仍令轉運司徧榜曉示，庶使斯民家至戶到，皆知陛下所以哀矜元元之誠意，而州縣之吏不敢奉行滅裂。取進止。

論謀國欲一劄子

臣居鄉時，鄰之富者有二子焉，一欲坐而商，一欲行而賈，而父莫之決也，而使之俱爲之。二子之始謀非不善也，爲其徒者，以二子之不協，則各幸其業之無成，相非而相殘，相戾而相傾，居無何，其家卒以大困。又有貧者，亦二子焉，以貧故，汲汲焉相與營致所以養其親者，均衣而節食，內閲牆而外禦侮，朝於斯，夕於斯，期豐其家而已。是人者，訖致千金之貲。

夫富之與貧，圖功之難易相去遠矣，以其謀或一而或二，貧者以富，富者以貧，甚矣謀不一之爲患也。書曰：「惟精惟一。」又曰：「德惟一，動罔不吉。」又曰：「予有臣三千，惟一心。」夫惟不一，則天下之事雖至小而無成，況夫濟艱難之運，起非常之治也。臣不勝憂國愛民之誠，惟陛下留神財察。取進止。

于湖居士文集卷第十八

奏議

論先盡自治以爲恢復劄子

臣竊惟金虜不道，縶我行人，中外同憤。聖意堅決，申飭邊備，以全制勝。如臣不肖，蒙被使令，感激隆知，誓當效死。顧受任之初，有當爲陛下言者，敢布一二。

伏惟陛下神聖英武得於天縱，永念祖宗創業之難，太上皇付託之重，兢兢業業，不自暇逸，將以刷無窮之恥，復不共戴天之讎。天地鑒觀，神靈孚祐，苟充是心，何求不獲？然臣區區之愚，獨願陛下益務遠略，不求近功而已。夫所謂務遠略者，願陛下盡舍拘攣，掃除積弊，去其所以害治者，而行其所當爲者，起居飲食，不忘此志而已。夫所謂不求近功者，願陛下多擇將臣，激厲士卒，審度盈虛，躊躇四顧，不見小利而動，圖功於萬全而已。

昔我太祖皇帝既得天下，諸藩跋扈，初未服從。我太祖皇帝規撫已定，不動聲氣，磨以歲月，皆爲我有。臣願陛下以太祖皇帝所以平僭亂者爲今日恢復中原之策，臣不勝幸願。取進止。

論用才之路欲廣劄子

臣聞國之強弱，不在甲兵，不在金穀，獨在人才之多少。項羽未嘗不強也，未嘗不勝也，而高祖卒取天下。蓋項氏之臣所謂傑出者，往往不能容，反爲劉氏用，無惑乎項亡而劉之興也。臣恭惟陛下以英武不世出之姿，當艱難之時，獨運神斷，思濟宏業，孜孜汲汲，二年于玆，而成功泯然未有端緒，蓋所謂人才者尙少，不足以備使令耳。

今入官之門雖廣，而用才之路實狹。古者取於盜賊，取於夷狄，取於仇讎，取於姻戚，苟才矣，初不問其生出之本末也。今玆不然，非進士科，則朝廷已不敢輒有除用。幸而用一人焉，議者必曰：「此非淸流也，此某人之戚黨也，此某人之子若孫也，此故嘗有所負犯也，此跌宕而不羈也。」其用武臣亦然，吹毛求疵，深排力沮。夫如是而欲力致天下之豪傑，以濟非常之事，難矣！欲望聖慈深詔大臣，各體此意，舍去拘攣，收拾度外之士，博取而詳察，以備緩急之用。大才既多，使之治財賦，使之治軍旅，使之宣力四方，陛下將無往而不獲，無爲而不成矣。臣不勝卷卷。取進止。

赴建康畫一利害

一、臣今來起發，欲先往鎮江府措置事宜訖，即至建康交割職事，就令本府以次官時暫權管，却往兩淮。將來若有邊事，亦許臣往來措置。

一、臣如體訪得武臣內有智略忠義習知邊事，或能幹辦繁難之人，欲乞從臣不拘見任、寄居、待闕官，指名踏逐分付諸軍量才使喚。如都督府有合差委幹當事務，亦許依此施行。

一、兩淮措置事務，全在州縣官吏協心愛惜，不擾而辦。如有違戾去處，許臣按劾聞奏。

一、臣應有奏報文字，並乞徑赴御前投放開拆。

論蕭琦第宅及水災賑濟劄子知建康府日

臣六月二十二日准御寶封送下御筆付臣及蕭琦第宅圖本，臣已望闕百拜祗領訖。伏念臣孤遠賤臣，遭遇陛下，入從出藩，眷簡優隆，糜捐萬死，難以報稱。今又錫以宸翰，寵嘉踰等，雲章奎畫，永藏私家，臣闔門老穉，不勝感恩戀聖，歡喜踊躍之至。

蕭琦之居，即日併工營繕，謹遵睿訓，更加高大，及多與空地，令可馳射。琦在此僑寓，臣五七日之間一往見之，飲食醫藥錢酒之屬，常常照顧。所有按月請俸，合係總領司支，已行關報訖，緣未有支行眞俸指揮，有司不敢擅行。琦遠客累重，欲望聖慈特賜處分，所有供給錢，建康府已應副訖，仰乞睿照。

江東路沿江州軍，水災甚廣，臣節次曾具奏聞。夏稅亦自無可輸納，秋苗決然無望。如淮西廬、和之間，人民亦多被害，竊慮秋冬之交，飢民聚爲盜賊，臣雖已差官前去太平州、廣德、宣、池州措置，更乞聖慈宣諭宰執，預治荒政。淮上百姓方罷築城〔掘〕(堀)壕般塼踏弩之役，四月以來，急去插秧，冀望收成一飽，忽被水害，人情皇皇。仰惟陛下焦勞萬機，德動天鑒，災異之來，決非人力，如堯、湯之時，定有冥數。但於賑濟防閑，撫摩惠養，不得不盡，伏望曲軫淵衷，中外幸甚。

江上諸州，將兵闕額甚多，臣已令所差官將被水闕食強壯人說喻招刺，支與例物，亦消弭盜賊之一端。謹具劄子奏聞。謹奏。

乞擇近臣令行荆、襄，參酌去取，牧馬專置一司奏狀

近准樞密院劄子，備奉聖旨令臣同司馬倬趙某、張某，相度於湖北、京西置一孳生馬監，措置條具利害供申。臣尋關牒京西安撫及兩都統司，各據回文，欲以騍馬四千疋分爲四監，內鄂州都統司認養二千疋，荆南都統司認養一千疋，湖北、京西安撫司各養五百疋。

臣竊惟中興以來，馬政不脩，歲歲博買，其費巨億，而諸軍之馬愈更乏少，此則牧養之道未

得其宜故也。今朝廷方議置監，欲還祖宗之舊，若措置得宜，則省國用，振軍威，制夷狄於是乎在。蓋政事之大者不可苟且嘗試而爲之也。今若諸軍分養，則與前日之撥綱馬略同。諸軍苟於得馬，不復爲經久之計，一二年後稍有折閲，則又將以辭自解，謂荆、襄非宜馬之地，如此則東南長無牧養之利，必資諸蠻而後可耳。

臣愚欲望聖慈特出聰斷，於近臣中不問文武，擇知馬者一二人令行荆、襄、淮南境中，與諸軍帥守臣僚深圖地土水草之宜，國朝以來所置監牧已行故事，參酌去取，具以上聞，取自聖裁，專置一司，付以事權，嚴爲黜陟之科，責其成功。如此則宣撫司所買四千疋不爲虚費，假以歲月，朝廷眞得牧馬之用。須至奏聞者。

小貼子：諸軍揀汰使臣軍兵，所在成羣，若今後撥付牧馬監，令逐州軍解發，按月請俸，就監支給，專令牧養，實爲兩便。伏候敕旨。

竊聞西北諸監，惟沙苑最盛，訪聞監兵見今猶有存者，散在關外諸軍，乞令宣撫司從實根刷，撥付今來置監去處指教。伏候敕旨。

辭免除起居舍人奏狀

今月六日准尚書省劄子，奉聖旨除臣起居舍人，日下供職。臣聞命震驚，罔知所措。

伏念臣頃以諸生，荷陛下親擢，俾冠多士，觸怨蹈禍，復蒙陛下脫臣父子於九死之中。茲又驟自省闥進侍殿陛，凡昔再生，與今超用，一出聖意，不緣他人。論報之心，雖臣軀命，非臣敢有，豈宜輒爲辭避！寔以臣齒少人微，塵竊科第，甫及五年，備數南宮，已懼顛躓。況秉筆柱下，專記言動，非辯智閎達，莫宜此選。今臺閣諸臣，學識資望高出臣右者不可勝舉，苟臣冒寵躐據，必致清議弗容。伏望陛下天地父母之恩，委曲哀憐，察臣危悃，非敢矯飾，追寢誤恩，改授賢傑，庶安愚分。

再除中書舍人辭免奏狀

伏念臣去國六年，分甘永棄，叨蒙收召，使服故官，已試無庸，矧堪因任。仰惟皇帝陛下神聖英武，方闓宏業，書贊之行，宣導德意，宜有鴻博，來膺遴選。況承攝是官，既皆名儒，奪彼與此，義難冒受。敢冀睿慈俯亮誠悃，許臣依近降指揮，終滿平江今任，既安愚分，允穆師瞻。干冒天威，無任懇切俟命之至。

辭免參贊軍事兼知建康府奏狀

臣起於諸生，叨竊名宦，軍旅之事，實不諳曉。顧方外敵淩侮，主憂臣辱，臣於茲時蒙被使令，義無辭難，死生惟命。但今日之事，勢異疇昔，虜情叵測，邦計猶虛。至如守備之脆堅，列將之能否，強弱之辨，進退之宜，難以隃度而周知，必須親履而詳訪。若乃以虛爲實，以是爲非，苟且目前，咎將誰執？豈一身夷滅之足惜，而誤國欺君之是虞。臣實何人，而當此選？又況帥藩之重，宫鑰之嚴，雖曰攝承，亦難冒據。伏望聖慈收還誤寵，更圖奇傑，仰備驅馳，特賜除臣在外宫觀。

辭免知靜江府奏狀

臣愚戇不學，叨竊踰分，罪戾盈溢，遂致煩言。仰荷隆恩，姑從罷黜，敢圖開宥，還職分閫？而況郴、賀之間，叚有兵事，靖治之略，必惟其人。伏望收還成命，別畀通材。

辭免復待制奏狀

伏念臣頃以諸生，遭逢太上，歷官未久，遽躐禁塗。自抵譴何，迄蒙矜宥，祠祿終更，旋紆郡紱，天地之恩，毫髮未報。陛下行堯之道，建用皇極，曠蕩之澤，與物爲春。凡是放臣，悉加甄敍，顧如孱庸，亦與兹寵。冒昧以居，懼咈輿議，仰蘄睿鑒，俯亮危悃，收還成命，使復賤官，誓殫愚忠，益圖來效。所有復職指揮，未敢祗命。

辭免知潭州奏狀

臣疎遠微賤，遭遇陛下，叨荷眷隆，屢垂奬使。昨者廣西，罪戾盈積，劾章既上，謂當投竄。聖慈寬宥，止從罷免，至於貼職，復與全存。天地父母，恩德莫喻，雖極糜捐，報稱何有！自反私室，闔門訟愆，屏息避影，早夜怵惕。敢圖簡記，又俾藩郡，視舊所領，是爲鄰壤。委寄之重，與昔不殊，聞命之始，恐懼感泣。臣實何人，叠此忝冒，已别具奏，乞賜恩免。螻蟻之軀，有不盡者，輒具劄子，昧死上聞。

伏念臣父母年七十，氣血素弱，近復多病。頃赴廣西，不曾迎侍，道里悠遠，日以憂戚。臣弟年幼，侍旁無人，自臣來歸，方獲寧養。今兹新任，復隔重湖，垂白之親，又難遠涉，進退皇惑，莫知所措。仰惟陛下推廣孝道，本於人情，匹夫之微，皆得自達。臣之迫切，義當控告，抵冒大譴，矢心以辭。伏望陛下至仁哀矜，俯徇愚懇，於江、淮間易一小郡，父獲就養，不違定省，臣得竭力以趨職事。祈天請命，語無倫次，瞻望闕庭，伏增震作。

辭免知荆南奏狀

臣叨竊外藩，僅書歲考，頃緣親疾，屢丐免歸，怵迫之誠，莫遑朝夕。忽被簡拔，就付邊寄，上游重鎮，王旅所宿，望實既輕，顛隕是懼。伏望博詢衆智，俯亮危迹，別選名臣，使當一面。遂臣之私，賦以祠祿，後日糜捐，敢不自誓！

于湖居士文集卷第十九

內制

戒諭將臣詔

朕若稽燕謀，寶用儉德。駕鼓車以走馬，示輟游田之娛；集書囊爲殿帷，蓋先敦朴之務。至於耳目之玩，口腹之珍，非甲令之常共，雖一毫而莫取。欲使表端而影正，風流而令行，化貪婪哀刻之徒爲禮義廉恥之俗。

而朕行未足以厲世，威弗嚴於訓姦，乃茲內外之臣，尚狃故常之習。乾沒無藝，誅求靡厭，遂令軍旅之間，猶須餽賂之致。剝士卒之膏血，充權貴之苞苴，使彼抱飢寒之憂，而此供宴樂之費。有爲若是，於汝安乎？當亟置於典刑，尚申加於告戒。

繼今以往，令出惟行，其聽朕言，各循汝守。任將帥者無市恩以貨賄，第令戈甲之精；居左右者宜律己以憲章，皆知簠簋之飾。儻不悛而慢命，將無赦而必誅。各迪保身之明，勿貽噬臍之悔。

又

朕祗若慈闈，覃思邊事，靡憚焦勞之極，欲臻康靖之期。往者披輿地之圖，愴中原之俗，皆吾赤子，何忍誅夷？申飭使軺，往脩邦聘。而金國都元帥僕散忠義怙不臣之惡，挾震主之威，禮縶行人，拘之圜土。既脅降之不可，卽顓命而遣還，揆彼政之如斯，繄不亡而何待？

但以並邊之戍，行役彌年，風霜淩厲，而朕方席廣夏之居；藜藿不充，而朕則享太官之膳。所以當饋而歎，未明求衣。朕身在九重之中，而心留窮塞之上，欲馳單騎，躬勞六師，撫摩瘡痍，均服勞苦。而百辟卿士，發言盈廷，止或尼之，莫孚朕指。爰命丞相，敬代朕行。

夫佳兵者不祥，好生者大德，朕豈忍以一時之憤，而遂忽長世之撫？當謹守於封疆，益繕脩於兵械，使士忘露宿之苦，而將有死綏之心。恃有待而不來，寧貪功而起釁，儻穹旻之悔禍，則蕩定之有時。咨爾庶方，咸體茲意。

太上皇帝本命青詞

丕承聖緒，祗奉慈顏，當元命之臨辰，有珍符之錫羨。爰披寶笈，恭扣叢霄，願鑒寧親之誠，益闓受帝之祉。

朱表

馳誠霄極，衍慶慈闈，祗荷博臨，告成奮事。無疆之壽，永承太上之休；有道之長，更增皇宋之曆。

外制

沈該落職制

君人臨照百官，蓋欲其精白以承休德；宰輔儀刑四海，豈宜以寵利而居成功。繄予既老之臣，自喪不貪之寶，其還顯秩，用厭師虞。具官某，頃以藩條，擢聞機政。惟人求舊，謂文武可以憲邦；秉國之均，何風采不如治郡！朕猶虛己，日佇告猷。精神強而折衝，未聞宏略；血氣衰而戒得，似減廉聲。既已乖鼎鼐之調，始欲掛衣冠而去，雖曲全於體貌，乃荐致於抨彈。其鐫秘殿之華，俾即安車之佚。噫！君子慎始，防嫌疑於未然；貴臣抵辜，尚遷就而為諱。慨往愆之莫救，期晚節以自全。

沈調落職降官制

舜賓世族，冒賄有四凶之流；商制官刑，徇貪謹十愆之戒。疇時民蠹，尙佚邦誅。具官某，素無廉稱，竊造邇列。過而或改，謂且收之桑榆；老以益貪，殆弗盈於溪壑。永念七閩之都會，不堪再歲之誅求，貿遷欲盡於毫釐，呑噬不遺於膏血，姦贓狼籍，公論沸騰。慨而同氣之私，姑貰投荒之罰，亟鐫美職，併奪崇階。其祇服於隆寬，尙少懲於往謬。

陳誠之降官制

懷歸有畏於簡書，恩始從於均佚；試可弗成於績用，罰難逭於黜幽。既辜體貌之私，宜在譴何之域。具官某，始由科第，寖陟邇聯，意其簡默而不言，則亦深沉而可用。擢持兵柄，洊閱歲華。退食自公，宜赴功而樂事；括囊無譽，第持祿以保躬。逮庶務之稍繁，卽抗言而請去。彈章既上，寵數宜鐫。噫！爲祈父之爪牙，初期陳力；視秦人之肥瘠，良負虛懷。服此寬洪，無忘循省。

陳靖轉遙郡承宣使制

王宮之官，朝夕勤事，積而至於三年之久，可無褒哉！具官某，明敏忠恪，服在此位，稽日第勞，是應遷法。夫自刺史而上，皆武著之高選，雖險其祿，苟非尤恩，不以敍進。況承流宣化，名秩益顯，尙思稱塞，無或不祗。

錢愷降授舒州觀察使宮觀制

昭德塞違，國自貴近始；厲名砥節，士以廉耻張。豈予肺腑之懿親，乃爲龍斷之賤行，此而可貰，後復何懲？昭化軍承宣使錢愷，胄出勳門，慶承主第。雖武爵是襲，亦俎豆之常聞；而市道自居，致簠簋之不飾。欲爾私藏之富，蹊予軍政之嚴，考核具陳，聽聞實駭。其上承流之秩，仍鐫奉謁之儀，往卽外祠，姑惟薄罰。

蔣璨降官制

朕惡人之欺，而盡下以恕。過誤觸罪，則當自歸；詆讕遂非，其可亡罰？具官某，服在禁路，出臨輔藩，見謂老成，亦所倚信。乃吏姦之不察，致臺劾之上聞。深惟失職之愆，姑往賜書之問，弗務兢懼，更爲誕謾。詭陳擿伏之言，前易剡章之日，作僞之拙，欲蓋而彰。聊從一秩之鐫，尙屈常刑之舉。服予寬典，新爾後圖。

謝伋、徐康降官制

部刺史檢吏姦，職也。汝屬縣令亡狀，致吾御史以爲言。汝失職，已命汝自列，庶或懲後。不務引過，更肆誕謾，誰爲若謀，謬戾如此！鐫官一列，尙服寬恩。

韓元吉除度支郎中制

具官某，度支之職，前世以宰相兼之，蓋發斂均節，輕重取予，於是乎在。今名存而實廢矣，視券牘之成，謹其數出納之而已。爾名臣之世，率義好脩，淹貫文藝，綜練世故。攝司之久，肆以命爾，其爲朕思所以振其職者。

馮巽之除刑部郎官制

具官某，獄重事也，獄成而罪疑則上之於朝，而刑曹郎參決而死生之，其不可輕付如此。爾以明法稱，於文無害，使在茲位，孰曰不宜？盍務詳審，以振而職。

晁公武除監察御史制

御史府寄朕耳目，苟非其人，不在兹選。爾學有本原，才可經濟，萬里來朝，朕蓋得之於一見之初。小試粉省，彌有華問，冠豸在列，肅我天憲。朕所親擢，爾往欽哉。

呂揩除司農寺丞制

具官某，惟爾先正有大勳勞在王室，朕顧懷其世，思有以嘉報之，而爾亦自將其身，蹈履繩檢。擢丞農扈，以試爾能，益務祗恪，庸稱恩遇。

查籥除夔州路運判制

蜀自兵興，困於征調，夔子之國，地墝埆而民尤貧，朕思得賢使者以撫之。爾文學議論，見推時輩，久在近服，宜知朕指。將輸之任，輟汝以行，往其布宣，朕不遐棄。

黃仁榮除兩浙路運副制

畿內漕視他路選尤重，爾以通才，婁更煩使，輟自泉府，使服故官。往其欽哉，嗣有褒擢。

張德遠除利州路提刑制

具官某，蜀去朝廷遠，治獄之吏，或不得其平，民且無告。爾久更事任，見謂明審，其爲朕典一道祥刑之寄。惟公其心，以察郡縣，使毋濫繫，毋賄成，毋上下其手，則汝爲稱職。

葉謙亨除浙西提刑制

部使者之在畿甸，歲時朝集，得以其職自達于上，視中都官蓋等耳。爾嘗執簡柱下，掌諧西掖，出治劇郡，卽有能稱，按刑江東，獄不寃濫。徙以自近，宜知朕指，佇爾來廷，將有褒陟。

韓彥直除淮東提舉制

惟爾先世有大勳勞在王室，朕顧懷其後，思有以褒報之，而丞相亦言爾才可錄也。淮東煮鹽之利，供國用什三，命汝以使者節臨之。其體朕意，思振厥職。

曹紱除湖北提舉制

爾守近郡，有循良之譽。朕念湖外之民，勞苦兵事，故付汝以使者節，往撫綏之。其體朕懷，勿解于位。

陳漢除直寶文閣、知平江府制

平江吾股肱郡，遴選所付，必惟其人。爾忠厚明敏，所至辦治，將輸畿甸，成績可紀。其還使者之節，遂綰太守之章，寶儲進直，併示優寵。尚體予意，務安輯之。

孫佑追復直徽猷閣制

朕中興之初，緊汝爲良二千石，所臨底績，所去見思，據正不回，坐讒一本作「是」。以免。歿身久矣，風概凜然；有懷不忘，肆俾甄敍。延閣寓直，追加寵章，錄其遺孤，用勸忠力。

任盡言除直秘閣、江淮都督府參議官制

具官某，朕命相臣以幕府臨邊，凡其自從，皆天下之選。爾忠直強明，克承厥家，所居之官，聲績較著，必能爲朕協贊元老。延閣寓直，庸寵爾行，尚堅一心，益固吾圉。

趙不溢降官制

具官某，朕惡士大夫便文自營，婁下告戒，又嘗逐二使者、一藩臣，庶其知革。今汝持節所在，守不稱職，閲時之久，而汝弗言。逮同列之有云，姑騰章而飾過。察州如此，不黜何爲？聊奪一官，尚祗輕典。

王漢臣、李大援轉官制

朕褒錄勤痒，遠臣不以廢也，況周旋殿陛，贊予朝覲會同之儀而司其籍者哉！爾漢臣練習而疏通，爾大援周愼而明敏，均以積閲，協于遷令。廉車剌部，隃賦爾秩。是爲茂渥，尚克欽承。

能説轉官制

周官歲終則稽醫之事，上下之以制其食。況汝服勤宗邸七年，其久全而不失，是可嘉已。遷官一等，以答汝能。

正任防禦使、剌史、通侍大夫至右武大夫帶遙郡同加封父母制

父

具官某父某，朕惟東朝方迪遐壽，誕推渥澤，爰暨人親。爾善積于躬，有子滋貴，服予武著，實膺恩章。載侈新封，俾陞官簿，益綏福祉，庸荷寵光。

母

具官某母某氏，朕承顔東朝，以天下養，樂人之有壽母，有以表異之。肆因八秩之慶，茂暢恩典。爾慈懿淑謹，有子在官，宣勞武階，獲際休事。申賜命紼，榮其家庭，往祗令名，益介遐祉。

横行副使及武功大夫至修武郎父加封制

具官某父某，朕惟東朝壽祉，以幸天下。惟爾有子，服予武階，進汝一官，用廣孝治。尙祗舝命，往迪吉康。

宗室横行至正任防禦使父母加封制

父

朕元日詔書，蓋推東朝慶祉，均暨天下，矧予肺腑之戚也哉！爾神明之支，克自謹畏，乃其子姓，服我近班。肆稽恩章，俾進右秩，尙其祇服，茂迪遐壽。

母

朕惟東朝之壽方迪無疆，誕畢慶條，以暨人老，豈予族姓之母，可稽脂澤之賜。爾胄自華閥，嬪于天支，有子在官，宜賁新渥。往祇命服之寵，益承燕喜之譽。

懷安軍惠應廟昭佑侯可封昭佑靈濟侯制

爾神父子，有廟西土，能赫厥靈，祓除菑凶，朕蓋嘗錫之侯爵矣。今部刺史又上其事，申以顯號，於侯何愛！

昭佑侯子靈助侯可封靈助順成侯制

朕念蜀遠，凡蜀之吏有功於吾民，皆有以表異之，於神獨不然哉！增賁嘉名，益侈而施。

佐神安仲吉可封通濟侯制

爾神侑食惠應，能賚而長，以休吾民。五等之爵，侯位在二，又有美號焉。朕之報神，亦已豐矣。

采石巡檢時宣訊民致死降官制

汝職徼巡，而民以掠死，雖匪其私，顧可弗懲？褫官一列，尚謹而後！

勝捷都虞候謝興換從義郎制

汝服勤戎服，既有年所，其還軍候，往郎官聯。

都虞候姚元換授制

爾服在戎行，多歷年所，其還候禦，易置武階。

潘得臣男汝楫補官制

爾父爲吏死寇，朕既厚恤典，又錄其孤，所以報也。勉哉！惟孝惟忠，則爾父益有顯休。

張建陣亡與子德普恩澤補承信郎制

爾父死於敵，錄爾以官，所以報也。往哉！惟孝惟忠，以顯父休。

王漢臣米綱折欠違程降官制

汝護貢輸，乃敢不虔，宿留道涂，折閱什二。其還一秩，姑示薄懲。

樂寅孫、李抃、趙達不覺察過淮人降官制

疆埸之守，朕所致慎，爾等爲吏，乃或不虔。其鐫一官，以厲餘者。

楊慶祖、李大正循資制

朕惟三歲之祀，業鉅事叢，前期設官，是俾典治。爾以才選，服勞深時，殆茲告成，厥有

褒進。

張俊彥循資制

顯仁之喪，爾與有勞，其進文階，益務共恪。

田溉轉官制

爾捐家貲，以佐國用，揆之古義，何愛一官！

劉嗣立、吳懌進書賞轉官制

先帝信書之成，汝輩共勞其間，可無褒哉！

進書賞人吏等轉官制

屬命諸儒，輯成大典，汝嘗服役，亦俾進官。

于湖居士文集卷第二十

表

賀太上皇帝遜位表

斷自聖意，協于天心，振古所無，率土同慶。中賀。臣聞爲天子父，寔倉皇蜀道之歸；尊太上皇，亦草昧漢邦之始。未有躬致垂衣之治，而獨心懷脫屣之高。恭惟太上皇帝陛下道極化元，功超象外。巍巍蕩蕩，繇艱難馴致於中興；汲汲皇皇，在底定弗忘於無逸。蓋天度聿追於藝祖，而深仁壹似於唐堯，當乾德之方剛，體離明而繼照。臣欽承謨訓，結戀恩私。五日起居，莫預清班之列；萬年壽考，但蘄神筴之增。

賀今上皇帝登極表

星輝海潤，方肇啓於青宮；地闢天開，遂丕膺於赤紀。有赫聖人之大寶，於昭天下之至公，廟社逾尊，華夷均慶。中賀。臣聞父傳於子，振古雖然；天作之君，若今未有。載纂開基之緒，惟新受命之符。恭惟皇帝陛下博厚高明，齊莊中正。翼翼之心不已，蓋本躬行；喁喁之望咸歸，殆非人力。仰太上復艱難之業，付吾君於談笑之間。十一世而益光，邁建武中興之事；八百年其增卜，侈成周過曆之期。臣身在侯藩，精馳觀闕。朝五日而善家令，胥瞻孝治之優；復兩京而還上皇，更徯大勳之集。

賀立皇后表

儷極之尊，光于有昔；齊家之訓，燕及無垠。日月宣昭，神人歡喜。中賀。臣聞助粢盛於宗廟，茲王化之攸先；羞榛栗於舅姑，蓋宸居之未有。於若隆興之嘉禮，茂承德壽之重歡。恭惟皇帝陛下孝始奉親，恩兼睦族。關雎之樂，淑女式圖陰教之修；雞鳴而至，寢門共致色難之養。肇興縟典，丕敍彝倫。臣嘉與常僚，具宣明制，塗山啓夏，方觀萬國之朝；大姒興周，嗣上百男之頌。

代揔得居士賀天申節表

珍圖錫羨，方隆滋至之休；誕月開祥，載衍無疆之壽。照臨所暨，舞蹈攸仝。中賀。恭惟皇帝陛下盛德日新，至仁天覆。齋居節費，不爲耳目之娛；屈己和鄰，無復甲兵之問。凡此無爲而保治，蓋將守靜以延年。臣濫職外臺，忻逢穀旦。夔、龍接武，阻稱漢殿之觴；蟣蝨輸誠，徒效堯封之祝。

代方務德賀回鑾表

靈鋒電掃，殲厥渠魁；輿衛天旋，格于藝祖。神人歡喜，華夏尊安。中賀。恭惟皇帝陛下仁配乾坤，恩兼南北。始結琬圭之好，欲齊民均蹈於泰和；玆親革輅之征，乃黠虜自干於皇略。逮訖覩京之戮，亟傳龍駕之歸。萬里提封，將復漢圖之舊；百重陛戟，載新吳會之朝。臣屬奉清閑，獲瞻晬穆。邊庭戢守，莫陪飲至之觴；馳道告行，企望前驅之蹕。

謝曆日表

一札十行，雖存故事；元年正月，實拜新書。景祚有開，庶邦咸喜。中謝。恭惟皇帝陛下堯仁宅下，舜曆在躬。大一統以當天，作其卽位；定四時而成歲，敷厥庶民。肇錫嘉名，深詔執事。臣敢不布宣上意，勸相農功。舉正於中，旣謹春秋之法；自今以始，當觀正朔之同。

謝曆日表

二年而調玉燭，方洽泰和；一氣之轉洪鈞，再敘新曆。惟朝廷則用故事，在郡國實爲寵光。中謝。恭惟皇帝陛下與天爲徒，體道御數。協時月正日，俾民不迷；自南北東西，遵王之道。臣敢不建用皇極，奉揚仁風。于再于三，勸百姓農功之敏；時億時萬，祝兩宮壽紀之長。

賀元正節表

元年正月，實春秋謹始之時；是日三朝，會圖籍貢珍之盛。肇新縟典，益侈閎休。中賀。恭惟皇帝陛下道本財成，誠參化育。羣黎百姓，欣逢治定之期；君子小人，各適消長之分。導迎景貺，登濟中興。臣猥以賤官，出守外服。君門萬里，雖迹遠於天朝；壽觴九行，徒夢遊於帝所。

代百官賀冬至節表

增泰元之筴，益闓受命之符；奏黃鍾之宮，丕應得天之統。造庭稱壽，率土均讙。中賀。恭惟皇帝陛下與神爲謀，惟皇作極。合八能於前殿，來建人才；書五物於保章，用昭歲事。緝熙景貺，敷錫羣生。臣等叨列攸司，欣逢穀旦。七日來復，方占羲曆之祥；萬壽無疆，願罄堯封之祝。

代百官進玉牒成書表

帝系勒鴻，燦科條於屬籍；聖謨啓佑，嚴訓典於寶儲。御巖廟以觀成，拱朝班而稱慶。中謝。竊以堯統漢緒，肇派别於天潢；周誥商盤，麗光躔於東壁。惟昭穆親疎之有序，與文章號令之當傳，歷時浸闕於編摩，甫歲悉加於纂緝。必親經財幸，稽春秋簡牘之文；故並建殊尤，若河、洛圖書之出。恭惟皇帝陛下慶緜景祚，志遹先猷。世茂本支，襃生民之尊祖；道昭歷服，成武之繼文。考仙宗皆聚此書，述遺烈永爲大訓。臣等猥蒙際遇，快覩休嘉。麟趾振振，共仰宗盟之益茂；虞書渾渾，更瞻聖作之相輝。

賀冬至節表

品彙慶一陽之復，於時是爲仲冬；王者會萬國之朝，其儀亞於獻歲。中賀。恭惟皇帝陛下重明麗正，敦復考中。不動聲顔，豈止候陰陽之定；純受德教，所以同天下之心。受福惟多，知剛方長。臣忻逢觳旦，屬守竹符。望帝都千里而遥，莫與班行之末；上吾君萬年之壽，不知精爽之馳。

代百官賀日蝕陰雲不見表

璿璣占象，方虞辰集之差；黼坐端躬，遂應離明之正。矞雲密護，沴氣潛消，瑞揭圓精，慶由宸極。中賀。竊以日行有節，數或戾於經躔；帝德罔愆，誠乃回於穹鑒。偉休符之昭著，知治道之顯融。恭惟皇帝陛下神化文新，智輝旁燭。容光必照，聿疑丕冒之功；守實不虧，坐協寅賓之度。惟聖時克，先天不違。臣等服在邇聯，與觀景貺。珍圖叠紀，仰開合璧之祥；羣目共瞻，益勵傾葵之志。

進登寶位銀表

受四海之圖，方盛官儀之復；鑄九金之鼎，敢忘牧貢之脩？悵違執玉之趨，祗効來琛之獻。中謝。恭惟皇帝陛下配天立極，如日升明。所寶惟賢，已旁求於壽儁；理財以義，且盡貫於逋租。而臣職在剖符，禮應奉幣。侑稱觴之萬壽，知芹美之非珍；簉交戟之百重，慕葵傾而徒切。所有賀登寶位銀一千兩，謹遣妹夫進士李蟾捧表管押上進。冒犯天威，臣無任（後闕）。

代百官謝賜時服表

冬祁寒而惟怨咨，過軫聖神之念；秋獻裘而待攽賜，聿嚴典則之常。手舞拜嘉，篚將示寵。臣等中謝。恭惟皇帝陛下文昭經緯，道極彌綸。中寶儉慈，衣弋綈而率下；外新制作，美黻冕以御朝。乃眷周行，載分齊服。臣等恩均在笥，德愧章身。制彼裳衣，莫効馳驅之力；出於機杼，當知紅織之難。

進奉貢葛奏狀

厥篚織纊，雖云任土之殊；當暑袗絺，顧是此邦之産。備齊官之三服，參禹貢之九金。前件物邊幅非長，經緯殊拙。垂衣裳而至治，慚莫效於絲毫；美黻冕以致神，或見收於巾冪。謹隨狀詣闕上進，以聞。

謝除中書舍人表

螭坳秉筆，方愧空餐；鳳掖代言，遽叨親擢。被身章而滋寵，捧誥牘以彌驚。懇避莫俞，省循增懼。中謝。竊以中書本命令之地，舍人典文字之官。學博藝精，斯能華國；職清地近，豈可假人。蓋有思之敏者，未必暢於事情；詞之工者，未必窮於理致。問古今則高、崔互有所得，評書詔則常、楊各擅所長，世每歎其才難，人亦隨於器使。非夫言通志慮，識達典章，絢黼黻之文，邃淵源之業，則何以裁坦明之制，居清切之司。如臣者才不逮人，學徒泥古，偶玷名於巍第，伐策足於要津。屬內史之久虛，俾孤蹤而代匱，方自虞於顚躓，敢有望於爲眞。忽拜異恩，祇慚非據。此蓋伏遇皇帝陛下圖回至治，綜覈羣工，方將藻飾於皇猷，故必網羅於衆俊。雖大公之施，不間踈微；而小己何堪，誤膺簡拔。臣敢不仰承眷渥，益勵操修。職在絲綸，寧有彌縫之助；事專筆舌，敢忘獻納之忠！

中書舍人直學士院謝表

右輔分符，初無治狀；西清掌誥，復冒寵除。更通鰲禁之班，還參豹尾之從。中謝。伏念臣空踈不學，徼幸入官。歲月推遷，遂塵清貫，風波浩渺，迄致煩言。一收朝蹟而歸，五見律筩之換。尋覆蕉之夢，驚曩事之皆非；追覩草之遊，懼此生之終棄。敢圖新渥，遄服故官。躡文石以朝趨，掣宮鈴而夜直。茲蓋伏遇皇帝陛下丕膺舜曆，煥緝堯章。核名實以登俊髦，蓋欲去虛文之害；躬勤勞而詔機務，益將恢遠御之圖。曾是孤蹤，亦叨殊獎。竊謂今日論思之職，豈特平時播告之修。顧邊瑣之多虞，緊廟算之靡定，必有隨時制變之策，以究折衝禦侮之宜。造膝之言，願極陳而毋諱；捐軀之誓，期永報於不貲。

撫州到任謝表

解荷橐於西清，久隔雲霄之望；分竹符於南紀，忽霑雨露之恩。惟盛時無終棄之人，俾下臣有自新之路。中謝。伏念臣策名最晚，被眷獨優，始由狴犴之餘，旋簉班聯之末。驥騄備八鑾之乘，何有於駑材；鴛鴻參萬玉之庭，更容於鼠技？惟特達盡由於親擢，果迂疎交致於人言，俯危迹以屢驚，悵明恩之未報。敢期宥過，尚俾承流。茲蓋伏遇皇帝陛下仁與春融，道同天覆。建非常之策，方任賢而使能；開大公之門，悉除苛而解嬈。乃眷上游之古郡，載收散地之羇人。臣敢不懲沸吹虀，飲冰食蘗。求民之瘼，稍更珥筆之風；勝己之私，切謹佩韋之戒。祗圖來効，思蓋往愆。

平江府到任謝表

籲天有請，願供水菽之勞；易地疏榮，復畀繭絲之託。仰戴上恩之厚，靡容私義之伸。中謝。伏念臣開迹諸生，受知太上。華涂超躐，莫匪親除；憲府抨彈，良由自取。會眞人之御極，容偏郡以承流。已試無功，丐閑得劇。雖自西徂東，周爰執事；然以小易大，是誠何心。深懷顛覆之憂，或誤甄收之意。茲蓋伏遇皇帝陛下聖同藝祖，孝述光堯。廓大度以用人，欲兼致非常之士；攬權綱而在己，將崇成可大之功。曾是棄捐，亦叨簡擢。臣謹當布宣盛澤，激發懦衷。澄瀚海之波，冀有因人之薄效；凝清香之寢，敢如平世之偷安！

潭州謝復次對表

賜以贊書，還之次對，敢云舊服，是謂新恩。中謝。伏念臣智昧一官，仕嘗三已。江湖遠引，自憐蹇剝之多；雨露均需，獨倚乾坤之大。茲蓋伏遇皇帝陛下緝熙聖緒，駿發英猷。專予奪之柄，以馭羣工；明功過之使，以與庶事。迺如孤迹，亦預慶條。臣敢不祗佩隆私，益追往咎。儻有及民之效，則爲報上之忠。

代方務德廬州到任謝表

外閫分憂，肆攽明命；內朝賜對，載邇清光。已見荒郡創殘之餘，具言聖主哀矜之意。中謝。伏念臣婁膺劇寄，蔑著微勞，謂孤蹤宜在於棄捐，而廟論猥煩於推擇。屬有負薪之疾，既辭輓粟之行，逮茲邊埸之多虞，復俾帥藩而申命。馳驅引道，僂佝拜恩。細札十行，亟承於漢詔；土階三尺，密奉於堯言。軫民之窮，則使捐關市之征；憫臣之病，則戒求藥物之善。掩骼下度僧之牒，振飢分貢牧之金。獨揆謭能，曷勝隆委。茲蓋伏遇皇帝陛下至仁惻隱，盛德涵容。革輅徂征，已克清於大憝；玉關罷警，將永洽於泰和。慨斯鋒鏑之淫夷，懼以繭絲而割刻。故銓冗吏，使布寬條。臣敢不祗若神謨，恪恭賤職。老於州縣，敢圖横草之功；固我封陲，庶弭搔爪之怨。

于湖居士文集卷第二十一

啓

代揔得居士上宰相

咎深百適，敢逃齋斧之誅？恩予再生，願廣覆盆之照。仰止雲龍之會，俯殫螻蟻之誠。伏念某晚學支離，殘生寒窶。躬耕自足，所願力田而逢年；世祿偶霑，本意爲親而捧檄。孤孽自憐於薄宦，廉隅竊慕於前修。慮捶楚之莫辭，實簡書之是畏。諸公長者，猥借齒牙，淸都太微，獲望旒冕。退效一官於塵士，投閑二紀於江湖。日莫而巾柴車，嘗躬鄙事；秋風之破茅屋，安所奠居？雖周道如砥，何有於崎危；而秦網凝脂，竟罹於羅織。會上聖權綱之獨攬，貫下臣縲紲之非辜。綴毁裂之冠裳，招散離之魂魄，冀安晚節，絶望榮途。

何負薪之疾未瘳，而剖竹之符狎至，洊拜西州之繁使，適當北鄙之多虞。中命惟行，懇辭莫遂。念廊廟柬知之特達，且關梁捍禦之闊疎，釁已結於搔爪，備初微於横草。竊厲死封之志，遂忘負乘之譏。李牧之居北邊，費軍租而享士；營平之破羌賊，留步卒以屯田。盜空狐鼠之羣，吏戢豺狠之暴，周旋兩稔，辛苦百爲。顧績效之未聞，亦規模之粗定。

自嗟激烈，人笑迂踈，果飛謗之交攻，致劾書之趣上。倘蒙觀過，俾免所居，匪造化之曲成，殆生全之莫保。雨流木偶，所念無歸；火及池魚，又將奚咎？聚族近盈於千指，爲氓不辦於一廛，疾病侵淩，親朋棄絶。固已闔門而恐懼，倘虞投隙以摧傷。瀝血攄辭，摶膺請命。伏望僕射相公廣好生之德，察溢惡之言，憫其嘗被於使令，頗亦服勞於奔走，稍援溝中之納，俾留爨下之焦，收父子之餘年，歸田園於故里。況仄席搜羅於豪傑，欲前籌開濟於艱難，有如不肖之資，既乖已試之效，儻獲洗湔於既往，庶將勸厲於方來。九頓首以自歸，冀垂威聽；三折肱而不悔，誓報隆私。

代摠得居士上葉樞密

運璇樞於霄極，方恢宏遠之圖；馳玉節於戎荒，益茂綏懷之略。仰止南轅之近，莫陪前弩之驅，輒控緘縢，冒干齋斧。

共惟國信樞密德全剛大，學貫淵微。萬壑長松，卓爾棟梁之用；九金神鼎，岌然寶鎮之儲。佐王夙負於英資，憂國粤從於早歲，已積公台之望，浸膺旒扆之知。容臺高潤色之功，外府極轉輸之劾，期年上最，卽日召還。橫榻憲臺，朝有絲繩之直；持衡銓部，人知水鑑之平。紬石室之圖書，誦露門之簡策，豈特搢紳之歸重，抑惟夷貊之知名。亟自南宮，進陪西府，方睿主廣右文之治，適殊鄰修交聘之儀，政須國幹之良，往震天驕之俗。望龍沙而引道，馴犬聚以革心，何但單于識漢相立朝之風采，定應回紇懾汾陽單騎之威容。式時遄歸，厥有成績，聳聞廷告，滿慰具瞻。

伏念某邊徼微官，門闌舊物。半生憂患，嗟老矣以何堪；末路棲遲，復病焉之爲祟。婁祈哀於宰路，冀得請於仙祠。茲聞大纛之還，寔冀洪鈞之播。受廛故里，儻容孤迹之偷安；擊壤明時，尚與齊民而拜賜。

代季父賀湯丞相

大號明揚，眞儒進拜。基命宥密，既用予安天下之民；疇咨登庸，蓋論相迺人主之職。泰階齊色，巖石具瞻。

恭惟僕射相公廣大高明，溫良恭儉。範圍天地之業，實蘊蓄於平時；黼黻河漢之文，聊發揮於餘事。偏歷在廷之淸貫，屹爲斯道之主盟，周旋回枉之間，終始端方之守。抗浩浩滔天之勢，愈厲忠規；切惓惓造膝之言，願還威斷。揭大明而烜照，破積陰之蔽蒙，既妙契於宸旒，將遄歸於政柄。姑畀腹心之寄，俾專帷幄之謀。右府本兵，憺天威而遠震；神樞旋極，鞏國勢以中巖。萬山瞻鰲鎭之尊，一柱障鯨波之險，庸虛次輔，特告昕朝。衆志交孚，覬我公之爰立；上心簡在，揆剛日以延登。新風采於巖廊，峻冠章於槐位，丕建太平之業，益隆不拔之基。

某獲侍光麈，越從早歲，方流落棲遲之已甚，獨矜憐收拾之不遺。欣此餘生，永歸大造。若旱作雨，抑多方均被於洪休；如泥在鈞，豈一介獨爲之私喜。

賀湯丞相

誕受冊書，進登揆席。星樞環極，有嚴宥密之司；帝鼐調元，丕正弼諧之任。天心克享，物望交孚。

洪惟本朝之興，垂二百載；粤自右府而相，才十數人。趙中令以創業佐命之勳，韓侍中以決策尊王之略。杜正獻閒暇清正，而裁抑僥倖；曾宣靖謹畏周密，而明習憲章。率皆名垂世之日星，身爲國之基杖，若時英輔，光配前人。

恭惟僕射相公才全而德不形，功大而心轉小。惟虛以靜，故能應無窮之變而不懾；惟寬而栗，故能處羣枉之間而不回。厥惟帷幄運籌之初，已著股肱惟人之望，還主威於笑談之頃，恢朝綱於紛紐之餘。國人曰賢，已恨登庸之晚；大君有命，聿瞻爰立之新。朝廷由是以尊安，天下想聞其風采。渙號所暨，泰亨可期。

有如孝祥，辱在恩地。大廈成矣，當容戢翼之歸；泰山巋然，請效微塵之益。竊謂君相之遇合，或繫國家之隆汙。有其君而臣不足與圖功，或當饋而歎息；有其臣而君不能與共治，或環轍以趑趄。永惟感會於一時，蓋亦寂寥於千載。迺今之盛，振古未聞。皇上勵至神而詔百官，諸賢建大功而同休德，疆埸不聳，年穀婁豐。儻不及茲而有行，是將無日而復可，惟海內重望之所屬，此門下素蘊之欲爲。毋使四公得專美於前，抑亦永世有甚休之譽。

洪帥魏參政

九命作牧，逖瞻帥閫之雄；一廛爲氓，近接宮墻之峻。念昔播大鈞之坱圠，乃今依廈屋之帡幪。恭馳只尺之書，丕承進退之命。

伏念某鄉持末學，輒冒首科，觸宰路之虞羅，陷親庭於狴犴。飈回霧塞，方蔽羣憸；地闢天開，俄登衆輔。乃聖主類郊之二日，辱明公造膝之一言，可但釋纍於詔獄之寃，且復育材於儒館之邃。恩私厚矣，報效缺然。謂當少著於事功，則亦仰疇於知遇，冥行自信，幽黜固宜。奉香火之祠，遄趨並塞；遡旌麾之府，夐隔重江。未容望履於和門，姑欲卜居於德里，是所願也，敢私布之。

恭惟某官道緝聖傳，功熙帝載。三能之麗天極，煌煌列宿之躔；四溟之經地維，浩浩百川之委。若稽獨化之始，登翊萬微之繁，凡當時廊廟之所行，雖走卒兒童之能誦。青天白日，靡容刻繪之工；赤舄衮衣，但冀旋歸之速。方將芘天下之寒士，夫豈拒吾儕之小人？載惟留落之蹤，深極依歸之悰。仰窺宏達，必遂矜容。開商邦三面之羅，已涵大惠；築楊子一區之宅，終藉餘休。

王樞密

運璇樞於霄極，夙瞻命衮之崇；分玉鑰於神皋，今仰建牙之近。屬有負薪之疾，未脩斂版之恭，敢徹書函，冒干齋斧。

共惟某官功熙帝載，道覺民先。清介之風，凛然表世而獨立；孝友之行，信矣行人之所難。竊覩聖君簡注之深，率由明公誠一之著，異寵超躋於羣辟，斯文冠絕於當時。紫誥黃麻，士知模楷；丹心白髮，國有蓍龜。丕釐宥密之司，誕付安危之寄。造膝九重之議，固遠臣莫得而聞；捐軀萬里之行，雖黠虜亦爲之懾。方佇登庸之拜，俄聞均佚之歸。西都獨樂之燕居，始姑從於雅志；安陽〔晝〕（晝）錦之榮事，終弗遂於牢辭。即故里以開藩，護陪京而作牧。江山震疊，父老歡呼，小煩尊俎之籌，益壯盤盂之勢。遂膺渙號，還陟鼎司。

某一遠台符，再周歲紀。龍墀奉對，首叨特達之知；螭陛記言，更自薦揚之致。逮右府出疆之日，寔西垣去國之時。瞻蠲首於江濱，靡容奉謁；委鸞牋於天上，猶辱貽書。自憐不肖之軀，正在大何之域。丹書未削，居懷夙夜之憂；綠野非遙，坐阻寒溫之問。豈謂遷槩之至此，會逢碩輔之來臨。人謂斯何，嗟刺骨吹毛之已甚；天其或者，將息黥補劓之可期。仰繄大造之仁，俯亮危衷之切。冰魚未躍，長依萬頃之澄波；巢燕來歸，寧靳千間之廣廈？

代摠得居士上徐敦立

肅持虎節，還自龍荒。陟老上之庭，國威坐振；曳尚書之履，天眷彌隆。仰繄徒御之勞，當有神明之助。

共惟國信尚書學尊一代，氣蓋諸公。大丞相之家，風流是似；古君子之操，夷險弗渝。方甲兵之問，不至廟堂；惟忠信之人，可行蠻貊。一星北去，三月南歸。喬木參天，諒切故都之感；雪花如席，可堪胡地之寒？茲奉對於清閑，即參華於近密。

某棲遲薄宦，景仰壯猶。瞻十乘之元戎，莫遂前塵之拜；蔭千間之廣廈，知無淩雨之憂。

淮東漕魏郎中

京輦効官，婁瞻逸軌；邊亭奉指，迺借餘光。豈曰爲僚，於焉事長。

伏惟某官氣呑餘子，學眇諸儒，未嘗枉尺以直尋，眞欲居今而行古。凜乎一代之名士，備更險夷；信矣中興之吏師，所至辦治。嗟守闕之虎豹，困横江之鱣鯨。人謂斯何，厥有至公之論；天其或者，將爲大用之基。殆聖政之更新，偕羣賢而彙進。雙旌引道，亟分刺史之符；一節趣歸，卽覆郎官之錦。簡注深厚，寵靈洊臻，陞內閣之新班，專外臺之劇寄。眷斯民俗，已熟敎條。舊所領州，尙鬱去思之望；及茲開府，當成不戒之孚。仰窺訓詞，卽俟報政。

某棲遲晚節，漫浪此官，方懷投劾之歸，空切登車之志。念昔已同之臭味，于今復並於官曹，仰鄰燭之分輝，庶山藜之不采。隆寒在候，盛德對時，冀妙毓於生經，用丕迎於景貺。

新巢縣許宰

冠千佛之名，早嘗慕義；爲百乘之宰，今乃同僚。雖共嘆於回翔，聊自謀於親炙。

伏惟某官才高儁軌，文掞明庭。凌雲之氣超然，固已薄蓬萊而不上；激水之飛遠矣，方當運溟海以横搴。詎意荒城，肯臨君子。歷考本朝之故事，人謂斯何；自結明主之深知，公寧久此？所冀亟來於行李，庶能少奉於周旋。

答吳將仕

屬厭俊聲，夢想德宇。丈人作牧，適臨父母之邦；仲氏決科，更參兄弟之契。欲論交而未敢，乃盛禮以見投。

伏惟某官考信六藝，以行其所知，博極羣書，而守之以約。深厚爾雅，追漢兩京之文；直諒多聞，得魯君子之益。蓋將友天下之善士，豈其顧吾儕之小人。既見止而我心降，喜可知也；匪報也而永爲好，俾利圖之。

于湖居士文集卷第二十二

啓

除禮部郎官謝沈左相

考東觀之藝文，方陪儁軌；隸尚書之牋奏，遽列清曹。荷銓宰之殊知，躐官彝而超授。伏念某幼而不學，長也益愚。出寒鄉寂寞之濱，居游已陋；襲老生陳腐之説，剽略奚工？策名雖冒於一科，觸禍僅違於九殞。諸侯賓客，姑將稍試於所聞；上帝圖書，卽許竊窺於未見。牙籤雲委，貝闕天橫，蠹魚枯文字之間，海鳥眩鼓鍾之響。瓶罍易耻，宜蒙盌脱之譏；組繡非能，敢望錦窠之目？始令承乏，旋使爲眞。訪臺閣之大儀，顧非博綜；誦朝廷之故事，尤愧清通。蓋一再歲之久虛，乃不崇朝而輕畀。凌兢就職，激切懷恩。

茲蓋伏遇僕射相公道妙體元，誠純育物。皐、夔、稷、契，丕成極治之功；東、馬、嚴、徐，盡入至公之用。占小善者率以錄，示大賢之無不容，猥收場屋之虛名，亦玷省垣之高選。某敢不竦共爾位，紬繹舊聞。何目爲郎，雖賴曲成於造命；不遑將父，終期外補以便親。

湯右相

上同前。某重惟父子，悉累門闌。樞筦編摩，墮甑尙勞於却顧；珍臺洒掃，遶枝更許於安棲。藐是孤蹤，益勤大造。斯文衡鑑，收雕蟲篆刻之微；羣枉纖羅，救破卵傾巢之酷。故茲識擢，一出異知，恩如鞠育以何加，身欲糜捐而莫報。某敢不質之天地，銘在肺肝。下同前。

謝劉提舉

郎家安在，方叨執戟之榮；君舉必書，遽陪載筆之侍。冒恩至渥，論報獨難。

伏念某猥以諸生，濫追衆儁，考藝文於東觀，隸牋奏於南宮。忽誤聽聞，進躋班列。典春秋、尙書之簡册，何有編摩；望清都太微之冕旒，空塵供奉。靡容辭避，端自吹噓。

茲蓋伏遇某官學有本原，智周事物。六轡按部，式專開闔之權；三接造庭，卽賜清閑之燕。不遺故舊，曲借褒揚，遠勤騎吏之臨，特拜雲牋之貺。齊夸烏有，姑借喻於謗辭；魯懼無鵠，顧推誠於發藥。祇深感抃，莫既頌言。

撫州到任謝執政

殊庭賦祿，方省己以偷安；劇郡分符，遽叨榮而起廢。大恩難報，小器易盈。

伏念某天與陰踈，地縣孤遠，頃陪朝列，誤簡聖知。執筆螭坳，愧編摩之何有；演綸鳳閣，知潤色之非長。人咸羨於遭逢，己獨知其僥倖。殫黔驢之技，未答洪私；致鵜梁之譏，莫逃餘責。一收朝蹟，三易歲華，既自循滿溢之愆，敢復有超踰之望？忽玷蕃宣之寄，寔緊造化之私。

恭惟某官茂業經邦，精忠格帝，自任天下之重，出應聖人之時。端委廟堂，共建非常之策；運籌帷幄，果收不戰之功。勳在旂常，望隆鼎鉉，夫何疎拙，亦預搜揚。某敢不祗畏簡書，布宣條敎？慰安牧養，冀追渤海之功；撫字催科，惟上道州之考。

王提舉

食檗飲冰，舊欽耆德；匿瑕藏垢，今藉餘輝。將親依繡節之嚴，敢恭致緹緘之問。

伏惟某官學專師古，志不謀身。落木紛披，凛長松之獨立；頹波浩渺，屹砥柱於中流。蓋富貴一時，於我何有哉；雖夷險百爲，惟是而已矣！聖天子既深知於忠讜，士大夫亦交譽於淸規。正色朝端，所宜進陟；觀風江介，曷尙淹留？

某慕用惟深，師承是幸。惟州縣簿書之事，儻少寬程督之科；則里閭凋瘵之民，庶竭盡撫摩之力。

陳運使

誦諫臣之薦草，夙欽循吏之稱；分太守之竹符，今托外臺之芘。願瞻誨色，祇奉敎條。

共惟某官古學精深，英猷特達，頃侍和公之側，婁道永州之賢。事得其宜，未嘗干百姓之譽；治出於一，殆無愧兩者之間。將登禁密之聯，尙借澄淸之略，諒無煖席，卽有賜環。某慕用惟勤，親依是幸。惟州縣簿書之事，儻少寬程督之科；則里閭凋瘵之民，願竭盡撫摩之力。

任提刑

近仙闈錦帳之氈，昔聯輝於列宿；瞻使者繡衣之斧，今托芘於二天。將祇奉於敎條，敢敬馳於書牘。

伏惟某官學潛精粹，德秉純全。素節清規，表儀於鄉黨；閎猷敏識，潤色於朝廷。容臺正蕝禮之訛，憲府極繩愆之效，方佇持荷之拜，俄聞蕩節之行。千里上游，久著平反之譽；九闕帝所，即期趣召之歸。

某一去賓閎，屢更歲籥。躬耕下澤，徒切睎於光臨；假守偏州，乃密依於蔭樾。所冀少寬於程督，庶將自力於撫摩。

黄運使

一麾江海，叨被恩書；千里湖山，遥瞻使節。方有希於餘潤，乃先辱於惠音。

共惟某官德履粹溫，才猷開濟。早更名郡，偉望實之彙隆；暫屈外臺，見事功之咸允。雖經畫雅資於管、葛，而論思正屬於嚴、徐。佇奏嘉庸，即還近列。特紆高誼，曲賁疎蹤。把酒分一日之光，坐歎晤言之阻；占詞妙五雲之體，但深藏去之榮。

鄭大資

綠章封事，方修香火之緣；黄紙除書，忽拜繭絲之托。愧微蹤之未稱，幸長者之焉依。

伏惟某官德秉純全，學躋淵奥。五百年之名世，將以有爲；四十圍之參天，凛乎不拔。歷數當今之大老，孰是中原之故家？顧益介於壽祺，佇登延於舊弼。

某服膺滋久，望履終遥，何期起廢之恩，乃有親仁之幸。惟諸父辱少公之客，未報隆私；顧是邦有賢者之留，敢忘祗事？歸依之極，敷宣奚周。

陳正字

同前。伏惟某官學造聖眞，文爲國采。瓊琚玉佩，久應接武於夔、龍；貝闕珠宮，尚困守閽之虎豹。所冀躬行於白屋，會須自致於青雲。

某屬簉英廳，繆參朝契。念辱在游從之舊，間者闊焉；乃今諧親炙之榮，喜可知也。未遑問訊，先辱移書。

提幹

同前。伏惟某官襟量粹夷，才猷超敏。外臺贊畫，知譽處之深休；要路蜚聲，諒柬求之不遠。再惟冗瑣，獲際光塵。友士之仁，豈獨慰平生之願；求民之瘼，庶將聞忠告之規。

建昌趙知府

同前。伏惟某官擢秀天支，蜚聲朝右。爲善最樂，卓然循吏之師；閱理居多，粹乎宗室之老。暫淹侯服，行陟禁涂。

某慕義已深，承顔弗遠。是所願也，儻或聞前輩之話言；豈不然哉，當盡得疲民之疾苦。

黄知府

同前。伏惟某官正學探微，英猷邁遠。風流未泯，蓋山谷老人之諸孫；進擢非遥，有袁州刺史之故事。諒不容於煖席，卽湍被於賜環。

某同前。

孫參議

同前。伏惟某官奥學家傳，宏猷天賦。名藩布詔，謂當少著於豐功；燕館頤眞，乃復重違於雅志。惟益臻於壽祉，以茂對於榮恩。

某久此暌違，載欣接款。同前。

王教授

同前。伏惟某官學造淵微，才推敏劭。横經師幄，知譽處之深休；奉詔公車，諒朿求之弗遠。再惟冗瑣，早際光塵，未遑問訊之恭，先辱貽書之貺。

通判以下

同前。伏惟某官襟量粹夷，才猷超敏。回翔外服，知譽處之深休；踔厲要塗，諒柬求之不遠。再惟冗瑣，獲際光塵。友士之仁，豈特慰平生之願；求民之瘼，庶將聞忠告之規。

趙通判

殊庭賦祿，方竊便安；支郡分符，誤叨委寄。所幸治中之從事，乃是平生之故人。伏惟某官清德家傳，英猷天賦。光風霽月，自是無塵；錯節盤根，試窺游刃。雖千里尚留於驥足，然九霄方迅於鵬程，諒亟拜於除書，遂橫騫於顯路。某屬因諸父，嘗際高賢。間者闊焉，已忘歲月之多少；喜可知也，願將朝夕以親依。未皇問訊之恭，先辱貽書之寵。

江州林知府

半生慕義，未遑賓謁之修；支郡承流，遂有善鄰之托。載馳書牘，恭掣齋鈴。伏惟某官敏識造微，英猷邁往，卓然一代之循吏，喜是中原之故家。坐嘯江城，仰治功之獨最；奉朝漢闕，諒追詔之非遥。

曾是微蹤，將依隆芘。寒女緝苧，所願分光於有餘；拙匠伐柯，倘欣取則之不遠。

苗太尉

授將軍之鉞，嘗望餘光；分刺史之符，遂依隆芘。

伏惟某官忠揭日月，義嚴雪霜。早歲臨戎，即登於勇爵；十年扈蹕，婁勒於勳銘。逮邊瑣之多虞，由殿巖而遣戍，茂宣皇略，亟挫天驕。倚須露布之聞，遄正節旄之拜。

顧茲孱瑣，方藉帡幪。瞻碧幕之非遥，馳尺書而敢後！

王侍郎

緯星〔辰〕（厂）之轇轕，斯文夙賴於主盟；卧江海之空同，舊德更高於耆壽。喜問塗之有日，將候館以趨風。

恭惟某官名冠倫魁，識參元妙。瓊琚玉佩，固嘗接武於夔、龍；貝闕珠宮，婁困守闕之虎豹。去六月而一息，翔千仞以寬輝，諒扶桅之北來，即賜環而南下。

某學從稚齒，聳慕儁軀。何期荒障之乘，適此高軒之過，榮光下燭，華問先臨。仰君子之好謙，愧小人之不敏。

明州韓尚書

繡幢畫戟，占東藩鼓角之雄；寶字玉文，新廣内圖書之直。入謁尚遙於賓榻，修辭敢後於齋鈴？

伏惟某官粹量淵停，英姿玉立。學無不可，凛乎當代之偉人；政得其宜，卓爾中興之循吏。乙陛識尚書之履，四方勞申伯之藩。留鑰九扉，已壯長江之險；戈舡下瀨，還清瀚海之波。顧疇外屏之勳，遂贊西樞之畫。

某遜違墻仞，多閲歲時。大司寇之議刑，嘗拜家庭之賜；小諸侯之述職，敢忘方伯之尊？嗟問訊以成踈，且懷恩而未報，所蕲宏度，終諒微誠。律管崢嶸，和門整暇，冀益綏於純嘏，亟趨覲於嚴宸。

曹監簿

一麾假守，自愧非才；千里貽書，過勤盛意。

伏惟某官英聲夙著，德器自將。雍容文辭，亟簡朝廷之聽；積習名敎，益增閥閲之光。方徑席於清高，尚不忘於疇昔，有懷謙眷，莫喻鄙悰。

賀周侍郎

寵□□□，洊膺異數。以武部之顯曹，而覹玉堂之直；以文林之魁傑，而紬金匱之書。外廷雖創見於親除，造膝乃先期於面授。共惟聖眷，獨厚諸公，蓋將基大用於此時，豈曰踵前人之故事。有如孤迹，辱在恩門，竊欣廣廈之成，密仰慶雲之蔭。輒因尺牘，少薦愚衷。

于湖居士文集卷第二十三

啓

王提刑

汝水承流，已叨覆露；吴門易地，更托按臨。繄幸會之適然，知譴何之可免。伏惟某官純誠獨秉，剛毅不回。溜雨之四十圍，本孤根之自立；摶風之九萬里，寧短翼之爭飛？粹無悃愊之華，凛有澄清之志，顧外庸之久訖，宜中詔以遄歸。某别德經時，親仁不日。疇昔熟於條教，莫先圖民俗之安；乃今奉以周旋，當益厲官常之守。

章提舉

虞廷輯瑞，昔叨一〔盼〕（眄）之榮；禹甸宣風，今與六條之按。仰止使旆之近，俯馳書牘之恭。伏惟某官粹量淵停，英姿山立。文高學古，蔚爲儒掖之宗；行峻履方，屹此廷紳之表。自寵持於華節，卽妙柬於垂旒，外庸已訖於澄清，中詔行參於宥密。

某見賢不遠，受察云初。是能容之，儻少寬威於程督；庶可平耳，所當盡力於撫摩。

兩通判

諸公長者之譽，疇昔固願見之；同官爲僚之賢，乃今何其幸也。

伏惟某官英猷邁往，正學探微。杞、梓、楩、楠，知鄧林之不雜；琮、璜、圭、璧，宜清廟之見收。暫淹半刺之除，行拜十行之寵。

某依仁匪遠，託契云初。前事後師，儻悉蒙於教告；左提右挈，其將免於悔尤。公其圖之，我所願也。

知州

門闌暌隔，久違問訊之恭；不相識，云：門闌在望，未諧識面之私。鄆傳鼎來，遽被貽書之寵。仰佩沖虛之懷，更懷親附之榮。

伏惟某官行峻履方，識明器博。籍甚諸公之譽，當立上於要津；居然一障之乘，顧何勞於餘刃。諒賜環之在卽，遂持橐以居中。

某已試無功，丏閑得劇。民亦勞止，冀少圖安集之功；公儻教之，當謹承清淨之誨。

待闕通判

上同前。伏惟某官行峻履方，識明器博。籍甚諸公之譽，當立上於要津；居然別乘之官，顧何勞於餘刃？諒賜環之在卽，遂結綬以遄歸。下同前。

趙郎中

上同前。伏惟某官行峻履方，識明器博。籍甚諸公之譽，當立上於要津；退然三徑之居，乃深藏於偉業。諒璽封之來下，由珍館以遄歸。下同前。

王提幹

上同前。伏惟某官行峻履方，識明器博。西樞宥密，夙推家□之謀；右輔均輸，今賴幕中之畫。佇趨嚴召，立據要津。下同前。

朱知府

上同前。伏惟某官行峻履方，識明器博。楚都揭節，夙高廉按之公；嚴瀨剖符，行著蕃宣之績。恐難淹於外服，當卽拜於中除。下同前。

胡國正

籍甚諸公之譽，所願納交；粲然一紙之書，胡爲及我？

伏惟某官高文足以華國，竑論足以濟時。璧水之除，此其漸耳；瑣闥之拜，衆且遲之。方消搖於里居，益涵泳於聖學。

俯慚固陋，行際聲光。友士之仁，豈獨慰平生之願；求民之瘼，庶將聞忠告之規。

陳教授

同年之契，契闊有時；爲僚之賢，解后於此。

伏惟某官議論該乎國體，文華贍於時英。敎諸侯之泮宮，聊從容以卒歲；備天子之詞命，知軒騰之有時。

某攝官云初，依仁是幸。友多聞之益，無以尚之；問爲政之方，其知免矣。

常州郭知府

諸父納交，昔叨末契；近藩假守，今託善鄰。將敬摯於齋鈴，敢遠馳於書牘。

伏惟某官才高盤錯，譽滿薦紳，諫大夫薦之公朝，太上皇擢以名郡。第循良之最，獨居三輔之先；輸獻替之忠，卽參兩禁之密。

某已無善狀，更誤庬恩。望廬山之雲，既闕晨昏之養；飲吳江之水，敢爲旬月之圖。欣近接於封圻，將悉摹於條教。僕之所願如此，公其勿愛于言。

撫州陳知府

碩膚之譽，久屬厭於舊聞；斗大之州，乃淹翔於斂手。豈獨託交承之契，所欣蒙覆護之私。

伏惟某官器業偉然，聲華籍甚。家學之富，蓋有本原；吏事之精，尤高盤錯。暫領一麾之寄，卽嚴三節之歸。乃眷臨川，號稱古郡，戶乏中人之産，府無經月之儲。貧吏乾没，既不哀抒柚之空；齊民無聊，皆去爲囊槖之盜。宜有循良之政，來蘇疲瘵之餘。

愚若孝祥，一無可紀。糠粃在前之愧，夫何言哉；瑾瑜匿瑕之仁，是所望也。

劉舍人

五管曠官，已道黜幽之典；三湘謀帥，又叨使過之恩。亶惟衣鉢之傳，實有鈞陶之自。

某奉身無術，與世全踈，冥行於利害之涂，竄處乎讒謗之藪。載從去國，屢遣作州，率以五六月之間，則爲數千里之役。精神耗於憂畏，筋力疲於奔馳。忽去忽來，固未免揶揄之鬼；乍賢乍佞，獨奈何萋斐之人。豈無二頃之可耕，況復雙親之既老，決意投簪之適，弗圖賜履之榮。恭命而行，懇辭不獲。

茲蓋伏遇某官學窮聖蘊，道覺民先。羞崑崙，薄蓬萊，迥立風塵之表；決汝、漢，排淮、泗，横馳翰墨之場。比收一笑之功，遂殄陸梁之寇。雖在公以爲餘事，然寬上之所甚憂，肆予環而召歸，當告册而爰立。即以所臨之巨屏，付之承學之諸生。

某敢不謹守箴規，益思策勵？老吾老，幼吾幼，方深蘄錫類之恩；步亦步，趨亦趨，終難望絶塵之軌。

王運使

劾章亟上，即使歸田；明詔趣行，又令分閫。蓋亦東西之惟命，敢云來往之爲勞，所欣容察之賢，乃是交游之善。

伏惟某官英姿煥越，德宇靜深，風流傳正始之餘，人物尙中原之舊。刻清湘之樂石，嘗夷赤籍之驕；通下瀨之戈舡，又靜綠林之擾。佇圖成績，卽拜顯除。

某猥奉藩條，獲依使節。念問涂衡嶽，曾分筆硯之餘；而枉駕湘西，復接盃觴之勝。違離屬爾，際會偶然。一馬二童，長驅千里；雙魚尺素，疊拜三緘。筋力盡於奔馳，精神爲之耗散。欲報所貺，將遣復休，念已投契分之深，豈其較禮文之末。我之不敏，情見乎詞。

寄居官

劾章亟上，卽使歸田；明詔趣行，又令分閫。蓋亦東西之惟命，敢云來往之爲勞。一馬二童，長驅遠道；雙魚尺素，敬拜好音。病體困於奔馳，文思爲之枯涸。涉筆欲報，空函是憂，念方依德庇之初，（管下倅，云：念方託僚契之深。）必不較禮文之末。我之不敏，情見乎詞。

呂彥升到狀

出分宮鑰，繆托交承；入奉介圭，喜將解后。聞有南徐之新命，復爲北道之主人，幸艤舟而小留，當接塵而一笑。

帥江陵通運使楊顯謨

山川跋涉，欲徧東南；父子扶攜，復來荆楚。即有依仁之幸，更懷冒寵之慚。伏惟某官熏班、馬之濃香，鍾岷、峨之秀氣。籍甚之譽，與江俱流；煒然之光，立朝更顯。謂當扣紫微而排閶闔，徑拜玉清之侍臣；何謂羞崑崙而薄蓬萊，尙作繡衣之使者。有如孤迹，嘗並英遊。乃今邊瑣之行，復託外臺之庇。夕烽罷警，請與公圖綏靜之宜；春水才生，冀許僕辦歸休之計。

蕪湖沈知縣

籍甚之譽，久矣在諸公之間；蕞爾之邦，豈其淹長者之辱。伏惟某官文章翰墨，自成一家，人物風流，尙友前輩。少借演綸之手，來收掣錦之功，顧游刃之有餘，諒追鋒之不遠。未皇馳牘，先辱貽書。

于湖居士文集卷第二十四

書

代揔得居士上沈相該

厥今天下之士，彈冠結綬，請以身售於相國之門者不知幾何人；其聰明才智，崇論谹議足以理紛濟劇，謀王而斷國者又不知幾何人。若是者，相國之門蓋已不乏於才，而碌碌尋常之人，亦無以自達於下執事矣。雖然，相國豈直以此而遂拒天下之士也哉？周旋慰薦，惟恐其不至。士之客於中都者，今日投謁于司賓之吏，明日則命之見焉。其善惡能否，相國蓋一與語而盡知之，如燭照數計，毫髮無以自隱。於是而退絀，於是而奬用，則公議翕然咸以爲當。

或以問某曰：「相國午漏下還第，與賓客接才數刻頃，顧步趣語默之間，輒已得其人之肺肝若素知之，此何爲也耶？」某謹對曰：「相國惟公，故生明；惟定，故能應；惟虛其心，故能服天下。輔政于茲一年，而中外底平，百志緝熙，遂濟登茲，不動聲色，相國以是三者也。相國以是三者計安天下，其於知人也何有！」

某也楚之鄙人也，聲名無聞於時，問學不足以取世資，流落田野十有八年，偶得不死耳。今亦踽踽然來，蘄望泰符之輝，以不肖之身受察焉。其可其不可，不敢自列，惟相國哀憐財幸之。舊詩一編，間居無事，紓憂娱悲，輒贅以見，非某之所長也。干冒鈞重，俯伏俟命。

上史參政浩

某伏讀制詔，參政以命世宗儒，東宮舊學，精神感會，臣主俱賢，顯膺册拜，晉參國秉，天下幸甚。伏念某疇昔登門，猥辱知遇。生長四明，丘墓所寄，阡陌相連，實同黨里。不敢獻諛，願効微忠。

伏惟中興以來，宫僚幾人，若賢，若不肖，主上朝夕之游處，毫末曲折，弗逃聖鑒。而簡在眷禮，獨公一人，事關運數，非偶然者。累月以來，擢用休顯，中外之士，拭目歆豔。知參政者則謂渟滀抱負，鬱而未伸，逢辰遇合，逮今已晚；其不知者直云師傅舊恩，適用故事。夫拔之衆人之中，置諸百僚之上，自高宗、文王猶托諸夢卜，況如近時風俗益壞，横得一金，或媢疾之。竊料進而賀參政除拜於前，退而議參政闕失於後者，不無其人，故今日參政應之甚難，亦可懼也。圖易其難，圖釋其懼，參政之策將安出？願參政深思之。

今日朝廷之上，進用人才，措畫邊事，與凡號令因革，某事非，某事是，人不以屬它宰相執政，必曰：「此史參政之爲耳。」蓋用之驟則責之重，其理固然。況參政方在北門，遠方之人，以邸報不傳，興事造業，一出參政意；今入政府，則此名益不可避。以不可避之名，任甚重之責，當至顯之位，然則參政將何以善始善終，以無負聖天子，以無負天下也哉？

自古在昔，莫難於君臣之際。二帝三代，置而勿論。必上下一體，言行計從，雖父子兄弟之密，不得與乎其間，如高祖之於子房，先主之於孔明，我太祖皇帝之於趙中令，而後可以撥亂反正，創業垂統。竊觀陛下繼太上皇帝而爲之子，談笑授受，雖二百年丕成之緒，然稽之天數與人事，寔纂承啓運。御極之初，惟新景命，光昭祖烈，將以傳無窮而施罔極，必一遵建隆之舊，則陛下之得參政，何以異於藝祖之得韓王？參政於此，彌綸動化，開闔張弛，惟危惟微，可戒可畏，不一而足。某雖愚不肖，誠願有以言之，而參政擇之；參政儻許之言，則請條列以告。

伏惟參政方闢大公至正之路，蒭蕘之賤，試將采擇其善。某也狂率犯分，參政弗怒以教。

代季父上陳樞密誠之

某聞列宿之在天，星官曆翁有傳數世而不能盡究其名數者，至夫五行之精，雖隱伏不見，按圖而考之，則固已知其躔次之所在，與夫善祥之應，皆可以前知，曰如是則爲人主之壽，如是則爲豐年，如是則天下和平，若影響之隨，無有差忒。婦人孺子夜立庭中，卬首而望，曰此塡也，此歲也，此太白也，未嘗學星，則既能盡識之矣。

今夫賢者之於世，其間出希有，固亦寥寥然如五緯之相望。苟一有焉，雖窮在畎畝，未見於用，已隱然係天下之望，曰使是人而出應吾君之求也，必能發所蓄以利澤一世，而有無窮之聞矣。一旦進而坐於廟朝，天下又將翕然而稱之，曰是吾昔之所期某公也，昔吾之所望於是者庶幾乎。故雖窮山幽谷，婦人孺子亦莫不然。何也？如五星之在天，其晦也，人皆得而知之，其顯也，人皆得而見之故也。

恭惟樞密以碩大高明之資，輔以宏深經遠之學，發策決科，震耀宇內，皆其緒餘不足道者。而天下之所以期望於公，而公之所以抱負自任天下之重，蓋不在是也。前年天子總攬權綱，號召數公，新美庶政。此數公者，聲稱德望，炳然較著，眞與芒寒色正者比，公在焉。是司天子腹心之寄，運旋樞極以隆國勢，曾不朞月，而優游之望得，太平之責塞，天下之人，亦既斂然自足，滿慰疇昔，而無異辭矣。

某也楚之鄙人也，青衫白髮，塵埃一命之選，蓋將三十年。雖冗散無以自振，而所至不能阿意下氣，往往不偶，卒窮困至是。顧嘗爲大樞湯公之役，湯公憐之，賜以斗升之祿，使活軀命，今又閲一歲於此矣。湯公謂某曰：「汝往拜樞密陳公之門，吾爲汝言之。」某奉命，是以來。雖然，某之見公，非直以此故也。五緯之行，婦人孺子皆得見而識之，某誠不肖矣，其智固不如婦人孺子矣乎？伏惟誘而進之，使得自効，請以受知湯公者，亦受知於門下。不宣。

與李太尉顯忠

某聞之，當今號稱人傑，磊落奇偉，可撼以義，獨太尉三數公耳。今春過池陽，始識太尉，置酒高會，開心見誠。某竊不自揆，嘗爲太尉陳其所以報國一二事，太尉不以爲罪，擊節稱善。某於是益知太尉之賢，常常爲士大夫道之，謂太尉嘗以單騎九百，却二十萬之衆，它日邊候有警，奮不顧身，星流彗掃，敵王所愾者，必太尉也。

自黠虜渝盟，聖天子赫然震怒，悼已事之失策，誕布明詔，恭行天誅。太尉膺上簡拔，當國一面，悉甲濟江，今踰月矣。虜騎浸淫，至于歷陽，太尉之軍，雖嘗小捷，然虜既越險而南，幕府猶在舒城，不聞太尉出騎要擊，何也？豈既追北而此未知耶？抑太尉方略素定，儒生不得而測識耶？兩日來羽檄自御前至太尉處者，相接於道，而還徙之民，自北而來，所傳益急。事勢危迫，可謂間不容髮矣，不知太尉將何策以處此？

今淮西之三帥列屯，朝廷安危，實繫於是。太尉與王侯、成侯必須同心協力而後可以成功，若一人少有顧望，吾事去矣。伏望太尉思主上平日所以期待太尉之厚，委曲置念，交歡二帥，使無纖芥，專圖國事，盡去私心。若王侯當其前，則太尉宜與戚帥以鋭師出其腹背，首尾齊應，各務致死，則虜衆雖多，可以立潰。萬一不然，少有沮抑，太尉將何以報天子，何以見天下之賢士大夫耶？望太尉精思之，速圖之，無貽後時之悔。

忠憤激切之懷，不能此盡，謹遣使臣莫師雄躬造帳前面稟，拱立西望，以俟嘉音。不宜。

代任信孺與王太尉權

某聞太尉之名舊矣，雖未識面，然嘗一再通問。及來宣州，見張漕父子日日稱説太尉忠義純一，智略沉雄，治軍訓旅，多多益辦，今時諸將可一二數。某是以擊節誦嘆，願交下風，蓋因致書，欲太尉以一千人之功名，保三十年之富貴，某所以與太尉心相知者甚厚。

自黠虜渝盟，聖上奮發威斷，以迄逋誅，天聲震疊，山搖海蹙。太尉秉心膂爪牙之任，杖旄秉鉞，鋭卒十萬，式遏其驅，揚舲濟江，分據險阻，可謂盛矣。中外之士，正望太尉以捷音聞，雖定林之役追北百里，然斬獲不多，人心未快。數日來或謂虜騎已越滁、壽，太尉復還歷陽，果爾，則何爲耶？淮西重地，朝廷所責望者專在太尉，李侯、成侯其實太尉麾下爾。事勢之急如此，必三帥協義同力，首尾相應，盡去疑間，合爲一家，然後爲可。今日調護兹事，獨在太尉，太尉聰明，辦此不難。所願太尉念主上平日眷遇之隆，不憚少屈，遣書致禮，交歡二帥，相與誓約，專意國事，屏除私心，尅日共舉，以翦窮寇，以復境土，則太尉勳在社稷，身名俱榮，竹帛鍾鼎不足稱載。萬一不出乎此，各自爲謀，少失機會，悔將何之？

忠憤激切，懷不能已，輒以尺書布之幕下，可否之決，立遲一報。不宣。

于湖居士文集卷第二十五

疏文

乾龍節開啓疏

瑶池御駿，悵久隔於宸游；華渚流虹，欣載臨於誕節。預憑衆妙，遥贊洪釐。尊號皇帝陛下，伏願體道希夷，凝神昭曠。壽祺天錫，順迎滋至之休；輿衛星陳，佇協遄歸之吉。

又

聖人有作，夙聞里社之鳴；誕月載臨，兹効華封之祝。仰憑慧力，恭贊壽祺。尊號皇帝陛下，伏願體道希夷，凝神昭曠。否終必復，卽期八駿之歸；常久無疆，茂協九齡之與。

乾龍節滿散疏

載震夙以開祥，式臨穀旦；内文明而養正，莫望淸塵。敢殫率土之誠，恭致彌天之祝。尊號皇帝陛下，伏願緝熙純嘏，保合至和。壽等南箕，共協皇圖之永；禮成北嶽，亟嚴仙仗之還。

乾龍節功德疏

襄野問塗，高蹈無爲之表；華封祝壽，茂迎可久之祥。恭卽殊庭，再嚴妙果。尊號皇帝陛下，伏願既多受祉，永孚于休。夙駕言還，副君子必歸之望；夢齡協永，膺聖人得壽之符。

又

駿馭追風，悵宸游之久滯；鳳編紀日，欣穀旦之重臨。恭祝鴻釐，載清貝梵。尊號皇帝陛下，伏願消搖物表，保固天倪。問襄野之童，終冀迷途之復；依西方之佛，更瞻壽量之增。

天申節開啓疏

景運有開，方迪延洪之祚；珍圖叠紀，茂當震夙之期。恭依覺地之嚴，增祝聖人之壽。皇帝陛下，伏願體乾剛健，如日照臨。天其申命用休，遂臻過歷；聖人大寶曰位，永保無疆。

天中節滿散疏

探赤水之珠，已凝神於象表；受泰元之筴，聊玩意於人間。蓋與造物而同遊，則非巧歷之能計。尊號皇帝陛下，伏願備兩宮之樂，冠百王之徽。億載萬年，貴爲天子之父；九州四海，丕承太上之尊。

皇后生朝功德疏

椒風流化，於昭內治之脩；璧月儲精，載紀誕彌之瑞。增祝至仁之壽，式嚴衆妙之因。皇后殿下，伏願應地無疆，與天合德。開燕祥於甲觀，申錫百男之休；承色養於東朝，參享萬年之曆。

大行皇后僧家宣讀疏

淑德承天，方迪二南之化；諱音傳遠，遽纏九土之悲。輒憑貝葉之文，默助椒蘭之慘。大行皇后，伏願脫人天之調御，從帝釋之遨遊。夜月在天，湛本體清涼之性；秋蓮着水，發靈根定慧之香。

大行皇后道家宣讀疏

儷宸極於長秋，始基王化；望崦嵫於永夜，痛極輿情。輒紬琅笈之靈章，默助璇宮之仙馭。大行皇后，伏願悟本心之淸淨，識道體之希夷。駟玉虬而上征，徑躋西眞之集；折瓊枝以繼佩，却從姑射之遊。

大行皇后齋疏

長秋正位，化方詠於兎罝；儵夜興哀，悵莫留於騩馭。敢憑緇褐之侶，仰助褘褕之思。大行皇后，伏願識道體之希夷，悟眞詮之圓覺。蘂宮絳闕，陪姑射之神人；天雨寶花，超華嚴之法界。

青詞

淮西漕司設醮

衆生淪於異物，長無超度之期；上帝覆以薫慈，厥有救援之□。敢殫誠悃，仰冒至眞。眷茲淮壖，頃罹兵刧，匪罪而死，不知幾千萬人，游魂無歸，于茲二十餘歲。或葬之中野，而絕子孫之託；或鬱爲枯腊，而失墳墓之依。或戹領之不全，或草木之同腐，傷心慘目，舊哭新寃。坐令凋瘵之餘，尙遏和平之喜。臣叨將外計，念此沉幽，惟瀝懇於層霄，庶興哀於九地。伏願綠章上達，絳節下臨。注南斗之生，俾謝無窮之苦；削酆都之籍，溥施蕩穢之恩。及此民編，咸躋壽域。

元正設醮

太一常居，上帝之仁徧覆；大千世界，衆生之業無窮。俯當嗣歲之興，祗卜剛辰之吉，款靈宮而蕆事，瞻霄極以祈恩。願鑒微衷，誕敷隆施。

上元設醮

清都紫極，隔世幾塵；綠簡瑤章，通臣一念。撰日三元之始，馳情八景之高。伏願增衍祺祥，蕩除災穢，貰其既往，新以方來。錫難老於家庭，覃餘休於嗣續。

又

玉淸嘉會，氣實首於上元；金簡眞儀，福用敷於下土。敢宣主德，率籲國人，敬披致一之誠，仰導惟新之慶。伏願輪飈臨夜，聖澤如春。萬歲千秋，仰奉堯年之永；五風十雨，徧爲吳會之祥。凡我有生，長依道蔭。

又

絳闕高居，躡千眞而下祭；緑章封事，緘一念以遙通。當甲子之上元，惟王春之正月。三官校籍，甚書黑簿之愆；九氣騰霄，滋昧黃庭之景。載披雲笈，恭款飈游。伏願憫此餘齡，賜之無事。退安田里，常遂於豐登；燕及子孫，更祈於繁衍。

十二願

一願一人聖壽，二願二儀平成。三願三光明潤，四願四序休寧。五願五行協應，六願六府充盈。七願七元降格，八願八表澄清。九願九壘皇君垂福祐，十願十乘太乙度災屯。十一願十一耀靈光下燭，十二願十二時道氣常存。

建康求晴設醮

常陰之罰，乃吏弗虔；暑雨之咨，彼民何罪？人今露宿，田與江通，環數州粳稻之鄉，渺千里波濤之險。疾病飢寒之既迫，逋亡蕩析以奚疑？仰惟當宁之仁，婁攽振廩之詔，已觖有秋之望，終懷卒歲之憂。扣首祈恩，拊心無策。

伏願宏開矜宥，溥示救援。稽〔天〕（夫）之浸潛收，不葬魚龍之宅；併日而食弗飽，尚全雀鼠之生。哀此下民，斂時五福。

荆州修堤設醮

古之南郡，今者西門，控吳、蜀之咽喉，乘襄、漢之唇齒。兵戈蹂踐，閱四十年；版籍凋殘，無三萬戶。屬故歲有防隄之失，當隆冬興土木之工，徭役既多，流亡是惕，歷三元之初日，按八景之眞文，恭闢靈場，肅延霄馭。仰賛兩宮之壽，俯祈一道之安，錫以豐年，保其常產。貰餘災於比屋，移厥咎於微臣，帝之所臨，臣不敢悔。

遷居謝靈惠王設醮

偏覆包涵，寔下民之陰騭；聰明正直，斯百祀以光輝。乃眷昭亭山之陽，誕惟梓府君之宅。受命于帝，降神此都，不怒而威，有感斯格。閔孤生之流落，錫嘉夢以丁寧。俾奠攸居，第安汝止，仰明靈之昭答，俯危跡以震驚。恭按眞文，具嚴報禮，所冀雲霄之馭，來臨仙□之祠。儻闔門益荷於純禧，將永世畢依於大道。

謝火災設醮

天愛斯民，欲其逢吉；吏媮厥職，所以致災。蓋二千石之非賢，俾十萬家之𡢃警。拊心自悼，稽首知歸，冀矜宥於叢霄，遂輯寧於比屋。匪臣私禱，惟帝博臨。

設九幽醮薦所生母

終身之恨，弗逮於慈容；小己之私，可干於洪造。啓盟眞之玉籙，嚴款聖之瑤壇，頓首求哀，齋心望報。伏願垂恩九地，申敕三官。或已注南斗之生，則冀福齡之延永；或猶滯酆都之對，則所罪苦之蠲除。交肸蠁於幽潛，通爽靈於夢寐，更令同氣，均此殊休。

代摠得居士保安第三弟設醮

人愛其子，惟疾之憂；天聽自民，必從所欲。伏念臣第三男臣孝直拋於福植，幼也多艱。涉秋以來，病滋爲祟，閱日既久，藥且不持。悼賦質之奇偏，懼夙緣之多累，非歸誠於造化，寧有望於安全？恭按靈科，具申哀禱，仰冀雲霄之澤，不遺草芥之生，俾終協於大和，誓永依於至道。

謝過設醮

三塗苦趣，流轉無窮；八景眞科，超躋有道。具輸危悃，祇冒聰聞。伏念臣涉世之艱，惟天是恃。謂將晩節，稍遂安居，餘孽未除，叔子云逝。雖脩短不逃於物數，然咎休率繫於人爲，輒歸命於紫清，庶蠲名於黑簿。雲霄降格，雨露均霑，俾微生蒙宥過之恩，而已死逭沉幽之苦。更隆鴻施，俯曁羣倫。

釋語

請道顏住撫州報恩疏

大雄一隻虎，震伏羣魔；楊岐三脚驢，蹩踢四海。欲振當年之門戶，須煩本分之宗師。顏公禪師傳妙喜之衣，得圜悟之髓，日光玉潔，雷厲風飛。噴香爐之紫烟，叵堪滿戶之屨；懷錦官之春色，忽尋上峽之舡。惟法眼之道場，實卍庵之舊隱，雲無心而出岫，水有時而回淵。莫辭振錫之游，再結繙經之社。休去歇去，倘堪一行；瞻之仰之，如是三請。

請恩老住蔣山疏

陝府鐵牛，脚力負萬鈞之重；石霜角虎，眼光揺百步之威。欲轉無上法輪，須還本分尊宿。恩公長老一生打硬，四海知名。楊岐栗棘蓬，當仁不讓；國師無縫塔，此義却諳。截斷衆流，壁立千仞，乃眷鍾山之勝地，實緊圜悟之昔游。俗駕初回，潮音未振，考之公論，僉欲師來。拗折竹篦，且與逢場作戲；横擔拄杖，直須覿面相呈。稽首妙華王，請祝聖人壽。

請三祖長老疏

陝府鐵牛，脚力負萬鈞之重；石霜角虎，眼光揺百步之威。須全提向上之機關，始克振作家之號令。

厥惟勝地，今得偉人。某人斤斧叢林，鑪錘古佛。金剛王之寶劍，截斷衆流；秘魔巖之木叉，宏持末法。諸公刮目，學者傾心，睠三祖之道場，在羣舒之佳處。吳陂瀉碧，龜魚樂得於主人；灊嶽摩霄，龍象將依於法席。

用勤勸請，實冀肯臨。飛錫度江，豈獨慰西州之父老；傳衣此地，庶不辜後代之兒孫。願聞法鼓之鳴，要看草賊之敗。

請亮老住報恩疏

佛法見前，惟嫌揀擇；衲僧分上，便合承當。亮公長老徧歷叢林，叓開法席。一莖草化成寶刹，夙具神通；三條篾緊束肚皮，最諳枯淡。惟報恩之勝處，崇永祐之眞游。不有當仁，孰嚴上善？三十年事鹽醋，要還舊日家風；二千里賣布單，且看新人作略。

請舜老住浮山疏

三千大千，總是無邊佛刹；一箇半箇，難得本分道人。但看直下承當，且教逢場作戲。舜公長老入華嚴海，得解脫門。牢絆草鞋，飽參知識；撒開布袋，歷勘諸方。留須水以彌時，會浮山之虛席，殷勤叓請，珍重此行。菩薩子喫飯來，且與鐘魚作主；好阿師恁麼去，要令龍象依仁。二千里外，不得嫌人；三十年後，切忌錯舉。

請鑑老住潭州東明崇教寺疏

浮休居士，昔守此邦；東明觀音，初出廢井。神光煥發，寶刹崇成。檀施滿門，曾安五百衆；荆榛塞路，將欲四十年。會茲淫雨之菑，觖我有秋之望。肅齋致禱，響答不違，香火未收，陰雲解駁。吏民絕嘆，豈有前聞；僚寀僉謀，當嚴報禮。主僧老瓚，破屋欹傾，冥搜當仁，喜得此老。

伏惟鑑公禪師支撐末法，領袖諸方。盤結草庵，曾到孤峰頂上；撒開布袋，何妨十字路頭。況惟今是老人，乃是吾家請主。爲公着力，何患不成？惟佛有緣，所當外護。撞鐘打鼓，今朝震動於三湘；刻石鑄金，異日流傳於四海。

請無著住資壽就報恩開堂疏

明月堂中，昔分半坐；采蓮涇上，今建刹竿。不憂此道之無傳，賴有斯人之足慰。人天合雜，山水清明。

資壽無著禪師具大總持，證不思議。洗滌諸方五味，呑楊岐之栗棘蓬；降伏一切羣魔，用妙喜之竹篦子。獨會先師之意，草爲後學之宗，四海無人，千聖推出。伏願慈悲攝受，方便舉揚。以心傳心，山頭老漢元不死；惟佛與佛，汝等諸人皆可爲。敬焚一瓣之香，增祝兩宮之壽。

于湖居士文集卷第二十六

釋語

請龍牙長老疏

虎谿寺裏，曾聞嘯月吟風；龍牙山中，更看拏雲攫霧。當仁不讓，易地皆然。混融禪師具足神通，綱維象法。一絲不掛，無人無我無衆生；萬境皆融，能縱能奪能殺活。歷徧東州之名刹，未登南嶽之曾顚，偶尋上水之舡，肯振飛空之錫？三千世界，不妨到處嬉游；七十二峯，政要從頭點檢。

請北禪長老疏

妙喜既亡，卍庵復往。國師無縫之塔，弟子誰諳；楊歧金剛之圈，諸方不會。必有嫡傳之嗣，來與已墜之宗。珠公長老法冶祥金，禪林偉榦。摘神龍之頷，獨收無價之珍；生老蚌之胎，眞是寧馨之子。

頃由臨汝，徑隱康廬。遇坎乘流，聊當適意；逢場作戲，況是知音。我爲東道主人，君作北禪長老。彈千相之雀，莫輕上妙摩尼；照十乘之車，遂遍無邊刹海。

請新首座住福嚴疏

十字街頭，彌勒撒開布袋；孤峯頂上，德山盤結草庵。況玆古佛道場，祇是吾家舊物，不要客僧作主，須煩首坐燒香。新公長老性悟眞詮，脚踏實地。泊舡淺水，久矣淹留；韞玉空山，自然光彩。疇昔因緣已定，如今時節到來，便將舊店新開，切忌衆生作例。好阿師恁麼去，何妨覿面相呈；菩薩子喫飯來，却是無法可說。宜從衆請，用報國恩。

殊公住嶽麓惠光寺疏

湘西佳景，嶽麓精藍，方丈久虛其人，史君今有此客。殊公長老面如滿月，額有圓珠。枯木堂中隨粥飯緣，坐處不落第二；臺山路口有多少衆，問時便契前三。君如洗脚上舡，我是因風吹火。不起于坐，只今直入道場；偶爾成文，領取見成公案。

請珠老住公安二聖疏

一切衆生，各具自然之眼；十方諸佛，初無人爾之心。至於舉拂拈槌，嘲風笑雨。豈云妙法無法，大是指空説空，然業識與生而俱迷，或冥行至死而不悟。不有開士，曷暢眞乘？珠公禪師傳臨濟眞宗，授卍庵密印。庭前柏子，何曾仗境分疎；石上蓮花，到處爲人説似。眷菩薩應眞之化境，乃安公著迹之精藍，大開選佛之名場，思得住山之本色。孤峯頂上，要覷出世因緣；十字街頭，莫惜隨時演唱。見幾而作，快便難逢。願垂惻隱之慈，俯徇殷勤之請。

烏江廟門疏

繡裳畫袞，方瞻王制之嚴；寶字璇題，洊被天恩之渥。仰威靈之肅振，惟輪奐之未新，宜崇朱戶之居，益壯烏江之望。憑高配極，會看妙絶之宮墻；吉日良時，卽下鏘鳴之玉珥。

蕪湖修浮橋疏

萬家之邑，百賈所趨；一溪之橋，累歲不葺。繫破舡之六七，當駭浪之千尋。溺馬殺人，習爲常事；饞蛟羈鬼，實使甘心。所願因民病涉之憂，遂爲此邦無窮之利。入谷斬木，造舟爲梁，不日成之，吾事濟矣。但度無苦，會看百步之修欄；得福甚多，共脫三塗之苦海。

代揔得居士東明施財疏語

夜夜放光，傍人不見；時時得夢，獨我自知。共惟浮休先生，今者揔得居士，過去見在，事同一家，原始要終，業通三世。欲纂昔賢之墜緒，重嚴大士之寶坊，答一時救護之恩，崇此邦祈禳之福。若男若女，咸歸生育之仁；曰雨曰暘，婁報豐登之瑞。

病愈答願供佛道場疏

六道三塗，無非厲虐；十方諸佛，普示救援。載軫幻軀，夙依眞諦，屬有負薪之疾，願薦伊蒲之羞。精神所加，昭應如答，未修報禮，每惕初心。驚半夜之鐘，常交於夢寐；求三年之艾，又爽於節宣。用敬復於前言，以導迎於新祉。

伏願徧周沙界，悉坐道場，聞秘密言而除貪嗔癡，受甘露味而得戒定惠。使衆生業障，因法施而蠲除；則弟子沉痾，當不藥而淸愈。稽首阿難敎，爲我大醫王。

南山昭慶觀音障坐偈

南山昭慶，白衣觀音，作始何人，如此相好？地僻寺古，僧無卓錐，空堂翛然，徒四壁立，香火已絶，而況莊嚴？稽首大士，本來無住，一絲不掛，清淨法身，況此塵垢，而可汙染？但此末法，冥頑不靈，不知卽心，是觀世音，來瞻慈相，乃起恭敬。則此慈相，不可不葺，合掌贊歎，諸善男子，各捐薄少，隨喜護持。俾道人素，作高廣坐，及其屛障，飾以金碧，前列供具，熏爐華燈。祇十萬錢，具足圓滿，諸善男子，一彈指頃，而此殊勝，億劫常住。

吉祥寺經藏疏

五千四十八卷，尊經藏之金匱；百萬億那由他，諸佛同此道場。常轉法輪，乃安斯室。齋厨不繼，可憐野寺之殘僧；斤築隆施，須煩寶積之長者。肯捨太倉之一粒，便成廣廈之千間。莊嚴不思議功德山，安住無邊際華嚴海。

爲第三妹設水陸疏右語

諸佛等慈，廣有救援之路；衆生諸惱，莫如疾病之侵。俯惟同氣之微，偶徯勿藥之喜。方輪危惘，卽底秦和，曉然夢寐之間，示之肸蠁之報。用亟修於淨供，庶祇答於能仁。萬劫狴牢，冀脫幽沉之苦；大千川陸，悉蘄悲樂之均。更冥佛力之無邊，益侈家庭之後福。

宗琰作永寧寺鐘成，欲作鐘樓記，講師求予開疏，信筆書此數語以勸施

稽首我導師，方便度一切，衆生執若故，不見本來性。以是勸布施，捐頭目髓腦，身命尙可捨，而況於財物？今此大寶鐘，辛苦所成就，無量佛聲海，四海所願聞，以無鐘簴故，猶與無鐘等。我觀此都邑，衆寶之所聚，而彼富長者，皆受佛記莂。佛欲警拔故，故令作此鐘，欲勸布施故，復作大寶簴。不思議功德，在汝一念頃，我爲汝說偈，發汝喜捨心。圓滿淸淨業，證無上菩提，此鐘橫撞時，汝等皆作佛。

方廣元公刺血寫經偈

稽首如是經，萬行首楞嚴，覺元古尊者，刺血之所寫。尊者住世時，寫經百千卷，以字以畫計，數與河沙等。自其一畫初，以至絕筆時，念念相接續，無一不同處。翻覆風水輪，劫火大千壞，此心未嘗動，此筆亦不停。尊者今寂滅，誰識寫經意？我爲汝演說，尊者所記莂。衆生與諸佛，同出一父母，我血佛身血，初無差別相。佛從此血中，放百寶光明，如月貯瑠璃，根塵悉淸

淨。而我矢溺褻，溷雜諸濁惡，業欲自纏繞，頃刻卽腐敗。尊者爲是故，哀憫於一切，故以我之血，書佛所說經。令汝愚癡人，頓見本來性，佛經與我血，還復成一體。經盡血亦盡，佛與我俱無，尊者下生時，汝等成正覺。

揔得居士命作爲平國弟度僧疏

駒犢之愛，已荷於等慈；龍象之依，嘗深於夙願。顧年齡之尙幼，恐歲月之或淹。惟慧海師實平時之知舊，而優婆塞自有生而薰脩，度己度人，是同是別。伏願諸佛護念，大衆證明，俾此善男子速證於菩提，則我長頭兒同增於福壽。

追薦六二小娘子水陸疏代揔得

人誰無死，獨抱難言之寃；佛是眞歸，冀垂善救之力。亡女六二娘怨親融釋，體性圓明，知住壞之俱空，忘生平之不滿。徑超十地，永脫三塗，及兩孤兒，獲無量福。

重修三塔偈

七澤所瀦，十年九潦；三塔雖在，四壁常空。仰衆佛之尤奇，念殘僧之益少。化身千百億，莫非爲物慈悲；彈指一刹那，孰肯隨緣布施？爾時居士，復說偈言：

寶塔元不壞，因汝有壞時。但使塔重成，汝得不壞果。

妙定化僧偈

行者要作僧，妙定欲說偈，因緣啐啄時，見者須撒地。圓頂更方袍，諸法從此起，誰具大神通，成就一彈指。

出隊疏

此大蘭若，蓋古道場。野寺殘僧，齋厨不繼；震風凌雨，棟桷隨欹。惟世尊住華嚴界海，到處見成；顧佛法付有力檀那，不應坐視。宜分薄少，來相經營。

靈巖行者化僧偈

咸安郡王功德主，智積菩薩大道場，有善男子名德柔，欲爲大僧無度牒。我今說偈爲勸請，願見聞者皆樂施，此善男子得度已，俱證無上菩提果。

蔣山明老贊

衡陽梅嶺，被本師打得鴦喎；鐘阜長蘆，上法座叫得地動。晚年雙徑，却遇知音。因喫乳糖過多，併將漆桶打破。賀賀。識渠麽？十字街頭每相逢，百尺竿頭還蹉過。

天禧行者廣如化僧偈

法華十萬餘言，度牒三百來貫，更著居士疏頭，共是三重公案。若要作一串穿，自問山頭老漢。

卍庵贊

氣骨清羸，抱負雄偉，江西、湖南，掀天撲地。生子當如孫仲謀，景升諸郎豚犬耳！

行者求僧偈

結萬人緣，度一箇僧。求我説偈，〔恰〕（拾）似不曾。

元布袋眞贊三首

劫火洞然，大千俱壞，留得拳頭，千妖百怪。三十年後此話行，依舊當時元布袋。

細入微塵，大周沙界，與古爲徒，無乎不在。催敎彌勒下天宮，卻迭胡孫入布袋。

劫數茫茫眇此身，夢中相見覺非眞，常時只笑憨皮袋，十字街頭等箇人。

乾明舜老度弟子求疏

學道參禪不必僧，祖師元是嶺南能。若無向上眞消息，鬚髮除來只可憎。

出家須要護身符，錢在檀門不可呼。乞與青銅三十萬，大葫蘆結小葫蘆。

應庵老偈二首

應庵老子六十，我已新添一年。欲話元正啓祚，山僧約我茶邊。

涉世須三洗骨，憂時定九回腸。借我昭亭一榻，伴師掃地添香。

于湖居士文集卷第二十七

祝文

東明觀音祈晴文

一年之望，在茲杪秋，常陰之災，至於閱月。禾已熟而弗穫，歲垂成而反虧。誰哀斯民？我有大士。伏願迷雲開廓，慧日照臨，畢此場圃之功，衍其倉箱之積。一刹那頃，肯運慈悲，無邊衆生，皆得飽滿。

謝晴文

八荒同雲，一雨十日，雖大田之多稼，蓋平陸以成江。仰慈願之宏深，成歲事於俄頃，香烟未斷，霽景先開。惟此寶坊夙嚴之功，用爲無邊豐登之報。

祈雨文

三湘之區，比歲不熟，乃今七月，復以常暘。風靈未休，陂澤弗戒，吏則失職，民其何辜？頓首求哀，齋心望報，賜之一雨，惠我豐年，百穀用成，四海霑潤。

謝雨文

旱魃爲虐，實深民憂，靈雨既零，頗寬吏責，仰荷生成之賜，敢忘昭謝之誠？尙冀宏仁，益終大惠。

祈雪文

嗣歲將興，嘉雪未應，既闕豐穰之兆，且虞疾癘之多。歸依窣堵波之仙，覬覦平地尺之瑞。陰雲合雜，風霰飄零，雖違三白之占，亦慰九豐之願。薦伊蒲之供，敢忘報禮之修？望來牟之貽，尙冀慈休之廣。

謝雪文

並江而西，歲窮不雪，土脉焦槁，民憂疾癘。吉蠲致禱，神則昭答，三日之雨，繼以飛霰。宿麥敷潤，寒氣乃周，惟神之休，敢忘拜賜？

南嶽謝晴文

環湖南之境，田之以畝計者，不知其幾千百萬；而民之嗷嗷望歲者，又不知其幾千百萬也。若夫疇昔之雨，再宿不止，田盡入於水，已熟之禾盡壞，爲吏者誠皆以罪誅斥不足道，而民安取食？嗚呼噫嘻，岌乎殆哉！夫既走禱於帝神，内揆蒙暗，帝神不顧享。然而卒賜之，則帝神哀此民，而臣某無以獲此也。祗率僚吏，申款祠下，不敢私謝，敬爲民謝。

謝諸廟祈雨文

郡縣吏不謹於事，神誕降之災以警懼之，迺自夏六月至于秋七月不雨。禾立而槁，陂池將竭，環視無策，是用致禱于神。惟神赦吏之愆，哀此下民，惠我有年，沛以甘澤。吏得苟安其職，神亦永有粢盛。

寺觀謝雨文

七月不雨，方深卒歲之憂；三日爲霖，遂愜有秋之望。具嚴報禮，申輯齋盟，仰冀博臨，益垂善應。螟螣不作，迄臻場圃之成；蠻獠既安，長無疆埸之擾。

又

全楚之區，頻年告旱，望此一稔，尉兹羣甿。方投懇禱之誠，果報霑濡之賜。興農工於錢鎛，寬吏責於簡書。謂天蓋高，無德不報。願廣不言之利，以畢有年之祥。

迎嘉顯孚濟侯求雨文

望神之來，以日爲歲，颷輿在望，亦既勞止。一觴門迎，祇薦微衷，隨車之澤，立冀昭答。

祭嘉顯孚濟侯文

惟神廟食兹土，赫然威靈，司雨暘禍福之柄，以受寵天子，列于通侯。今久不雨，陂池枯竭，民以病告。神亦遠顧臨之矣，忍視此嗷嗷而不賜之以膏澤耶？牲肥酒香，敬薦厥誠，三日之霖，拱立以俟。

又

神不以守之愚，肯顧臨之，惟室宇庳下，不足以揭虔妥靈。願神亟賜甘澤，當作新室于州之郛，使民朝夕承事。雨暘豐凶，厥有常數，所以致禱于神，亦曰神將閔吏之愚，軫民之不獲，誕告之帝，召呼風雲，闢闔陰陽，捐咳唾之施，惠我千里，燕及四鄰，如是而已。

又

奉神妥靈，亦既有日，昨莫之雨，僅足以濯熱而清塵，負郭之田，龜坼如故。豈神終不顧哀此邦之人也耶，抑吏薦羞乞靈未臻其至也？有牲登俎，有酒清醑，有擊斯鼓，有巫紛舞。神來不來，使我心苦。

公安二聖祠祈雨文

春氣已敷，時澤弗降，人牛俱病，川瀆揚塵。惟我二如來，芘此一都會，飲食必祝，疾痛則呼，願起光明之香雲，遂澍甘露之法雨。潔齋以請，昭應爲期。

請顯應彌勒瑞像祈雨文

自冬徂春，累月不雨，癘疫交作，鬱攸婁驚。井泉一空，天霧四塞，旱既太甚，變不虛生。哀此下民，緊我大士，伏願慈雲普覆，法雨均霑，運諸佛之神通，慰一州之繄望。

奉安新廟文

惟侯威靈，達于四境，物阜人安，無有疵癘。歲月滋久，壇壝弗脩，無以揭虔，無以妥靈，我是用懼，卽于新宮。新宮既成，既成翼翼，侯居其中，遺我遐福。匪清斯酒，匪潔斯牲，以慶其成，來止來寧。

祈晴文

惟天子以農桑之政寄之吏，惟上帝以雨暘之柄司之神，吏相其業，神節以時，各稱厥職。今痲麥未登而淫雨踰旬，吏用齋戒以望于神，假以三日之晴，則農事斯畢，吏塞其責而荷神之德厚矣，惟神實圖之。

謝晴文

皇靈昭宣，百神受職，曰雨而雨，曰暘而暘，雨暘以時，農事俱利。此邦之民，實無常心，雨好晴佳，惟其所欲。比以霖潦，謁于靈祠，香火未收，陰雨四斂。桑痲滿野，黍稷登場，荷神之休，無所昭報。五風十雨，格以豐年，惟神之靈，終此大惠。

皇太子疾亟謁廟文

某奉丙申赦書，皇太子偶爽節宣之和。既肆大號，盡宥囚繫，又敕守土之臣，敬走羣望，以蘄勿藥。

惟皇太子毓德青宮，仁孝聰明，聞于天下，社稷宗廟之靈所宜右助，何恙不已？惟神受職，當體兩宮系念之重，儲祥薦休，使皇太子卽日康復，以釋兩宮之憂，以尉四海之望。

到任謁廟文

某往來湘中三年矣，風聲氣俗，亦略究知，撫摩安集之政，不敢不勉，以企前躅。惟神尚右相之，使克有所施設。

先聖廟文

某起自諸生，冒天子民社之寄，晝夜祗慄，懼弗克任。惟吾先聖所以敎某者，具在方册，不敢不勉。服事之始，敬拜廟下，尚惟聖師相其微衷。

后土東嶽文

下臣蟣虱，天子使守民社。服事之始，敢敬有謁。匪祈厥私，冀以及民。

諸廟文

某以莅官之始，祗謁祠下。不敢私禱，惟區區之心，顧有以及民。尙陰相之，俾克有濟。

致語

湖南宴交代劉舍人

珠幢玉節，來宣上將之威；赤舄袞衣，歸授元臣之柄。乃眷門闌之舊，獲承尊俎之餘，陳九獻之縟儀，表十連之盛事。

某官聲名四海，翰墨兩朝。騎麒麟而翳鳳凰，簉叢霄之嘉會；射鵔鸃而掩翡翠，扈紫禁之清塵。主眷式隆，士心景附。八命伯，九命牧，具瞻賜履之雄；萬石簾，千石鐘，載旌帥閫之伐。靜掃綠林之寇，嚴趨清蹕之朝。望碧紗之籠，久注神仙之籍；聽白麻之告，徑躋丞弼之司。況嗣建於旌旄，實親傳於衣鉢。且慰列城之望，少爲數日之淹，醉我舊官，壽公慈母。聲流夜話，莫非鼓舞之兒童；淚點秋竿，却是攀留之父老。

某等幸瞻高宴，猥列賤工，敢酌民情，上陳口號：

年時授鉞許專征，蜂蟻千屯一笑清。已變耕桑彌曠野，却驅旌旆入神京。才從湘水東邊去，且到台星極處明。傳語邦人莫留戀，使君元是我門生。

句曲

十眉就列，爭敷要眇之容；三穴既空，綽有回旋之地。宜呈楚舞，再鼓湘絃，上悦台顔，後部獻曲。

荆南宴交代方閣學

高牙大纛，來威江、漢之濱；閑館珍臺，去躡星辰之上。疊兩世無窮之契，侈一時創見之榮，符節親傳，尊罍夙設。

伏惟某官學該今古，名滿華夷。元老克壯其猶，既宜竭四方之力；（廷）（延）臣無出其右，盍登延三事之司。上永懷夜半之詢，公雅動秋風之興。綠章封事，重違勇退之言；黄紙除書，即是催歸之詔。細數授衣之月，預占拜袞之辰。

某官敢謂交承，寔均子姓。九門置鑰，已慚糠粃之前；五嶺建旄，未覺規模之遠。亶如今日，復接後塵。萬旅連營，肅中嚴之鼓吹；十眉環坐，紛合奏之笙歌。期尉父老之情，敢奉俳諧之語：

蓋世英名五十年，功名久合冠台躔。只從紫塞傳歸詔，便上黃扉領化甄。事契兩家應更好，節旄三鎮適相傳。荆江便作松江看，小駐秋風下水舡。

于湖居士文集卷第二十八

定書

下定書

門館游從，早託金蘭之契；衣冠歆豔，共稱冰玉之賢。儻非姻好之求，孰識交情之厚。伏承令女閨房挺秀，某男中饋偶虛，雖文采風流，難繼乘龍之喜；而幣帛筐篚，聊陳執鴈之儀。但顧衰宗，有慚嘉偶。

送禮書

門闌甚盛，素高冰玉之稱；聲氣所同，願託葭莩之好。惟季女蘋蘩之未采，屬大兒水菽之乏供，儻能撫有其室家，抑亦親承於師友。共陳不腆，用締無窮。

六二弟定沈氏書

同氣相求，早傾風義；嘉耦曰妃，願締歡盟。伏承令女賦德靜專，久閑母訓，而某姪孝覽秉心寒苦，頗讀父書。惟臭味之不殊，故攀援之敢冀，徼福先祖，假寵衰宗。爰契我龜，既協三星之吉；言秣其馬，願覩百兩之將。

回韓子雲定書

望宗國之喬木，必有世臣；詠澗濱之采蘋，庶承先祖。某之長女，僅若而人，有如君家猶子之賢，飽聞諸公平昔之譽。顧交久矣，託契欣然，腆儀來家，永好無斁。莫如韓樂，敢同蹶父之相攸；固有千貧，終慚張負之予女。

回沈子直禮書

甚似其舅，早聞宅相之賢；僅若而人，儻遂家肥之喜。誤拜委禽之寵，終慚鳴鳳之占，非公焉有此甥，宜妻以兄之子。鹽絮詠風前之雪，敢擬昔人？箕帚掃堂上之塵，庶無失職。

回韓崧卿定書

閥閱之華，大非其耦；婚姻之託，初不敢聞。遂成永好之堅，寔緊嘉命之辱。伏承令子提宫直閣，被服寒素，不怙富貴而驕；某姪女四八娘生長賤貧，頗知正順之守。 凞幣來寵，龜占亦從，僅若而人，得事君子。習母師之訓，敢云張仲孝友之風？ 承舅姑之賢，庶圖韓姞燕譽之喜。

題跋

跋山谷帖

字學至唐最勝，雖經生亦可觀，其傳者以人不以書也。褚、薛、歐、虞，皆唐之名臣，魯公之忠義，誠懸之筆諫，雖不能書，若人何如哉！豫章先生孝友文章，師表一世，欬唾之餘，聞者興起，況其書又入神品，宜其傳寶百世。恭聞徽宗皇帝評公之書，謂如抱道足學之士坐高車駟馬之上，横斜高下，無不如意。聖人之言經也，晚學小生尚安所云！

跋道德經碑

荆州開元觀直牙城西五百步，有南極注生鐵像，祥符八年更爲天慶觀，紹興五年，遷觀楚鎮門之東，舊觀廢。乾道五年春，某與客過焉，像在壞垣中，覆以竹屋；屋後積草，草中小碑高三尺，即初建天慶觀記。

去草，見碑〔趺〕（砆）隱隱有字，洗刮久之，可讀，蓋唐明皇所注道德經，是時詔天下道觀皆立經幢。因火中折。天慶之役，官吏督促，妄道士不暇它求石，即取折幢穴其腹植碑焉。經文行草，注楷法，行間茂密，唐經生固多善書，然此或非經生所能辦也。

既還碑天慶，發地出趺，合八方，得三千餘字，剝缺斷續，益奇古，百夫輦致文公堂下。歷陽張某識。

題王朝英梅溪竹院

朝英童子時與余同師，已而同登名天府，不見十年。壬午春，余自建康還宣城，道過朝英所居，爲留一昔。朝英誦近詩數篇，句法清麗；方築屋竹間，聚書謝客，益豐所學，蓋朝英之進而及於古未可量也。

張子曰：夫士惟學而後知不足，今朝英不以其能自晝，車堅馭良，策之以無倦，異時余將復訪朝英於竹院，則其所稱歎又不止於詩而已也，朝英尚勉之。

閏月既望，張某安國題。

讀謝夢得文

夢得天下之奇士，彼齷齪者固不足以知之。其文浩瀚，如卷東海而注之江、河，奇偉激越，紛萬車甲馬而爭馳。視其外，則枯木寒灰，槁項黄馘，若眞無意於玆世者之所爲。

題龔深之侍郎太常奏稿後

元祐諸老，愛君之心切至，正人倫於夫婦之始，當時曲臺議禮，則此四君子在焉。烏乎盛哉！辛巳春正月上吉。

跋周德友所藏後湖帖

德友少時，趣尙奇偉，一斗百篇，諸老先生慕與之游。今歲晚矣，訖未有識，一飽之不謀，可嘆也。右後湖書帖自甲軸至己。紹興二十八年三月望。

題蘇庭藻所作張漢陽傳

漢陽一節，視古無愧，而庭藻猶以成敗爲言，何也？鍊石補天，斷鼇立極，雖不吾以，吾其與聞之。

題眞山觀

張安國設道供于眞山觀，飯已，同郭道深、滕子昭、吳仲權、陳叔蹇聯騎訪無無道人，登永寧寺閣，遂入西山，煮茗於超然亭。北風欲雪，諸峰獻狀，景物之勝，不知身之在嶺表也。乾道元年十一月七日。

題楊夢錫客亭類稿後

爲文有活法，拘泥者窒之，則能今而不能古。夢錫之文，從昔不膠於俗，縱橫運轉如盤中丸，未始以一律拘，要其終亦不出於盤。蓋其束髮事遠遊，周覽天下山川之勝，以作其氣；所與交者，又皆當世知名士，文章安得不美耶？

余官荆南，夢錫自交、廣以客亭類稿來，精深雄健，視昔時又過數驛，讀之終篇，使人首益俯焉。歷陽張某安國書。

題陸務觀多景樓長短句

甘露多景樓，天下勝處，廢以爲優婆塞之居，不知幾年。桐廬方公尹京口，政成暇日，領客來游，慨然太息。寺僧識公意，閱月樓成，陸務觀賦水調歌之，張安國書而刻之崖石。

題蘇翰林詩後

右翰林侍讀學士、贈太師、魏國蘇公之詩。乾道丁亥三月望，張某過金山，長老寶印作堂上方，請名於某，敬取公詩中語名之曰玉鑑，而書其詩使刻山石。

題單傳閣記後

去年九月，某守建康，公行部至郡，嘗見屬書此記，時文未具也。今年夏，某將赴桂林，道過隱靜，則記成而公蓋死矣。感槩以泣，敬如公志。

題陳擇之克齋銘

陳琦擇之，名其齋曰克，張敬夫爲之銘。某復爲書聖師問答，與敬夫之銘，置齋中左右序。

乾道丁亥七月，張某識。

題所贈王臣弟字軸後

王臣弟不見二年，頎然而長，學業甚進，以此軸求作字，不能佳也。

于湖居士文集卷第二十九

墓誌

湯伯達墓誌

伯達湯氏諱砬，處州青田人也。大丞相榮國公之長子，贈太師、衞國公之孫，太師中國公之曾孫。歷官右承務郎、承奉郎，監潭州南嶽廟，主管台州崇道觀，授浙東安撫司主管機宜文字，未上而卒。娶潘氏，一女六歲，嘗生二男子堅老、頑老，皆未晬而夭。伯達葬於隆興之改元，在麗水縣東，度溪過峽嶺，距衞公之墓隔一山三百步許，其名曰東塘。蓋伯達生於紹興之己未，而終於紹興之辛巳，年二十有三而止耳。烏乎，悲夫痛哉！

丞相以書謂某曰：「余子幼而愿，不好弄，長而益恭，每拱手危坐終日，讀書外未嘗他語。余與朋友論古今及人物，處其旁，應唯唯。客去，徐理前語，道是非，陳可不，皆出人意表。紹興丙子，朝家申嚴試闈之禁，宰執子弟莫敢應書。余待罪政府，科詔兩下皆不赴。閒居作詩，苦思至忘寢食，詩成，識者以爲深。病方亟，適余生朝，猶自力爲百韻律詩以爲壽，其勤如此。嘗鼓琴，後亦置之，餘無所耆好也。

「紹興庚辰，余免相奉祠，余子留其孥於婺而從余歸鄉。來年正月，聞其初生子病，冒大雪涉峻嶺往迎之。二月歸，感嗽疾，余以是寒氣之所薄，行愈矣，涉夏至秋復作，增以脾泄。十月，余被召赴闕，時虜兵既大入，抵和州，人心惶駭。余受命當疾赴，顧念其病，未能決。迺諗余曰：『國家事急，大人當行，某病未殆也。』詔以二十六日至，余以二十七日行，送上車無一語，抆淚而別，余心惄然若有所失，而不忍言也。至行都，每五日或七日必得書，云疾稍間矣。至十二月，不得書者旬日，余驚焉。時虜酋死兵，車駕視師，余爲留守。十日得書，語文而字楷，凡兩紙數百言，余默念彼久疾，迺精明如是，是誠愈耶？書來之明日，家中報以病且亟，又明日得報，又翌日而訃來。余苦毒恫傷，不知身之有無也。烏乎！彼書之詳且謹，是誠與吾訣也。

「余雖遭此禍，而縻管鑰不能去。既而移守紹興，今年之三月，始得歸視其殯，追思前歲之別，生死縣隔，一何寃也。余至家凡三月，四視其殯。六月十三日，余復被召，迺酹哭而別焉。既而行於旁近，萬山回掩，中爲平田，曰：『是〔可〕（何）爲塋以葬余子。』託所親葉君邃訪焉，且卜之。以書來，曰：『是地良吉，既築垣而甓壙矣。仲冬丙申，於葬爲吉，不可易也。』烏乎！人之愛莫父子若也，余子愿而文，又甚愛之。其病也，不能躬理其藥餌，以至于死，死而不親斂焉。今余蒙恩復相，累丐歸不能遂，其葬也，又將不復送焉。揆之人情，吾之哀可勝道哉！末如之何矣，姑集其平生，以告於能文之君子，爲余志其墓以寄余哀，其可矣。

「然吾子少而死，無可紀者也；無可紀而猶爲之志，所謂余情之哀不能已而托於是焉者也。古之表墓也以官爵，著哀榮之義也，余子假蔭而官，未試而死，官爵不足言也。古者幼名冠字，余子之亡，其得字也蓋三年耳。烏乎，可哀也哉！安國於余特厚，今敬煩安國爲銘余子之墓，且篆其額曰『湯伯達墓』，題其首曰『湯伯達墓誌銘』，以志余無窮之思焉。」

蓋丞相之書如此。烏乎，悲夫痛哉！昔者某登丞相之門，雖不識伯達而知其爲賢也。夫賢而早死，天下之所哀也，而況丞相父子之間也哉！丞相幸敎某，命某以銘，敢辭？銘曰：

止乎若拱而竦，行乎若僂而隨，儼容服之在側，忽不見兮焉之？甚孅兮好脩，珮寶璐兮冠琳璆，問塗兮萬里，蹇將駕兮摧輈。東塘之水兮沄沄，山回阻兮此藏夫君，後千禩兮勿毁，欲知其哀兮視茲刻文。

汪文舉墓誌銘

余年十八，時居建康，從鄉先生蔡君清宇爲學。清宇之門人以百數，有汪氏子膠者，小於余兩歲，脩謹敏鋭，獨異流輩，余亦敬而友之也。方是時，膠之家在豫章，獨其大父字文舉云者攜膠以俱，欲膠之有成也，不復治他事，晝夜督課，與膠上下卧起居。無何，膠嶄然有聲場屋，連取鄉薦，號名進士。後十年，家君奉使淮南，膠之父處仁官舒之桐城，亦以才辦治，家君薦之。蓋膠之學以有立，與處仁之能其官，文舉寔使之然也。文舉今死矣，膠以銘見屬。余與膠游二十年，余官臨川、吴門，膠嘗千里來過。其守建康也，膠受館於余，爲直記室。余居于湖，膠率兩三月輒一來，來即留一月或四五十日。蓋與膠投分如此，而文舉能教其子孫，又可銘也，銘其何疑？

文舉之先建康人，徙豫章之武寧，遂爲武寧人。事親以孝稱，親亡哀毁過禮，雖老矣，言及其親，未嘗不泣也，以是子孫皆孝謹。家饒財，自奉甚約，至周人之急，劇於己事。紹興初，江西旱，米斗數千。文舉視其困倉，尚可得緡錢十數萬，盡斥之以與鄰里。有王生坐大獄，請盡鬻其産文舉。文舉蹙然曰：「若是則而家何以生耶？」視其直併劵歸之，王生賴以免。文舉之父字平甫，幼孤，嘗隨其母適李氏。文舉視李氏與汪姓等，經紀其家，教其子。它日，李之子有醉而溺死者，文舉哭之慟，厚葬之。膠方試春官，未之知也，夢衣冠而謝者曰：「吾而不謹死於水，荷君大父歸骨於土矣。」

間閲内典有得，屬纊不亂，乾道丁亥二月戊子也，年七十有二。葬以十一月乙酉，祔以夫人李氏。四男子：處仁，秉義郎，監江州甲仗庫；處恭、處雋爲進士；處厚早卒。孫三人：長膠也，珙、珪其季也。孫女五人：歸鎮江府錄事參軍張汲、將仕郎王嗣宗、進士黄廷佐，處者二人。曾孫瀛、溉。

文舉名羲，文舉之父曰安，祖曰安弼，曾祖曰岫。文舉嘗命於朝，得初品官，非其好也。

銘曰：

武寧之東，長湖之原，文舉茲藏，後將多賢。

高侍郎夫人墓誌銘

余鄉歷陽有孝子曰高祚，字子長，故吏部侍郎江都公諱衞之子。侍郎薨時，子長尚幼，凡子長學行卓然，能自揭立不隊其家聲，母夫人實教之也。太夫人年高，樂荆州之風土，子長因家焉。以太夫人之樂夫此也，子長仕宦不敢復遠荆州以去。蓋于武昌者六年，于荆州者二年，于沅州者二年。自沅州罷歸，太夫人於是七十有七矣。子長請于朝，願奉祠祿以養，閉門不復出。荆州牙城之東，有屋數十楹，其傍鑿池植花竹，築室其中，子長夫婦日奉太夫人攜子若孫遊焉。內外千指，敬愛雍穆，大夫士慕之者紀于歌詩。凡稱事親，皆於子長乎取法。蓋如是者又二年，而太夫人以疾不起。子長(歐)(毆)血骨立，親負土築墳。葬之日，有鶴飛鳴其上，訖事乃去。夫以太夫人享上壽，其封邑康寧好德，五福備具。子長平時未嘗違膝下，生也敬以養，死也禮以葬，於今之世，可以無憾。而子長每言及太夫人，涕泣輒隨之，悲怨罔極，若未嘗一日得奉承其親者。

烏乎！終身之慕有若子長，謂之孝者非耶？

太夫人諱靜明，廬州梁縣人，姓王氏。年十有二歸高氏，生三男子：祐，承務郎；機，修職郎，前死；季則子長也，今爲右朝請郎。始侍郎公及與元祐諸公游，嘉言懿行，太夫人悉能記之。侍郎爲太平州判官，攝州事，山谷來爲守，謫久貧甚，既入境矣，復坐黨事免。侍郎得堂帖，不以告，迎候如禮。山谷既視印，已，乃知之，侍郎爲治歸裝，甚飭備，過於久所事。曾丞相子宣過郡下，時公卷葬母事欲起，部使者得風旨，遣州都監圍其館脅之。侍郎徒步往，揮其衆曰：「此前宰相，坐怨家曖昧事且白，汝何敢爾？且我攝州事，事當關我。」卽留館中不去，丞相以安。既獄具，公卷猶坐貶。丞相泣語諸子，當事侍郎以父禮。凡此皆子長不及知，太夫人以告，曰：「汝父不顧身以徇義，汝宜勉之。」太夫人葬以其年十月十四日，在江陵縣白湖龍山之原。太夫人有三男孫，墶、墲、埒；三女孫。銘曰：

八十一年，子孝以賢。我銘實然，龍山之阡。

于湖居士文集卷第三十

墓誌

邕帥蔣公墓誌銘

乾道元年，余守桂林，初識潯州守蔣君德施。是歲君趨朝，執政三人者共稱君之賢，賜對，擢守邕管。其明年，余免歸江東，君與邦人送余於興安，置酒擊鮮乳洞之下。時方六月，洞中極寒，水如冰雪，余與君褰裳脱履，篝火入之。淩兢石間，題名賦詩，火盡乃出。於是君六十有二矣，精神矍鑠未艾也。又明年，余帥長沙，桂州舊僚以書來，則云君至邕管死矣。夫以君之豈弟慈祥，忠信孝友，而位與年纔止於此，何耶？

桂州在二廣號稱士鄉，其間固多賢，然余之所與游者，若君與石君惠叔，其尤賢者也。君之没，惠叔蓋亦前數月死，故余甚悲之。明年八月，余帥荆州，君之子礪自桂徒行數千里，持惠叔之弟安持狀君行事求銘於予，予方謝府事未間，礪至刺血爲書以請。夫以余悲君之心而礪之誠孝如此，則烏可以不銘也。

君諱允濟，爲桂之興安人。父熙，以君贈奉直大夫，其葬也，得致堂先生胡公爲之銘。致堂道學高一世，語不妄發，奉直之銘可知也。奉直力貧教二子，君與其兄允升，俱中紹興二年進士第。歷柳州柳城尉，容州普寧令，改秩知邵州新化縣，賀州富〔川〕〔山〕縣，新州教授，通判賓州，知潯州、邕州，於是朝廷方知君，而上亦且試君於邕。將用君矣，而君遂死，積官朝請大夫。

君在州縣凡四十年，一以恩信結民，務安便之，其出入期會，皆與民先爲要約，無一切迫促之政。嶺南取民無藝，貧不堪，則黠且強者往往羣爲盜。君所至常平其賦，又設方略，盜畏之，多去易業，間發捕必得。新化號難治，姦民猾吏與寓客之有力者，根株囊橐，令不得一搖手，即以危法中之。君至屬爾，俗爲之變，積歲不輸之租，車牛係道，庫廩皆溢。會丁太夫人憂，租未至縣者，知君去，復以歸，相率數百人遮部使者，願奪君喪。在富川，適行經界，鄙遠不素習，旁郡驚擾，有死者。君親爲指畫，條疏節披，吏受其成而民聽之，從容訖事，部使者取其法下諸郡。嘗攝昭州，始官出錢二百予民，輸布一匹，既復折布爲錢，十倍之。君疏以聞，竟減其半。隆興詔書第良二千石，君在潯州，爲廣西第一。嘗按平南巡檢祝尙賢，奪一官；及君喪過潯，尙賢哭舟中哀甚。或問之，曰：「曩我實犯法，非公之私，公賢者，我安得不哭？」邕州控蠻獠，歲買國馬，百貨所聚。君至，盡蠲異時武臣斂事，馬大入，諸蠻怗服，至不敢相讎殺。死之日，哭者罷市。

君娶於秦氏，生四子：砥、碩早卒；次礪，以君任將仕郎；次確。又娶王氏，有女春娘。君之孫男女凡六人。君葬以乾道四年八月丙申，在興安縣之趙村巨木塘，二夫人祔焉。銘曰：

居也孝友，仕也循良，外甚和愉，中乃峻剛。惜乎生於南方，仕於南方，天子方將用之於既老，而君則嗇於數而云亡也。

朱安之墓誌銘

始某不識安之，獨聞其賢於某之從父，從父與安之游，相好也。安之沒，其子績、纈以誌文屬從父，從父命某，某不得辭。

按安之朱氏，諱敦仁，出漢尚書令暉，自會稽徙鄞五世矣。君生十年而孤，慎終無違禮。朱氏大族，外內千指，君壹訓齊，蓋居家嚴，處己約，與人恕，自其少時，則有恢厚長者之稱矣。舉進士不偶，棄歸。中歲家益豐，益務施，鄰里緩急悉抵君，未嘗以在亡辭也。晚喜西方氏學，自謂有所得。屬疾，以後事戒諸子，安臥而逝，享年六十有九，寔紹興甲戌十有二月丁未也。

曾王父文偉，王父用評，父撰。夫人徐氏，四男子：績也，纈也，叔季早死。二女子，適王造、劉棨，造今爲山陽簿。孫男女十三人：九齡、九思、九功、九皋、九德、九澤、九成，女嫁董宏，餘未行。君葬以既歿後二年，鄉曰句章，原曰梅芝，月以辛丑，日以丙午。銘曰：

有淑如君，卒不克施，有承其休，原寔委之。梅芝之封，山川鬱盤，君於此藏，既固既安。

祭文

代諸父祭伯父文

維紹興二十六年，歲次丙子，十月己巳朔，初六日甲戌，弟具位某等，謹以清酌庶羞之奠，致祭于先兄宮使待制張公之靈。嗚呼哀哉！

我家故微，我祖則振，何以振之，曰德與仁。逮我先君，其艱其勤，益揚厥光，而卒不信。我覿于鄉，莫我之貧，人孰我怨，而咸我親。化貪以廉，易澆以醇，巍巍陰功，與天理幷，鍾美于公，克宏厥因。先君是師，少則有稱，游于黨庠，頎然鳳麟。踔厲風發，超逸絕塵，徒步入關，蜚聲成均。擢第以歸，謂當親榮，陟岵告凶，銜哀茹辛。終喪筮仕，浙河之濆，攜我諸季，奉先夫人。則孝則慈，仰事俯循，家徒壁立，穆然春溫。

羯胡亂華，京闕纏氛，慟哭仰天，上書扣閽。狡童逋誅，樞臣提軍，以公參籌，亟奏厥勳。帝庸寵嘉，召見紫宸，公矢其謀，慷慨自陳。忠憤激發，肝膽輪囷，主辱臣死，臣敢愛身？顧張皇威，于彼殊鄰。宗伯之長，異數式敦，黃金九環，車朱兩輪。我出我疆，虎狼繽紛，驅脅使從，九死是瀕。公曰我死，本朝則尊，唾罵逆豫，汝亡無辰，義動醜虜，野心亦馴。顧視介者，既降而髡，公欲斬之，懼而胥奔。虜縶維公，犬羊與羣，沙漠雪積，煙雲塵昏。一節起居，面黧膚皸，飢腸齧氈，凍衣結鶉。懷闕傾日，思親望雲，引脰南鄉，淚乾聲吞。

生還何時，十五秋春，天子憐公，番番良臣。我圖爾功，其賛國鈞，柄臣忌公，公歌小旻。外祠延閣，淹留海濱，母子白首，綵衣更新。世賞之渥，燕及弟昆〔二〕，風木不停，艱疚荐臻。三年廬墓，羸然哀煢〔三〕，終老抱疾，齋厨無葷。姦慝既屏，公道乃申，一麾池陽，起膺帝綸。布政未月，恩惠浹淪，條疏節拔，剔蠹理棼，引疾遽還，莫諭所云。嗚呼哀哉！

小留歸裝，桐川之陰，忽與諸公，告訣周諄，曰悟大命，傾于浹旬。乃作治命，累數千言，書之簡編，摽列縷分。必以我喪，歸葬四明，徧告朋友，及郡守丞。又移我書，如前之陳，我之得書，震懼以驚。此豈戲耶，抑有其徵？遽往侍公，何疾之嬰？飲酒賦詩，歡如平生，惟是後前，棺槨衣衾。我苦謂公，棄此弗貞，公笑不答，促我以行。六月乙未，公之初生，疇昔之夜，既沐而薰，顧謂諸孤，汝眠勿興，寢以衣冠，寂無聞聲。旦起視公，則公既薨，體柔色敷，蟬蛻之輕。嗚呼哀哉！

使以訃行，于杭于昇，我與季聞，糜肝沸心，奔走會喪，籲天不聞。念我先兄，大我宗祊，我輩宦學，須公以成。胥保胥訓，先子是承，有德未報，去騎箕星。二叔安鄂，欲來弗能，手足同體，翦焉摧傾。嗚呼哀哉！

我公之生，松貞蘭芬，金石其剛，冰鑑之清。終始大節，紀在汗青，尙須鴻儒，墓隧其銘。嗚呼哀哉！

公之文章，如漢兩京，渾渾其全，鑿鑿其精。揮毫落筆，龍蛇矯騰，一斗百篇，紙價爲增。敬用纂輯，畀之雲仍。嗚呼哀哉！

我取遺訓，一一作程。迺茲諸孤，婚嫁敎令，我輩任責，其敢弗欽？有渝此言，豈無鬼神。嗚呼哀哉！

窀穸之期，卜此歲零，小留于郊，其居則寧。諸孤在傍，以妥厥靈，逝者不留，三虞是臨。帝有密章，賁于幽扃，匪作斯文，惟以薦誠。尙饗！

代焚黃祭文

嗚呼！皇考之德信于鄉黨，而卒不昌其身，以啓其後人。不生享榮養，而惟有密章之寵，以賁于幽扃。嗚呼哀哉！

我之元昆，躬承慈訓，以大吾家，諸弟因仍，紳冕則華。兄列從班，某仕于朝，室有妻孥，衣豐食饒。念我先君，其艱其勤，生我劬勞，至于成人。菽水之奉，曾不一日，不孝之責，昊天罔極。兩秩賜褒，匪敢云報，天子有命，弗敢弗告。嗚呼哀哉！尙饗！

亡妻時氏宿告文

嗚呼哀哉！自癸未至于戊子，吾婦之死於是六日矣。越己丑，將殯于寶林之佛寺，以俟卜吉而藏焉。嗚呼哀哉！爾尙知之乎否！

起靈

嗚呼已矣，無可言者矣！以是爲爾之遣奠。嗚呼哀哉！

菆

嗚呼哀哉！吾王母馮夫人，皇妣孫夫人，寔葬四明，吾父母之命，將以汝從之。吾官于朝，未能持汝喪以往也，是以卜菆于此。嗚呼哀哉！汝奉佛素謹，屬纊而誦佛之聲猶不絕，今使汝依佛以居，吾又時節視汝惟謹，汝其安之。嗚呼哀哉！

校勘記

〔一〕燕及弟昆　「昆」字原爲墨丁，據永樂大典卷一萬四千零五十一祭字韻校補。

〔二〕羸然哀煢　「羸」原作「羸」，據永樂大典卷一萬四千零五十一祭字韻校改。

于湖居士文集卷第三十一

樂府

六州歌頭

長淮望斷，關塞莽然平。征塵暗，霜風勁，悄邊聲。黯銷凝。追想當年事，殆天數，非人力，洙泗上，絃歌地，亦羶腥。隔水氊鄉，落日牛羊下，區脱縱横。看名王宵獵，騎火一川明。笳鼓悲鳴，遣人驚。念腰間箭，匣中劍，空埃蠹，竟何成！時易失，心徒壯，歲將零。渺神京。干羽方懷遠，靜烽燧，且休兵。冠蓋使，紛馳騖，若爲情？聞道中原遺老，常南望翠葆霓旌。使行人到此，忠憤氣填膺，有淚如傾！

水調歌頭爲揔得居士壽

隆中三顧客，圯上一編書。英雄當日感會，餘事了寰區。千載神交二子，一笑眇然茲世，卻願駕柴車。長憶淮南岸，耕釣混樵漁。忽扁舟，凌駭浪，到三吳。綸巾羽扇容與，爭看列仙儒。不爲蓴鱸笠澤，便掛衣冠神武，此與渺江湖。舉酒對明月，高曳九霞裾。

又凱歌奉寄湖南安撫舍人劉公〔一〕

猩鬼嘯篁竹，玉帳夜分弓。少年荆楚劍客，突騎錦襜紅。千里風飛雷厲，四校星流彗掃，蕭斧剉春葱。談笑青油幕，日奏捷書同。詩書帥，黃閣老，黑頭公。家傳鴻寶祕略，小試不言功。聞道璽書頻下，看卽沙堤歸去，帷幄且從容。君王自神武，一舉朔庭空。

又泛湘江〔二〕

濯足夜灘急，晞髮北風涼。吳山楚澤行徧，只欠到瀟湘。買得扁舟歸去，此事天公付我，六月下滄浪。蟬蛻塵埃外，蝶夢水雲鄉。製荷衣，紉蘭佩，把瓊芳。湘妃起舞一笑，撫瑟奏清商。喚起九歌忠憤，拂拭三閭文字，還與日爭光。莫遣兒輩覺，此樂未渠央。

又與喻才子同登金山，江平如席，月白如晝〔三〕

江山自雄麗，風露與高寒。寄聲一本作「幾」。月姊，借我玉鑑此中看。幽壑魚龍悲嘯，倒影星辰搖動，海氣夜漫漫。湧起白銀闕，危駐紫金山。表獨立，飛霞珮，切雲冠。漱冰濯雪，眇視萬里一毫端。回首三山何處？聞道羣仙笑我，要我欲俱還。揮手從此去，翳鳳更驂鸞。

又汪德邵作無盡藏樓於棲霞之間，取玉局老仙遺意，張安國過，爲賦此詞〔四〕

淮楚襟帶地，雲夢澤南州。滄江翠壁佳處，突兀起紅樓。憑仗使君胸次，與問老仙何在？長嘯俯清秋。試遣吹簫看，騎鶴恐來游。欲乘風，凌萬頃，汎扁舟。山高月小，霜露既降，凜凜不能留。一弔周郎羽扇，尙想曹公橫槊，興廢兩悠悠。此意無盡藏，分付水東流。

又隱靜寺觀雨，寺有碧霄泉〔五〕

青嶂度雲氣，幽壑舞回風。山神助我奇觀，喚起碧霄龍。電掣金蛇千丈，雷震靈鼉萬疊，洶洶欲崩空。盡瀉銀潢水，傾入寶蓮宮。坐中客，凌積翠，看奔洪。人間應失匕筯，此地獨從容。洗了從來塵垢，潤及無邊焦槁，造物不言功。天宇忽開霽，日在五雲東。

又桂林集句〔六〕

五嶺皆炎熱，宜人獨桂林。江南驛使未到，梅蘂破春心。繁會九衢三市，縹緲層樓傑觀，雪片一冬深。自是清涼國，莫遣瘴煙侵。江山好，青羅帶，碧玉簪。平沙細浪，欲盡陡起忽千尋。

家種黄柑丹荔，戶拾明珠翠羽，簫鼓夜沉沉。莫問驂鸞事，有酒且頻斟。

又桂林中秋

今夕復何夕？此地過中秋。賞心亭上喚客，追憶去年游。千里江山如畫，萬井笙歌不夜，扶路看遨頭。玉界擁銀闕，珠箔卷瓊鈎。馭風去，忽吹到，嶺邊州。去年明月依舊，還照我登樓。樓下水明沙靜，樓外參横斗轉，搔首思悠悠。老子興不淺，聊復此淹留。

又和龐佑父〔七〕

雪洗虜塵靜，風約楚雲留。何人爲寫悲壯，吹角古城樓？湖海平生豪氣，關塞如今風景，剪燭看吳鈎。賸喜然犀處，駭浪與天浮。憶當年，周與謝，富春秋。小喬初嫁，香囊未解，勳業故優游。赤壁磯頭落照，肥水橋邊衰草，渺渺喚人愁。我欲乘風去，擊楫誓中流。

又爲時傳之壽

雲海漾空闊，風露凛高寒。仙翁鶴駕羽節，縹緲下天端。指點虛無征路，時見雙鳧飛舞，揮斥隘塵寰。吹笛向何處？海上有三山。綵衣新，魚服麗，更朱顏。蟠桃未熟千歲，容與且人間。

早晚金泥封詔，歸侍玉皇香案，踵武列仙班。玉骨自難老，未用九霞丹。

又爲方務德侍郎壽

紫橐論思舊，碧落拜除新。內家敕使傳詔，親付玉麒麟。千里江山增麗，是處旌旗改色，佳氣鬱輪囷。看取連宵雪，借與萬家春。建崇牙，開盛府，是生辰。十州老稚，都向今日祝松椿。多少活人陰德，合享無邊長算，惟有我知君。來歲更今日，一氣轉洪鈞。

又垂虹亭

艤棹太湖岸，天與水相連。垂虹亭上，五年不到故依然。洗我征塵三斗，快揖商飈千里，鷗鷺亦翩翩。身在水晶闕，眞作馭風仙。望中秋，無五日，月還圓。倚欄淸嘯孤發，驚起蟄龍眠。欲酹鴟夷西子，未辨當年功業，空繫五湖舡。不用知餘事，蓴鱠正芳鮮。

又送劉恭父趨朝

鼇禁輟頗牧，熊軾賴龔黃。一時林莽千險，谿午要驅攘。金版六韜初試，煙斂山空野迥，低草見牛羊。旆纊釋南顧，戈甲濯銀潢。璽書下，褒懿績，促曹裝。帝宸天近，紅旆東去帶朝陽。

歸輔五雲丹陛，回首楚樓千里，遺愛滿瀟湘。應記依劉客，曾此奉離觴。

多麗

景蕭疎，楚江那更高秋？遠連天，茫茫都是，敗蘆枯蓼汀洲。認炊煙幾家蝸舍，映夕照一簇漁舟。去國雖遥，寧親漸近，數峯青處是吾州。便乘取波平風靜，荃棹且夷猶。關情有冥冥去鴈，拍拍輕鷗。忽追思，當年往事，惹起無限羈愁。拄笏朝來多爽氣，秉燭夜永足清游。翠袖香寒，朱絃韻悄，無情江水只東流。柂樓晚，清商哀怨，還聽隔舡謳。無言久，餘霞散綺，煙際帆收。

木蘭花慢 離思〔八〕

送歸雲去鴈，澹寒采，滿溪樓。正佩解湘腰，釵孤楚鬢，鸞鑑分收。凝情望，行處路，但疎煙遠樹織離憂。只有樓前溪水，伴人清淚長流。霜華夜永逼衾裯，喚誰護衣篝？念粉館重來，芳塵未掃，爭見嬉游。情知悶來殢酒，奈迴腸不醉只添愁。脉脉無言竟日，斷魂雙鶩南州。

又 別情〔九〕

紫簫吹散後，悵燕子，只空樓。念璧月長虧，玉簪中斷，覆水難收。青鸞送，碧雲句，道霞扃霧鎖不堪憂。情與文梭共織，怨隨宮葉同流。　人間天上兩悠悠，暗淚灑燈篝。記谷口園林，當時驛舍，夢裏曾游。銀屏低聞笑語，但醉時冉冉醒時愁。擬把菱花一半，試尋高價皇州。

水龍吟 望九華山作

竹輿曉入青陽，細風涼月天如洗。峰回路轉，雲舒霞卷，了非人世。轉就丹砂，鑄成金鼎，碧光相倚。料天關虎守，箕疇龍負，開神祕，留玆地。　縹緲珠幢羽衛，望蓬萊，初無弱水。仙人拍手，山頭笑我，塵埃滿袂。春鎖瑤房，霧迷芝圃，昔遊都記。悵世緣未了，匆匆又去，空凝竚，煙霄裏。

又 過浯溪〔一〇〕

平生只說浯溪，斜陽喚我歸舡繫。月華未吐，波光不動，新涼如水。長嘯一聲，山鳴谷應，棲禽驚起。問元顏去後，水流花謝，當年事，憑誰記？　須信兩翁不死，駕飛車，時遊玆地。漫郎宅裏，中興碑下，應留屐齒。酌我清尊，洗公孤憤，來同一醉。待相將把袂，清都歸路，騎鶴去，三千歲。

念奴嬌過洞庭

洞庭青草，近中秋，更無一點風色。玉鑑瓊田三萬頃，着我扁舟一葉。素月分輝，明河共影，表裏俱澄澈。悠然心會，妙處難與君説。　應念嶺海經年，孤光自照，肝肺皆冰雪。短髮蕭騷襟袖冷，穩泛滄浪空闊。盡吸西江，細斟北斗，萬象爲賓客。扣舷獨笑〔二〕，不知今夕何夕！

又仲欽提刑仲多行邊，漫呈小詞，以備鼓吹之闕〔三〕

弓刀陌上，淨蠻煙瘴雨，朔雲邊雪。幕府横驅三萬里，一把平安遥接。方丈三韓，西山八詔，慕義羞椎結。梯航入貢，路經頭痛身熱。　今代文武通人，青霄不上，卻把南州節。虜馬秋肥鵰力健，應看名王宵獵。壯士長歌，故人一笑，趁得梅花月。王春奏計，便須平步清切。

又欲雪呈朱漕元順

朔風吹雨，送凄涼天氣，垂垂欲雪。萬里南荒雲霧滿，弱水蓬萊相接。凍合龍岡，寒侵銅柱，碧海冰澌結。憑高一笑，問君何處炎熱？　家在楚尾吳頭，歸期猶未，對此驚時節。憶得年時貂帽煖，鐵馬千羣觀獵。狐兔成車，笙歌隱地，歸踏層城月。持杯且醉，不須北望凄切。

又再和〔三〕

繡衣使者，度郢中絕唱，陽春白雪。人物應須天上去，一日君恩三接。粉省香濃，宮床錦重，更把絲綸結。臣心如水，不教炙手成熱。還記嶺海相從，長松千丈，映我秋竿節。忍凍推敲清興滿，風裏烏巾獵獵。只要東歸，歸心入夢，夢泛寒江月。不因蓴鱠，白頭親望眞切。

又離思〔四〕

星沙初下，望重湖遠水，長雲漠漠。一葉扁舟誰念我，今日天涯飄泊。平楚南來，大江東去，處處風波惡。吳中何地，滿懷俱是離索！常記送我行時，綠波亭上，泣透青羅薄。檣燕低飛人去後，依舊湘城簾幕。不盡山川，無窮煙浪，辜負秦樓約。漁歌聲斷，爲君雙泪傾落。

醉蓬萊爲老人壽

問人間榮事，海內高名，似今誰比？脱屣歸來，眇浮雲富貴。致遠鈎深，樂天知命，且從容閲世。火候周天，金文滿義，從來活計。有酒一尊，有棊一局，少日親朋，舊家鄰里。世故紛紜，但蚊虻過耳。解愠薰風，做涼梅雨，又一般天氣。曲几蒲團，綸巾羽扇，年年如是。

雨中花慢長沙〔一五〕

一葉淩波，十里馭風，煙鬟霧鬢蕭蕭。認得蘭臯瓊珮，水館冰綃。秋霽明霞乍吐，曙涼宿靄初消。恨微顰不語，少進還收，竚立超遥。　神交冉冉，愁思盈盈，斷魂欲遣誰招？猶自待，青鸞傳信，烏鵲成橋。悵望胎仙琴疊，忍看翡翠蘭苕！夢回人遠，紅雲一片，天際笙簫。

二郎神七夕

坐中客，共千里瀟湘秋色。漸萬寳西成農事了，罷稏看黄雲阡陌。喬口橘洲風浪穩，嶽鎮聳倚天青壁。追前事，興亡相續，空與山川陳迹。　南國，都會繁盛，依然似昔。聚翠羽明珠三市滿，樓觀湧參差金碧。乞巧處，家家追樂事，爭要做豐年七夕。願明年强健，百姓歡娱，還如今日。

轉調二郎神

悶來無那，暗數盡殘更不寐。念楚館香車，吳溪蘭棹，多少愁雲恨水。陣陣回風吹雪霰，更旅雁一聲沙際。想靜擁孤衾，頻挑寒灺，數行珠淚。　凝睇。傍人笑我，終朝如醉。便錦織回鸞，素傳雙鯉，難寫衷腸密意。綠鬢點霜，玉肌消雪，兩處十分憔悴。爭忍見，舊時娟娟素月，照人千里。

校勘記

〔一〕凱歌奉寄湖南安撫舍人劉公　原作「凱歌上劉恭父」，據涉園景刊宋金元明本詞中景刊宋乾道本于湖先生長短句（以下簡稱乾道本）校改。汲古閣刊宋名家詞本于湖詞（以下簡稱名家詞本）作「凱歌寄湖南安撫劉舍人」。

〔二〕泛湘江　乾道本作「過瀟湘作」。

〔三〕與喻才子同登金山江平如席月白如晝　原作「金山觀月」，據乾道本校改；乾道本題後又有另行大字：「安國賦此調」。名家詞本作「舟過金山寺○或作詠月○或刻韓子蒼」。

〔四〕汪德邵作無盡藏樓於棲霞之間取玉局老仙遺意張安國過爲賦此詞　原作「汪德邵無盡藏」，據乾道本校改。

〔五〕隱靜寺觀雨寺有碧霄泉　原作「隱靜山觀雨」，據名家詞本校改。乾道本作「隱靜山中大雨」。

〔六〕桂林集句　乾道本作「帥靜江作」。

〔七〕和龐佑父　乾道本作「聞采石戰勝」。

〔八〕離思　原本無題，據名家詞本校補。

〔九〕別情　原本無題，據名家詞本校補。

〔一〇〕過浯溪　原作「過洁溪」，據乾道本校改。

〔一一〕扣舷獨笑　「笑」，乾道本作「嘯」。

〔一二〕仲欽提刑仲冬行邊漫呈小詞以備鼓吹之闕　原作「張仲欽提刑行邊」，據乾道本校改。

〔一三〕再和　乾道本作「再用韻呈朱丈」。

〔一四〕離思　原本無題，據名家詞本校補。

〔一五〕雨中花慢　「慢」字原無，據名家詞本校補。原本無題，「長沙」兩字據名家詞本校補。

于湖居士文集卷第三十二

樂府

滿江紅

秋滿蘅皋，煙蕪外，吳山歷歷。風乍起，蘭舟不住，浪花搖碧。離岸櫓聲驚漸遠，盈襟淚顆凄猶滴。問此情能有幾人知？新相識。　追往事，歎連夕。經舊館，人非昔。把輕顰淺笑，細思重憶。紅葉題詩誰與寄，青樓薄倖空遺迹。但長洲茂苑草萋萋，愁如織。

又于湖懷古〔一〕

千古凄涼，興亡事，但悲陳迹。凝望眼，吳波不動，楚山叢碧。巴滇綠駿追風遠，武昌雲旆連江赤。笑老姦遺臭到如今，留空壁。　邊書靜，烽煙息。通軺傳，銷鋒鏑。仰太平天子，坐收長策。蹴踏〔揚〕（楊）州開帝里，渡江天馬龍爲匹。看東南佳氣鬱葱葱，傳千億。

又思歸寄柳州林守〔二〕

秋滿灕一本作「湘」。源，瘴雲靜〔三〕，曉山如簇。動遠思，空江小艇，高丘喬木。策策西風雙鬢底，暉暉斜日朱欄曲。試側身回首望京華，迷南北。　思歸夢，天邊鵠。游宦事，蕉中鹿。想一年好處，砌紅堆綠。羅帕分柑霜落齒，冰盤剝芡珠盈掬。倩春纖縷鱠搗香韲，新篘熟。

青玉案餞別劉恭父

紅塵冉冉長安路。看風度，凝然去。唱徹陽關留不住。甘棠庭院，芰荷香渚，盡是相思處。　龜魚從此誰爲主？好記江湖斷腸句。萬斛離愁休更訴。洞庭煙棹，楚樓風露，去作爲霖雨。

洞仙歌和清虛先生皇甫坦韻〔四〕

清都絳闕，我自經行慣。璧月帶珠星，引鈞天，笙簫不斷。寶簪瑤珮，玉立拱清班，天一笑，物皆春，結得清虛伴。　還丹九轉，凡骨親曾換。擕劍到人間，偶相逢，依然青眼。狂歌醉舞，心事有誰知？明月下，好風前，相對綸巾岸。

蝶戀花 行湘陰

漠漠飛來雙屬玉，一片秋光，染就瀟湘綠。雪轉寒蘆花蔌蔌，晚風細起波紋縠。　落日閑雲歸意促，小倚蓬窗，寫作思家曲。過盡碧灣三十六，扁舟只在灘頭宿。

又 懷于湖

恰到杏花紅一樹，撚指來時，結子青無數。漠漠春陰纏柳絮，一天風雨將春去。　春到家山須小住，芍藥櫻桃，更是尋芳處。遶院碧蓮三百畝，留春伴我春應許。

又 送劉恭父

畫戟旍閑刀入鞘，安石榴花，影落紅欄小。似勸先生須飲釂，枕中鴻寶微傳妙。　窔窔鋒車還急詔，滿眼瀟湘，總是恩波渺。歸去槐庭思楚嶠，觚稜月曉期分照。

又 送姚主管橫州〔五〕

君泛仙槎銀海去，後日相思，地角天涯路。草草杯盤深夜語，冥冥四月黃梅雨。　莫拾明珠幷翠羽，但使邦人，愛我如慈母。待得政成民按堵，朝天衣袂翩翩舉。

鷓鴣天上元設醮

詠徹瓊章夜向闌，天移星斗下人間。九光倒景騰青簡，一氣回春遶絳壇。瞻北闕，祝南山，遥知仙仗簇清班。何人曾侍傳柑宴，翡翠簾開識聖顔。

又〔六〕

子夜封章扣紫清，五霞光裏珮環聲。驛傳風火龍鸞舞，步入煙霄孔翠迎。瑤簡重，羽衣輕，金童雙引到通明。三湘五筦同民樂，萬歲千秋與帝齡。

又餞劉共甫〔七〕

憶昔追遊翰墨場，武夷仙伯較文章。瑯函奏號銀臺省，毬筆書名御苑墻。經十載，過三湘，橫楣麗錦照傳觴。醉餘吐出胸中墨，只欠彭宣到後堂。

又

月地雲堦歡意闌，仙姿不合住人間。驂鸞已恨車塵遠，泣鳳空餘燭影殘。情脉脉，淚珊珊，梅花音信隔關山。只應楚雨清留夢，不那吳霜綠易斑。

又 提刑仲欽行部萬里，閏四月而後來歸。輒成，爲太夫人壽

去日清霜菊滿叢，歸來高柳絮纏空。長驅萬里山收瘴，徑度層波海不風。陰德徧，嶺西東，天教慈母壽無窮。遥知今夕稱觴處，衣綵還將衣繡同。

又 爲老母壽

阿母蟠桃不記春，長沙星裏壽星明。金花羅紙新裁詔，貝葉旁行別授經。同犬子，祝龜齡，天教二老鬢長青。明年今日稱觴處，更有孫枝滿謝庭。

又 贈錢横州子山〔八〕

舞鳳飛龍五百年，盡將錦繡裹山川。王家券册諸孫嗣，主第笙歌故國傳。居玉鉉，擁金蟬，〔祇〕(秖)今門戶慶蟬聯。君侯合侍明光殿，且作横槎海上仙。

又餞劉恭父〔九〕

浴殿西頭白玉堂，湘江東畔碧油幢。北辰躔次瞻星象，南國山川解印章。隨步武，謝恩光，送公歸趣舍人裝。它年若肯傳衣鉢，今日應須酹壽觴。

又淮西爲老人壽

晝得游嬉夜得眠，農桑欲徧楚山川。問看百姓知公否，餘子紛紛定不然。思主眷，酌民言，與民稱壽拜公前。只將心與天通處，合住人間五百年。

又餞劉恭父

割鐙難留乘馬東，花枝爭看臮長紅。衮衣空使斯民戀，緑竹誰歌入相同。回武事，致年豐，幾多遺愛在湘中。須知楚水楓林下，不似初聞長樂鐘。

又平國弟生日

楚楚吾家千里駒，老人心事正關渠。風流合是堦除玉，愛惜眞成掌上珠。紆綵綬，薦芳壺，老人還醉弟兄扶。問將何物爲兒壽，付與家傳萬卷書。

又荆州別同官

又向荆州住半年，西風催放五湖舡。來時露菊團金顆，去日池荷叠綠錢。鄭別酒，扣離絃，一時賓從最多賢。今宵拚醉花迷坐，後夜相思月滿川。

又

憶昔彤庭望日華，忽忽枯筆夢生花。鬱輪袍曲慿新奏，風送銀灣犯斗槎。追往事，甫新瓜，飛蓬何事及蘭麻。一江湘水流餘潤，十里河堤築淺沙。

又

噜踔門前識箇人，柳眉桃臉不勝春。一本作「香車油壁照彫輪」。短襟衫子新來棹，四直冠兒內樣新。秋色淨，曉粧勻，不知何事在風塵。主翁若也憐幽獨，帶取妖嬈上玉宸〔10〕。

虞美人 贈盧堅叔

盧敖夫婦驂鸞侶，相敬如賓主。森然蘭玉滿尊前，擧案齊眉樂事看年年。我家白髮雙垂雪，已是經年別。今宵歸夢楚江濱，也學君家兒子壽吾親。

又 代季弟壽老人

雪花一尺江南北，薪盡炊無粟。老仙活國試刀圭，十萬人家生意與春回。天公一笑醻陰德，賜與長生籍。今朝雪霽壽尊前，看我雙親都是地行仙。

又 無爲作

雪消煙漲清江浦，碧草春無數。江南幾樹夕陽紅，點點歸帆吹盡晚來風。樓頭自擘昭華管，我已無腸斷。斷行雙鴈向人飛，織錦回文空在寄它誰？

又

溪西竹榭溪東路，溪上山無數。小舟却在晚煙中，更看蕭蕭微雨打疎〔篷〕（蓬）。無聊情緒如中酒，此意君知否？年時曾向此中行，有箇人人相對坐調箏。

又

柳梢梅萼春全未，誰會傷春意？一年好處是新春，柳底梅邊只欠那人人。　遏春約住梅和柳，略待些時候。錦帆風送綵舟來，却遣香苞嬌葉一齊開。

又

羅衣怯雨輕寒透，陡做傷春瘦。箇人無奈語佳期，徒倚黃昏池閣等多時。　當初不似休來好，來後空煩惱。倩人傳語更商量，只得千金一笑也甘當。

鵲橋仙 邢少連送末利

北窗涼透，南窗月上，浴罷滿懷風露。不知何處有花來，但怪底清香無數。　炎州珍產，吳兒未識，天與幽芳獨步。冰肌玉骨歲寒時，倩閒止堂中留住。閒止，少連堂名。

又落梅

吹香成陣，飛花如雪，不那朝來風雨。可憐無處避春寒，但玉立仙衣數縷。清愁萬斛，柔腸千結，醉裏一時分付。與君不用嘆飄零，待結子成陰歸去。

又

横波滴素，遥山蹙翠，江北江南腸斷。不知何處馭風來？雲霧裏釵横鬢亂。香羅疊恨，蠻牋寫意，付與瑶臺女伴。醉時言語醒時羞，道醒了休敎再看。

又平國弟生日

湘江東畔，去年今日，堂上簪纓羅綺。弟兄同拜壽尊前，共一笑歡歡喜喜。渚宮風月，邊城鼓角，更好親庭一醉。醉時重唱去年詞，願來歲強如今歲。

又以酒果爲黄子默壽〔一〕

南州名酒，北園珍果，都與黄香爲壽。風流文物是家傳，晛血指旁觀袖手。東風消息，西山爽氣，總聚君家戶牖。舊時曾識玉堂仙，在帝所頻開薦口。

又戲贈吳伯承侍兒

明珠盈斗，黃金作屋，占了湘中秋色。金風玉露不勝情，看天上人間今夕。枝頭一點，琴心三叠，算有詩名消得。野堂從此不蕭疎，問何日尊前喚客？

又別立之

黃陵廟下，送君歸去，上水舡兒一隻。離歌聲斷酒杯空，容易裏東西南北。重湖風月，九秋天氣，冉冉清愁如織。我家住在楚江濱，爲頻寄雙魚素尺。

又爲老人壽（三）

東明大士，吾家老子，是一元知非二。共擕甘雨趁生朝，做萬里豐年歡喜。司空山上，長沙星裏，乞與無邊祥瑞。仙家日月鎮常春，笑人説長生久視。

南鄉子送朱元晦行，張欽夫、邢少連同集〔三〕

江上送歸舡，風雨排空浪拍天。賴有清尊澆別恨，悽然，寶蠟燒花看吸川。　楚舞對湘絃，煖響圍春錦帳氈。坐上定知無俗客，俱賢，便是朱張與少連〔四〕。

畫堂春上老母壽

蟠桃一熟九千年，仙家春色無邊。畫堂日煖卷非煙，晝永風妍。　看取疏封湯沐，何妨頻棹觥舡。方瞳綠髮對儒仙，歲歲尊前。

校勘記

〔一〕于湖懷古　名家詞本作「玩鞭亭〇乾道元年正月十日」。

〔二〕思歸寄柳州林守　「林守」兩字原無，據乾道本校補。名家詞本作「秋懷」。明吳訥百家詞本（商務印書館排印本）于湖詞（以下簡稱百家詞本）作「思歸寄林柳州」。

〔三〕瘴雲靜　「靜」乾道本作「淨」。

〔四〕洞仙歌　案此調應作「驀山溪」，作「洞仙歌」者誤。

〔五〕送姚主管橫州　「橫州」，百家詞本作「柳州」。
〔六〕又　乾道本此下有詞題「同前」兩字；前一首題爲「上元啓醮」。
〔七〕餞劉共甫　原本無題，據乾道本校補。劉共甫即劉恭父。
〔八〕贈錢橫州子山　乾道本作「送錢史君守橫州」。
〔九〕餞劉恭父　名家詞本作「長沙餞劉樞密」。
〔一〇〕帶取妖嬈上玉宸　「妖嬈」，原作「妖饒」，據乾道本、百家詞本校改。
〔一一〕以酒果爲黄子默壽　乾道本作「上主管壽送南康酒北梨」。
〔一二〕爲老人壽　乾道本作「上運使壽」。
〔一三〕送朱元晦行張欽夫邢少連同集　乾道本作「刑監廟餞送朱太傅張直閣阻雨賦此詞」。
〔一四〕便是朱張與少連　乾道本此下注云：「少連謂刑監廟」。

于湖居士文集卷第三十三

樂府

柳梢青蔣文粟兄趍朝，錢文茹横槎，宗文如古藤，孝祥置酒作別，賦此以侑尊〔一〕

重陽時節，滿城風雨，更催行色。隴樹寒輕，海山秋老，淸愁如織。一杯莫惜留連，我亦是天涯倦客。後夜相思，水長山遠，東西南北。

又元宵何高士說京師舊事

今年元夕，探盡江梅，都無消息。草市梢頭，柳莊深處，雪花如席。一尊鄰里相過，也隨分，移時換節。玉輦端門，紅旗夜市，憑君休說。

又探梅

溪南溪北，玉香消盡，翠嬌無力。月淡黄昏，煙横淸曉，都無消息。無聊更遶空枝，斷魂遠，重招怎得？驛使歸來，戍樓吹斷，空成悽惻。

踏莎行

楊柳東風，海棠春雨，淸愁冉冉無來處。曲徑驚飛蛺蝶叢，回塘凍濕鴛鴦侶。舞徹霓裳，歌殘金縷，蘼蕪白芷愁煙渚。不識陽臺夢裏雲，試聽華表歸來語。

又長沙牡丹花極小，戲作此詞，并以二枝爲伯承、欽夫諸兄一觴之薦

洛下根株，江南栽種，天香國色千金重。花邊三閣建康春，風前十里〔揚〕（楊）州夢。油壁輕車，靑絲短鞚，看花日日催賓從。而今何許定王城？一枝且爲鄰翁送。

又荆南作

旋葺荒園，初開小徑，物華還與東風競。曲檻暉暉落照明，高城冉冉孤煙暝。柳色金寒，梅花雪靜，道人隨處成幽興。一杯不惜小淹留，歸期已理滄浪艇。

又

萬里扁舟，五年三至，故人相見尤堪喜。山陰乘興不須回，毗耶問疾難爲對。　不藥身輕，高談心會，匆匆我又成歸計。它時江海肯相尋，綠蓑青蒻看清貴。

又五月十三日，夜月甚佳，戲作〔二〕

藕葉池塘，榕陰庭院，年時好月今宵見。雲鬟玉臂共清寒，冰綃霧縠誰裁剪？　撲粉香綿〔三〕，侵塵寶扇〔四〕，遙知掩抑成凄怨。去程何許是歸程，離觴爲我深深勸。

又送別劉子思

古屋叢祠，孤舟野渡，長年與客分攜處。漠漠愁陰嶺上雲，蕭蕭別意溪邊樹。　我已北歸，君方南去，天涯客裏多歧路。須君早出瘴煙來，江南山色青無數。

又壽黃堅叟併以送行

時雨初晴，詔書隨至，邦人父老爲君喜。十年江海始歸來，祥曦殿裏攙班對。　日月開明，風雲感會，切須穩上平戎計。天教慈母壽無窮，看君黃髮腰金貴。

又爲朱漕壽

桂嶺南邊，湘江東畔，三年兩見生申旦。知君心地與天通，天教仙骨年年换。趁此秋風，乘槎霄漢，看看黄紙書來唤。但令丹鼎永頻添，莫辭酒盞春無算。

醜奴兒張仲欽母夫人壽

年年有箇人生日，誰似君家？誰似君家，八十慈親髮未華。棠陰閣上棠陰滿，滿勸流霞。滿勸流霞，來歲應添宰路沙。

又張仲欽生日，用前韻

伯鸞德耀賢夫婦，見説宜家。見説宜家，庭砌森森長玉華。天公遣注長生籍，服日飡霞。服日飡霞，壽紀應須海算沙。

又王公澤爲予言査山之勝，戲贈

十年聞說査山好，何日追遊？木落霜秋，夢想雲溪不那愁。　主人好事長留客，尊酒夷猶。一笑登樓，與在西峯上上頭。

又

十分濟楚邦之媛，此日追遊。雨霽雲收，夢入瀟湘不那愁。　主人白玉堂中老，曾侍凝旒。滿酌瓊舟，卽上虚皇香案頭。

又

珠燈璧月年時節〔五〕，纖手同攜。今夕誰知？自撚梅花勸一巵。　逢人問道歸來也，日日佳期。管有來時，趁得收燈也未遲。

又

無雙誰似黄郎子，自鄙無譏。月滿星稀，想見歌場夜打圍。　畫眉京兆風流甚，應賦蜉蝣。

楊柳依依，何日文簫共駕歸？

浣溪沙劉恭父席上

卷旗直入蔡州城，只倚精忠不要兵〔六〕，賊營半夜落妖星。　萬旅雲屯看整暇，十眉環坐却娉婷，白麻早晚下天庭。

又餞劉共甫〔七〕

玉節珠幢出翰林，詩書謀帥眷方深，威聲虎嘯復龍吟。　我是先生門下士，相逢有酒且教斟，高山流水遇知音。

又

絕代佳人淑且真，雪爲肌骨月爲神，燭前花底不勝春。　倚竹袖長寒捲翠，淩波韈小暗生塵，十分京洛舊家人。

又

妙手何人爲寫眞？只難傳處是精神。一枝占斷洛城春。　暮雨不堪巫峽夢，西風莫障庾公塵，扁舟湖海要詩人。

又瑞香

臈後春前別一般，梅花枯淡水仙寒，翠雲裘著紫霞冠。　仙品只今推第一，清香元不是人間，爲君更試小龍團。

又餞鄭憲

寶蠟燒春夜影紅，梅花枝傍錦薰籠，曲瓊低捲瑞香風。　萬里江山供燕几，一時賓主看談鋒，問君歸計莫匆匆。

又親舊蘄口相訪

六客西來共一舟，吳兒蹋浪剪輕鷗，水光山色翠相浮。　我欲吹簫明月下，略須停棹晚風頭，從前五度到蘄州。

又

已是人間不繫舟，此心元自不驚鷗，臥看駭浪與天浮。對月只應頻舉酒，臨風何必更搔頭，暝煙多處是神州。

又

冉冉幽香解鈿囊，蘭橈煙雨暗春江，十分淸瘦爲蕭郎。遙憶牙檣收楚纜，應將玉筯點吳糚，有人縈斷九回腸。

又

樓下西流水拍堤，樓頭日日望春歸，雪晴風靜燕來遲。留得梅花供半額，要將楊葉畫新眉，莫敎辜負早春時。

又發公安，風月甚佳，明日至石首，風雨驟至，留三日，同行諸公皆有詞，孝祥用韻〔八〕

方舡載酒下江東，簫鼓喧天浪拍空，萬山紫翠映雲重。擬看岳陽樓上月，不禁石首岸頭風，作牋我欲問龍公。

又次韻戲馬夢山與妓作別

羅襪生塵洛浦東，美人春夢瑣窗空，眉山蹙恨幾千重。海上蟠桃留結子，渥洼天馬去追風，不須多怨主人公。

又夢山未釋然，再作

一片西飛一片東，高情已逐落花空，舊歡休問幾時重。結習正如刀舐蜜，掃除須著絮因風，請君持此問龐公。

又

鳷鵲樓高晚雪融，鴛鴦池暖暗潮通，鬱金黃染柳絲風。油壁不來春草綠，闌干倚徧夕陽紅，江南山色有無中。

又

姤婦灘頭十八姨，顛狂無賴占佳期，喚它滕六把春欺。　僝僽鶯鶯并燕燕，恓惶柳柳與梅梅，東君獨自落便宜。

又洞庭

行盡瀟湘到洞庭，楚天闊處數峯青，旗梢不動晚波平。　紅蓼一灣紋纈亂，白魚雙尾玉刀明，夜涼船影浸疎星。

又坐上十八客〔九〕

同是瀛洲冊府仙，只今聊結社中蓮，胡笳按拍酒如川。　喚起封姨清晚景〔一〇〕，更將荔子薦新圓，從今三夜看嬋娟。

又用沈約之韻

細仗春風簇翠筵，爛銀袍拂禁爐煙，旃書名字壓宮垣。太學諸生推獨步，玉堂學士合登仙，乃翁種德滿心田。

又賦微之提刑繡扇

只説閬山錦繡幃，忽從團扇得生枝，緗紅衫子映豐肌。春線應憐壺漏永，夜針頻見燭花摧，塵飛一騎慣來時。

又煙水亭蔡定夫置酒

灧灧湖光綠一圍，脩林斷處白鷗飛，天機雲錦蘸空飛。乞我百弓眞可老，爲公一飲醉忘歸，扁舟日日弄晴暉。

又

晚雨瀟瀟急做秋，西風掠鬢已颼颼，燭花明夜酒花浮。醉眼定知非妙賞，□詞端爲□□

留，想君涇渭不同流。

又母氏生朝，老者同在舟中

穩泛仙舟上錦帆，桃花春浪舞清灣，壽星相伴到人間。　黃石公傳三百字，西王母授九霞丹，銀潢有路接三山。

又貢茶、沈水爲揚齊伯壽

北苑春風小鳳團，炎州沈水勝龍涎，殷勤送與繡衣仙。　玉食鄉來思苦口，芳名久合上凌煙，天教富貴出長年。

又荆州約馬奉先登城樓觀〔二〕

霜日明霄水蘸空，鳴鞘聲裏繡旗紅，澹煙衰草有無中。　萬里中原烽火北，一尊濁酒戍樓東，酒闌揮淚向悲風。

又再用韻

宫柳垂垂碧照空，九門深處五雲紅，朱衣只在殿當中。細撚絲梢龍尾北，緩擕綸旨鳳池東，阿婆三五笑春風。

又

日暖簾幃春晝長〔三〕，纖纖玉指動抨床，低頭佯不顧檀郎。荳蔻枝頭雙蛺蝶，芙蓉花下兩鴛鴦，壁間聞得唾茸香。

又洧劉恭父别酒

射策金門記昔年，又交藩翰入陶甄，不妨衣鉢再三傳。粉淚但能添楚竹，羅巾誰解繫吴舡，捧盃猶願小留連。

浪淘沙

琪樹間瑶林，春意深深，梅花還被曉寒禁。竹裏一枝斜向我，欲訴芳心。樓外卷重陰，玉界沉沉，何人低唱醉泥金？掠水飛來雙翠碧，應寄歸音。

又

溪練寫寒林，雲重煙深，樓高風惡酒難禁。徙倚闌干誰共語？江上愁心。清與滿山陰，鴻斷魚沉，一書何啻直千金？獨撫瑤徽絃欲斷，憑寄知音。

定風波

鈴索聲乾夜未央，曲闌花影步淒涼。莫道嶺南冬更暖，君看，梅花如雪月如霜。見說墻西歌吹好，玉人扶坐勸飛觴。老子婆娑成獨冷〔三〕，誰省？自挑寒灺自添香。

望江南 贈談獻可

談子醉，獨立睨東風。未試玉堂揮翰手，只今楚澤釣魚翁，萬事舉杯空。謀一笑，一笑與君同。身老南山看射虎，眼高四海送飛鴻，赤岸晚潮通。

又南嶽銓德觀作

朝元去，深殿扣瑤鐘。天近月明黃道冷，參回斗轉碧霄空，身在九光中。　風露下，環珮響丁東。玉案燒香縈翠鳳，松壇移影動蒼龍，歸路海霞紅。

醉落魄

輕黃澹綠，可人風韻閑裝束。多情早是眉峯蹙，一點秋波，閑裏覷人毒。　桃花庭院光陰速，銅鞮誰唱大堤曲。歸時想是櫻桃熟，不道秋千，誰伴那人蹴？

桃源憶故人　冬飲〔一四〕

朔風弄月吹銀霰，簾幕低垂三面。酒入玉肌香軟，壓得寒威斂。　檀槽乍撚么絃慢，彈得相思一半。不道有人腸斷，猶作聲聲顫。

臨江仙

試問梅花何處好？與君藉草攜壺。西園清夜片塵無，一天雲破碎，兩樹玉扶疎。　誰學昭華吹古怨？散花便滿衣裾。只疑幽夢在清都，星稀河影轉，霜重月華孤。

又 帥長沙，寄靜江三故人：張仲欽、朱漕、滕憲〔一五〕

問訊宜樓樓下竹，年來應長新篁。使君五嶺又三湘，舊游知好在，熟處更難忘。尙念論心舒歔否，只今湖海相望。遙憐陰過酒尊涼，舉觴須酹我，門外是清江。

如夢令 木犀

花葉相遮相映，雨過翠明金潤。折得一枝歸，滿路清香成陣。風韻，風韻，寄贈綺窗雲鬟。

校勘記

〔一〕蔣文粟兄趁朝餞文茹橫槎宗文如古藤孝祥置酒作別賦此以侑尊　原作「餞別荆德施粟子求諸公」，據乾道本校改。

〔二〕五月十三日夜月甚佳戲作　「夜」「戲作」三字原無，據乾道本校補。

〔三〕撲粉香綿　「香」字原無，據乾道本、百家詞本校補。

〔四〕侵塵寶扇　「侵」原作「優」，據乾道本、百家詞本校改。

〔五〕珠燈璧月年時節 「璧」原作「壁」，據乾道本、百家詞本校改。

〔六〕卷旗直入蔡州城只倚精忠不要兵 乾道本作「只倚精忠不要兵卷旗直入蔡州城」。

〔七〕餞劉共甫 原本無題，據乾道本校補。劉共甫即劉恭父。

〔八〕發公安風月甚佳明日至石首風雨驟至留三日同行諸公皆有詞孝祥用韻 原作「去荊州」，據乾道本校改。

〔九〕坐上十八客 乾道本作「中秋十八客」。

〔一〇〕喚起封姨清晚景 「景」，乾道本、百家詞本作「暑」。

〔一一〕荊州約馬奉先登城樓觀 原本無題，據乾道本校補。

〔一二〕日暖簾幃春晝長 「晝」原作「晝」，據乾道本校改。

〔一三〕老子婆娑成獨冷 「娑」原作「婆」，據乾道本、百家詞本校改。

〔一四〕冬飲 原本無題，據名家詞本校補。

〔一五〕帥長沙寄靜江三故人張仲欽朱漕滕憲 原本無題，據乾道本校補。

于湖居士文集卷第三十四

樂府

菩薩蠻立春

絲金縷翠幡兒小，裁羅撚線花枝裊。明日是新春，春風生鬢雲。　吳霜看點點，愁裏春來淺。只願此花枝，年年長帶伊。

又諸客赴東鄰之集

庭葉翻翻秋向晚，涼砧敲月催金剪。樓上已清寒，不堪頻倚欄。　鄰翁開社甕，喚客情應重。不醉且無歸，醉時歸路迷。

又

恰則春來春又去，憑誰說與春教住。與問坐中人，幾回迎送春？　明年春更好，只怕人先老。春去有來時，願春長見伊。

又西齋爲杏花寓言〔一〕

東風約略吹羅幕，一簷細雨春陰薄。試把杏花看，濕紅嬌暮寒。佳人雙玉枕，烘醉鴛鴦錦。折得最繁枝，暖香生翠幃。

又贈箏妓

琢成紅玉纖纖指，十三絃上調新水。一弄入雲聲，月明天更青。匆匆鶯語囀，待寓昭君怨。寄語莫重彈，有人愁倚欄。

又

玉龍細點三更月，庭花影下餘殘雪。寒色到書幃，有人清夢迷。墻西歌吹好，燭燼香閨小。多病怯盃觴，不禁冬夜長。

又登浮玉亭

江山佳處留行客，醉餘老眼迷空碧。獨倚最高樓，乾坤日夜浮。微風吹笑語，白日魚龍舞。此意忽翩翩，憑虛吾欲仙。

又

雪消墻角收燈後，野梅官柳春全透。池閣又東風，燭花燒夜紅。一尊留好客，敧盡闌干月。已醉不須歸，試聽烏夜啼。

又

溶溶花月天如水，闌干小倚東風裏。夜久寂無人，露濃花氣清。悠然心獨喜，此意知何意？不似隱墻東，燭花圍坐紅。

又夜坐清心閣

暗潮清漲蒲塘晚，斷雲不隔東歸眼。堂上晚風涼，藕花開處香。夜航人不渡，白鷺雙飛去。待得月華生，攜筇獨自行。

又

縹緲飛來雙綵鳳，雨疎雲澹撩清夢。蘭薄未禁秋，月華如水流。　采香溪上路，愁滿參差樹。獨倚晚樓風，斷霞縈素空。

又

蘼蕪白芷愁煙渚，曲瓊細卷江南雨。心事怯衣單，樓高生晚寒。　雲鬟香霧濕，翠袖淒餘泣。春去有來時，春從沙際歸。

又艤舟采石

十年長作江頭客，檣竿又掛西風席。白鳥去邊明，楚山無數青。　倒冠仍落珮，我醉君須醉。試問識君不？青山與白鷗。

又和州守胡明秀席上

乳瓶屬國歸來早，知君膽大身猶小。一節不須論，功名看致君。　鎮西樓上酒，父老爲公壽。更祝太夫人，年年封詔新。

又

烟脂淺染雙珠樹，東風到處嬌無數。不語恨厭厭，何人思故園？　故園花爛熳，笑我歸來晚。我老只思歸，故園花雨時。

又與同舍游湖歸

吳波細卷東風急，斜陽半落蒼煙濕。一棹采菱歌，倚欄人奈何？　天公憐好客，酒面風吹白。更引十玻璃，月明騎鶴歸。

又

冥濛秋夕溥清露，玉繩耿耿銀潢注。永夜滴銅壺，月華樓影孤。　佳人紆絕唱，翠幕叢霄上。休勸玉東西，烏鵶枝上啼。

西江月丹陽湖〔二〕

問訊湖邊春色，重來又是三年。東風吹我過湖舡，楊柳絲絲拂面。世路如今已慣，此心到處悠然。寒光亭下水如天，飛起沙鷗一片。

又

風定灘聲未已，雨來篷底先知〔三〕。岸邊楊柳最憐伊，憶得舡兒曾繫。湖霧平吞白塔，茅簷自有青旗。三杯村酒醉如泥，天色寒呵且睡。

又重九

冉冉寒生碧樹，盈盈露濕黄花。故人玉節有光華，高會仍逢戲馬。萬事只今如夢，此身到處爲家。與君相遇更天涯，拚了茱萸醉把。

又張欽夫壽

諸老何煩薦口，先生自簡淵衷。千年聖學有深功，妙處無非日用。已授一編圯下，却須三顧隆中。鴻鈞早晚轉春風，我亦從君賈勇。

又代五三弟爲老母壽〔四〕

慈母行封大國，老仙早上蓬山。天憐陰德徧人間，賜與還丹七返。莫問清都紫府，長教綠鬢朱顔。年年今日綵衣斑，兄弟同扶酒盞。

又蘄倅李君達才，當靖康、建炎之間，以諸生起兵河東，婁摧強敵，蓋未知其事，重爲感嘆，賦此

不識平原太守，向來水北山人。世間功業謾虧成，華髮蕭蕭滿鏡。幸有田園故里，聊分風月江城。西湖西畔晚波平，袖手時來照影。

又庚樓陪諸公飲，醉甚，和向巨源、任子嚴、陶茂安韻，呈周悅道，〔使〕〔快〕刻之樓上〔五〕

樓外疎星印水，樓頭畫燭烘簾。憑高舉酒恨厭厭，征路虛無指點。酒興因君開闊，山容向我增添。一鈎新月弄纖纖，濃霧花房半斂。

又阻風三峯下〔六〕

滿載一舡秋色，平鋪十里湖光。波神留我看斜陽，放起鱗鱗細浪。明日風回更好，今宵露宿何妨？水晶宮裏奏霓裳，準擬岳陽樓上。

又桂州同僚餞别〔七〕

窗戶青紅尚濕，主人已作歸期。坐中賓客盡鄒枚，盛事它年應記。别酒深深但勸，離歌緩緩休催。扁舟明日轉清溪，好月相望千里。

又以隋索靖小字法華經及古器爲老人壽〔八〕

漢鑄九金神鼎，隋書小字蓮經。剛風劫火轉青冥，護守應煩仙聖。昨夢歸來帝所，今朝壽我親庭。只將此寶伴長生，談笑中原底定。

又飲百花亭，爲武夷樞密先生作。亭望廬山雙劍峯，爲惡竹所蔽，是夕盡伐去

落日鎔金萬頃，晴嵐洗劍雙鋒。紫樞元是黑頭公，佳處因君愈重。分得湖光一曲，喚回

廬嶽千峯。淸尊今夜偶然同，早晩商巖有夢。

又爲劉樞密太夫人壽〔九〕

疇昔通家事契，只今兩鎭交承。起居樞密太夫人，綠鬢斑衣相映。　乞得神仙九醖，祝敎福祿千春。台星直上壽星明，長見門闌鼎盛。

減字木蘭花江陰州治漾花池

佳人絕妙，不惜千金頻買笑。燕姹鶯嬌，始遣淸歌透碧霄。　主人好事，更倒一尊留客醉。我醉思家，月滿南池欲漾花。

又

一尊留夜，寶蠟烘簾光激射。凍合銅壺，細聽冰簷夜剪酥。　淸愁冉冉，酒喚紅潮登玉臉。明日重看，玉界瓊樓特地寒。

又

愛而不見，立馬章臺空便面。想像娉婷，只恐丹青畫不成。詩人老去，恰要鶯鶯相伴住。試與平章，歲晚敎人枉斷腸。

又

阿誰曾見，馬上墻陰通半面。玉立娉婷，一點靈犀寄目成。明朝重去，人在横溪溪畔住。喬木千章，搖落霜風只斷腸。

又琵琶亭林守、王倅送别

江頭送客，楓葉荻花秋索索。絃索休彈，清淚無多怕濕衫。故人相遇，不醉如何歸得去？我醉忘歸，烟滿空江月滿堤。

又臘月二十六日立春〔一〇〕

春如有意，未接年華春已至。春事還新，多得年時五日春。春郊便綠，只向臘前春已足。

屈指元宵，正是新春二十朝。

又黄堅叟母生日〔二〕

慈闈生日，見説今年年九十。戲綵盈門，大底孩兒七箇孫。人間喜事，只這一般難得似。願我雙親，都似君家太淑人。

又贈尼師，舊角奴也

吹簫汎月，往事悠悠休更説。拍碎琉璃，始覺從前萬事非。淸齋淨戒，休作斷腸垂淚債。識破囂塵，作箇消遥物外人。

又

人間奇絶，只有梅花枝上雪。有箇人人，梅樣風標雪樣新。芳心不展，嫩緑陰陰愁冉冉。一笑相看，試薦冰盤一點酸。

又

枷花搦柳，知道東君留意久。慘綠愁紅，憔悴都因一夜風。輕狂蝴蝶，擬欲扶持心又怯。要免離披，不告東君更告誰？

清平樂殿廬有作

光塵撲撲，宮柳低迷綠。鬬鴨闌干春晝曲，簾額微風繡蹙。碧雲青翼無憑，困來小倚銀屏。楚夢不禁春晚，黄鸝猶自聲聲。

又楊侯書院聞酒所奏樂

油幢畫戟，玉鉉調春色。勳閥諸郎俱第一，風流前輩敵。玉人雙鞚華驄，翠雲深處消搖。有客留君東閤，時聞風下笙簫。

又梅

吹香嚼蘂，獨立東風裏。玉凍雲嬌天似水，羞殺夭桃穠李〔三〕。如今見説闌干，不禁月冷霜寒。壠上驛程人遠，樓頭戍角聲乾。

又壽叔父

英姿慷慨，獨立風塵外。湖海平生豪氣在，行矣雲龍際會。充庭蘭玉森森，一觴共祝脩齡。此地去天尺五，明年持橐西清。

又

向來省戶，謀國參伊呂。暫借良籌非再舉，談笑肅清三楚。良辰上客徜徉，奏篇猶記傳香。此日一罇相屬，它時同在巖廊。

點絳唇贈袁立道

四到蘄州，今年更是逢重九。應時納祐，隨分開尊酒。 婁舞婆娑，醉我平生友。休回首，世間何有，明月疎疎柳。

又餞劉恭父

綺燕高張，玉潭月麗玻璃滿。旆霞行卷，無復長安遠。　夏木陰陰，路裊薰風轉。空留戀，細吹銀管，別意隨聲緩。

又

萱草榴花，畫堂永晝風清暑。麝圍菰黍，助泛菖蒲醑。　兵辟神符，命縷同心縷。宜歡聚，綺筵歌舞，歲歲酬端午。

卜算子

雪月最相宜，梅雪都清絕。去歲江南見雪時，月底梅花發。　今歲早梅開，依舊年時月。冷豔孤光照眼明，只欠些兒雪。

訴衷情中秋不見月

晚煙斜日思悠悠，西北有高樓。十分準擬明月，還似去年遊。　飛玉斝，卷瓊鈎，喚新愁。姮娥貪共，暮雨朝雲，忘了中秋。

又牡丹

亂紅深紫過羣芳，初欲減春光。花王自有標格，塵外鎖韶陽。留國艷，問仙鄉，自天香。翠帷遮日，紅燭通宵，與醉千場。

好事近木犀

一朵木犀花，珍重玉纖新摘。插向遠山深處，占十分秋色。滿園桃李鬧春風，漫紅紅白白。爭似淡粧嬌面，伴蓬萊仙客。

又冰花

萬瓦雪花浮，應是化工融結。仍看牡丹初綻，有層層千葉。鏤冰剪水更鮮明，說道眞奇絕。來報主人佳兆，慶我公還闕。

南歌子仲彌性席上

曾到蘄州不？人人說使君。使君才具合經綸，小試邊城，早晚上星辰。　佳節重陽近，清歌午夜新。舉杯相屬莫辭頻，後日相思，我已是行人。

又贈吳伯承〔三〕

人物羲皇上，詩名沈謝間。漫郎元自謾爲官，醉眼瞢騰，只擬看湘山。　小隱今成趣，鄰翁獨往還。野堂梅柳尚春寒，且趁華燈，頻泛酒舡寬。

霜天曉角

柳絲無力，冉冉縈愁碧。繫我舡兒不住，楚江上，晚風急。　棹歌休怨抑，有人離恨極。說與歸期不遠，剛不信，淚偷滴。

生查子

遠山眉黛橫，媚柳開青眼。樓閣斷霞明，簾幕春寒淺。　杯延玉漏遲〔四〕，燭怕金刀剪。

明月忽飛來，花影和簾卷。

長相思

小樓重，下簾櫳。萬點芳心綠間紅，鞦韆圖畫中。　草茸茸，柳鬆鬆。細卷玻璃水面風，春寒依舊濃。

憶秦娥上元遊西山作〔一五〕

元宵節，鳳樓相對鼇山結。鼇山結，香塵隨步，柳梢微月。　多情又把珠簾揭，遊人不放笙歌歇。笙歌歇，曉煙輕散，帝城宮闕。

蒼梧謠餞劉恭父

歸，十萬人家兒樣啼。公歸去，何日是來時？

又

歸，獵獵薰風颭繡旗。攔教住，重舉送行盃

又

歸，數得宜麻拜相時。秋前後，公袞更萊衣。

校勘記

〔一〕西齋爲杏花寓言　原本無題，據乾道本校補。名家詞本作「杏花○或作春莫」。

〔二〕丹陽湖　原本無題，據乾道本校補。名家詞本作「洞庭」。百家詞本作「三塔阻風」。

〔三〕雨來篷底先知　「篷」原作「蓬」，據百家詞本校改。

〔四〕代五三弟爲老母壽　乾道本作「代五三宣教上母夫人壽」。

〔五〕庾樓陪諸公飲醉甚和向巨源任子嚴陶茂安韻呈周悅道使刻之樓上　原本無題，據乾道本校補。

〔六〕阻風三峯下　名家詞本作「黃陵廟」。

〔七〕桂州同僚餞別　乾道本作「同僚飲餞宜齋」。

〔八〕以隋索靖小字法華經及古器爲老人壽　乾道本作「以寶鼎隋人寫小字蓮經爲揔得壽」。

〔九〕爲劉樞密太夫人壽　「劉」字原無，據乾道本、名家詞本、百家詞本校補。

〔一〇〕臘月二十六日立春　「臘月」兩字原無，據乾道本、百家詞本校補。

〔一〕黄堅叟母生日　乾道本作「上黄倅宅太淑人壽」。

〔二〕羞殺夭桃穠李　「穠」原作「濃」，據乾道本、百家詞本校改。

〔三〕贈吳伯承　乾道本作「上吳提宮壽」。

〔四〕杯延玉漏遲　「杯」原作「柸」，據百家詞本校改。

〔五〕上元遊西山作　原作「元夕」，據乾道本校改。

于湖居士文集卷第三十五

尺牘

代揔得居士上相府

某一介遲莫，流落田野，去歲一拜光範，披露悃衷，即蒙某官特達恩遇，付以郡寄。闕期甫及，某敢以病自列，亟請祠祿。屬者又蒙相公起之閑散，復畀守符，拜命周章，不敢辭避。

仰惟相公光輔聖神，默運天綍，海內善類，悉歸範圍，元功溥博，隨物賦形，坯冶一陶，固無難事。獨某孤畸齟齬，過軫眷慈，委曲生成，倍勞造化，始終收拾，不待禱祈。某豈有才智術業動公相哉？直以某手足虧折，家事狼狽，憂患摧傷，其窮已甚，姑欲假此一官，奪之於寒餓之水火，此賜大矣！

重念某家世歷陽，兵火之後，未嘗輕去墳墓。昨者山陽之命，雖爲佳郡，然空道從出，使傳往來，某憂患薰心，難堪委寄，而松楸姻戚，又有淮東、西之岨焉。今兹寖丘，在他人得之，或以爲遠，特與某鄉黨氣俗相去甚近。頃伯氏初登科第，靖康假擾，攝尉期思，某也今懷太守章臨之，豈不甚寵。且祿優足以仁族，事簡足以養痾，使某自謀，不過如此。感恩荷德，負戴靡勝！惟當激勵綿薄，旦旦惟念布宣主上德澤，廣相公惠養黎元、輯和封疆之意。事有可爲，敢愛軀命？伏乞鈞察。

某之子孝祥，伏蒙相公矜憐成就，擢侍殿坳，復承闕員，暫兼書命。一緣鈞造，不出他門，孝祥愚鄙稚騃，何以堪此寵榮！然某早聞祖考之訓，子之能仕，父敎之忠，奉以周旋，罔敢失墜。謹當夙夜訓飭，使仰報君相簡擢非常之恩。皎然此心，有死無易！

陳太博

某伏蒙太博貺以緘翰，駢儷之文，語新意工。抑某也不足以辱此，執事者姑欲借烏有先生、東都主人以發其辭耳。又惟疇昔相從，則世俗之禮宜不必講；乃今不然，豈外之耶？不敢效尤，輒具幅紙。即日燕居多暇，台候定復何如？

某何者，敢冒清切之除？游揚之助洪矣！竊惟執事閑逸許久，以有用之才，而袖手旁觀，人謂斯何？北門西掖，行有寵除。頃戒諭山陽書，適家君丐外祠，故不果遣，而來介亦復不取回訊而去，長者尙亮之否？

闢開門受徒，横經問疑者日益，可勝欽嘆！能推其餘以誨之，幸也。

董守

廣陵自昔豪華，兵革之後，瘡痍未復，主上顧憂，謀帥甚艱。夫欲翼蔽淮甸，安集流逋，疆埸輯睦，而威令自嚴，使傳周旋，而趣辦不擾，非執事尚誰望哉？自聞十乘啓行，日欲具書問左右，因循未果。記室先之，辭義燦然，深佩隆謙，可量愧感。薄遽占謝，未究所懷。

蘇倅

某晚學，備數西省，已劇超踰之媿，偶茲乏使，又俾兼攝贊書，恐懼怵惕，亡以自容。所冀因來有以誨之，迺今不然，甚失望也。正學博識，當在本朝，久茲回翔，士論甚鬱。敢乞益護眠食，以須三節之行。

明守趙敷文

某頃寓居鄮郭餘十年，王母馮夫人歿，葬西山，皇妣孫夫人以婦從姑，而世父待制公、季父莆田丞公以子從母，皆葬其下，故家視四明猶鄉里。執事以慈惠之師，有來作牧，布宣德意，使田野按堵，民物康阜，則死者有知，抑將滲漉膏澤，安於地下，惟公念之。

歐公書豈惟翰墨之妙，而辭嚴義正，千載之下，見者興起，某何足以辱公此賜也哉！而又先正所藏，印色猶新，輟公秘笈，尤所懷感。

與宣城守

屬者伏承報政輔郡，易鎮大府，遴選之久，及茲成命既放，士大夫雜然謂宜，而某獨有歎也。夫道德高一世，文章追在昔，而徒以良二千石視之，使狹厥施于一州，將若之何？宛陵於今最郡，涪公八十字蓋圖經也，儻未即來覲，暇日徜羊詠歌，眞有足樂者，幸少安之。

嚴守朱新仲

某比者還，便奉眞帖并石刻二詩、龍溪序引，既再拜欽誦斯文之妙，三復卒業。又再拜曰，某何者，而先生乃欲教誨收拾，甚惠，而今而後，知不肖之身猶可自置於大君子之門，其不忍棄捐如此也。卽日春事已晚，不審坐觀事物之變，台候何如？某爲養竊祿，了無可言，何當侍前，少承耆德之緒論。引望齋閤，卷卷何極！

某春晚嘗具記謝石刻序引之賜，蓋委一親戚行，其人自臨安取間道入閩，未嘗至大府，以故其書不達，復以見歸。伏念某鄉里晚出，而於事先生長者之禮其略如此，則某既無可言者，然猶自列云云者，萬有一先生尚察其無它而恕之也。卽日不審台候何如？經綸德業，斂之一州，使年穀屢豐，閭里安阜者，固哲人之細事耳。某戇愚不學，資淺齒少，而今玆除授，乃先衆俊，朝夕惴懼。先生不憐而敎之，復被褒借之辭，謹再拜辭避，不敢當也。日俟召還，以既顧見之愫，敢乞覩時崇護，卽膺三節之行。

某皇恐死罪，敢言之，惟先生哀憐幸聽。某伯父凡三人，長尚書，次嘗得官矣。建炎俶擾，尚書奉大母馮夫人渡江，諸弟悉從；次伯父既娶，獨顧松楸不忍去以死，惟餘一女於某姊也。馮夫人以其無父母，愛異它孫，嫁嚴陵朱氏，有子曰俊乂。馮夫人屬纊時謂尚書曰：「吾憐二十九無孫，汝異時能官其外孫，吾不恨矣！」二十九蓋次伯父行也。紹興二十五年，伯父舍其子而官俊乂，用馮夫人治命，以爲己外生而任之；命下而俊乂之父死，今終喪矣，而其家日貧困。俊乂大母無恙，內外數十口，寡姊以書抵某言狀，某欲盡取以來，則寡姊義無委姑而去，欲周之則不給，朝夕思之，莫知所以爲計。伏念先生爲之師帥，使境內有一夫失所者，先生任以爲己責，況此十口嗷嗷，飢餓瀕死，先生不知之則已，苟知之，豈不惻然動心也哉！故敢冒布腹心，伏惟先生施大惠於不報之地。或有所謂醯局者，月得二三十千，使俊乂託其名而食其祿，以養其重親，以活其兄弟姊妹，以緩其旦莫溝壑之憂，以紓手足之念，則先生所以惠某者孰大於是！

某伏蒙寵頒四公遺帖墨本，語意眞切，字畫勁正，可以想見當時風俗之厚。先生刻之樂石以表章之，其於學士大夫惠矣，而某遂拜賜，尤極欣荷也。

某晚學叨恩，以榮爲懼，所冀肯賜某以言，使某朝夕服膺，周旋不失其身；而今玆溢於牋牘者，顧非某疇昔之望，怵惕移日。伏自惟念，豈不肖蒙陋不足以辱進於君子之列，而當世巨公不屑敎誨之也耶？不然，願有以賜之也。

明守姜祕監

祕監名德之重，學士大夫東鄉馳心，日日而望，曰：「庶乎公之來歸，式是百辟，吾輩之士有所因倚，典章禮文有所訂正。乃今猶未，何也？」伏惟詔追近在朝夕，敢以私告。

某伏自念，今世先達巨公，收拾寒畯，哀窮悼屈者，莫如門下，故有微懇，敢冒言之。郭世模者，自丱角相從，閎達辯智，溢于文辭，蓋嘗慕用屈、馬。平時議論不苟，志趣超邁，竊謂宜在門下士之列。世模來都干祿且二年，不肯一扣鼎貴人，乃不憚重江之阻，願走下風，世模之志勤矣。誠恐不能自徹，請於某以書先焉。某亦惟祕監未得斯士，故敢遂以爲門下獻。世模字從範，晉人。

姜叔永

某有一士，度叔永必喜與之游，請言之。晉人郭從範者，今年三十，能詩文，呂居仁、曾吉甫諸老先生至忘年，目之爲小友。年益長，文益奇，疏爽俊特，氣槪凛然，可畏也。僕童丱與之同硯席，相從十五年如一日，盃觴流行，十紙立就，清婉精緻，若宿造者，蓋於文無所不能，而又敏妙。來中都調官，再歲未有得，深慕祕監。亦惟公父子平時所以取士，抑從範決不遺，雖微某之言，亦將以爲上客。凡其人之可不可，某不敢重言，惟叔永自知之，亦不敢以交游之舊而欺門下也。

紹興王與道

某伏承尚書以八座舊德，內閣隆名，出節建牙，往殿東道。雖老成暫去，搢紳貪戀，然藩屛強固，王室益尊。某誤叨恩除，屬有謁制，不果躬造門闌。敢謂謙光猥賜降臨，感懼交并，無所容措。倘期朝著獲望羽儀，少敍悃愊，謹此仰布下執事。

台守沈德和

獻歲發春，共惟開府云初，神扶斯文，台候萬福。伏念江干一見請辭，拳拳戀德，厥明將再造詣，拜所賜教，則舟馭既凌江矣。丹丘、赤城，今號輔郡，蓬萊雲物，仙聖之所出沒，可以朝夕賓接。祕監以當世名德，均逸剖符，儒者之榮，何以逾此！顧如公宜在本朝潤色王度，不應待奏最而歸耳。即日某爲養苟祿，無可言者。日佇召還，敢乞視時珍護眠食。

于湖居士文集卷第三十六

尺牘

與池州守周尙書

某獨學寡聞，涉道甚淺，願從當世先生長者受業解惑，發其蔽蒙。尙書宗工鉅儒，爲薦紳師表，一經品題，便作佳士。某竊懷執鞭之慕，寔自稚齒，有志莫遂，曠茲歲年，引向下風，此誠難喻。

尙書德宇純粹，道心精微。古學淵奧，包羅象數之表；辯知宏達，超軼英豪之右。入侍帷幄，出分顧憂，名績隱然，聞者爲起。顧聞明制，趣還廟堂，增重本朝，華夷震叠。幸甚。

某晚出寒鄉，叨陪諸彥，爲郎滿歲，躐侍殿坳，此皆先達者雋過聽妄庸，褒借吹噓而上聞也。惟是獻納責隆，大懼無以稱塞盛指，苟未棄捐，有以敎詔，使免于戾，敢以請。

某自聞尙書舟虞出峽，建牙江表，日欲具一紙書問左右，是致疇昔景慕之懷。敢意謙尊先垂雲體，軒昂滿幅，若接光塵而傾意氣，拜嘉問章，弗獲辭避，有愧而已。還使匆匆，萬不及一。

與廣帥蘇龍圖

惟黃州之後，奕世載德，執事又以文行政術爲名公卿。番禺以南，華戎錯居，蕩以鉅海，持節作鎮，未閱歲年，威讋島夷，琛賮充溢，颶霧屏息，人無疾癘。勳績之茂，當有殊賞。願觀三接之寵，抒所蓄積，以補遺闕，亦使故國喬木之望增重本朝，幸也。某拜謁未期，敢以崇養爲請。

與廣憲

某傾聽中朝薦紳之言，獨嶺南去國數千里，奉使有指，乃屬執事，上無復有憂矣。某願見君子請所以養士民之術，其路無由。伏惟治績之美，諸公當有裹言，尺一召還，遂將承接。

答吳子仁

某辭奉光塵，坐彌歲月，歸鄉盛德，勞於夢想，獨因循少暇，只尺之書不時登於師門。敢謂謙隆賜以翰墨，慰薦華寵，甚非門人弟子所宜蒙被，辭讓弗獲，盤辟踧踖，有愧而已。伏蘄幸察！

某晚〔出〕（山）寒鄉，首蒙中書舍人先生收置門牆，待以國士。今兹誤叨朝選，蹤據要津，寔執事者爲之權輿。共惟此恩，何以圖報？惟當金石一心，期不累知己爾。

先生德業之盛，固不待稱贊，置之左右，誰曰不宜？而曠日于此，徜徉閒居，雖高懷曠達，觀物之初，不以用捨繫心，然使天子不盡得賢，烏乎可哉！伏惟廟論當有褒言，吾黨之士，旦旦而望。

答吕教授

遠赴濠梁，已臨魯頖，諸儒得明師，斯道有託，甚善。同年兄德履純固，學問淵博，正宜師表膠庠，遺之諸侯，非所稱也。廟堂當有褒言，顧少俟之。

遠遣書尺，撫存甚渥，仰認眷意之厚，然有疑也。同年義均兄弟，不當變緘，四六語寵則寵矣，情則甚踈，豈少誤耶？不敢效尤，輒自削去，非簡也，惟深亮此意。

答范司戶

〔損〕（捐）書甚寵，非所當受。又惟晚學冒進，來敎以頌不以規，大非疇昔冀望於同年者，藏去悚仄而已。秋氣高潔，伏惟坐曹清暇，體中勝常。某出寒鄉寂寞之濱，濫超衆儁，寔自知其不可，而公朝乃以備史官之闕，朝夕惴惴，非朋舊推揚之過有是哉！伏紙無任愧惕。

答樊憲

恭以學造聖涯，文傳正法，所宜在上左右，抒發嘉猷，以輔敎化。奉使遠方，輿議誠鬱，願聞明詔，入踐禁嚴，吾道幸甚。

某晚出寒鄉，叨陪諸彥，爲郎滿歲，躐侍殿坳，玆蓋先生長者奬與延譽，轉而上聞，訖用臻此。第獨學孤陋，誤當獻納之地，亟辭弗獲，震悸靡寧。尙惟大雅豈弟博約後來，有以敎之，幸甚。

間者闊焉，不奉書記。敢意謙勤委以翰墨，粲然黼黻，增賁陋質。寵則寵矣，稱塞謂何！不腆之辭，少陳愚戇，非敢言報也。

答衢州陳守

某敢冒言之：公之屬縣吏喻其姓者，子才尙書郎之子。子才與家君游，相好也；某爲郎時，子才爲同舍，不以某不肖，忘年顧接，又好也。今其子以薦及格，當詣考功，誠恐吏持微文，濡滯其行，望賢史君哀憐之，俾以時受代。子才老矣，舐犢之念切，人誰無子，惟賢史君哀憐之。僭越恐懼。

與冀伯英

伯英有志于學，其始也正，然僕於伯英厚，有一言願以獻也。夫學如積水，其積愈深，則其流愈遠。若曰「我如是，是亦足矣」，吾恐溝澮之盈，其涸可待也。吾里有子史子，伯英盍從而問之。

答元簿

某與公別，閱再歲，亦聞至涇既久，念遣一書致殷勤，不可得也。委敎先之，陳義甚偉，禮文繁縟，施之他人可也，而僕與公將安取此哉！愧感不勝言。高才正學，又輔之以家傳，沉涵停蓄，益大以肆，少須俟之，卽有褒擢矣。

某百無一有，忽躐據英游馳騖之地，譬如寠人，無故而得千金，鮮有不作奇祟者。得深卿書，意甚憐而敎之，乃溢于牋牘者皆頌而不規。深卿猶爾，他人尚安望耶？不敢當。別駕先生才一再見，今已揚旌東上，安問必絡繹于塗也。所甚喜者，又識少公；所甚恨者，深卿在焉耳。

與淮漕

某官以清介律百吏，以忠厚恤祥刑，推布德澤，敷錫黎庶，列城幸矣。顧舊德宿望，上所倚注，宜朝夕左右，論思獻納。某備數于玆，猶得瞻風采於朝廷也。

與舒州王守

龍舒，兩淮名鎮，治道清淨，民以寧壹，甚盛德也。惟梗亮之操，純茂之氣，薦紳仰爲儀表。當還本朝，增重形勢，斂惠一州，非其所耳！佇慶三節之行，賓客之舊，當先衆人候見於國門外矣。

與淮東吳漕

某輒有白事：海陵從事晏鼎，元憲之世，尙書之姪，篤於節義，守其家法，賢矣。久罹憂患，甫得此官，而遇明使者當路，以身受察，幸也。惟執事激濁揚淸，賢不肖無所隱，亦惟部有此士，似未可以衆人視之也。某未見君子，敢冒言之，罪且安辭？

與王越帥

某望元戎軍府一水耳，繫官于朝，莫覩橐兜戟纛威儀之盛，馳神而已。春氣漸融，伏惟藩屏王室，談笑有餘，台候萬福。東人受賜，日益深厚，宣室思賢滋切，廟堂俱有裏言，趣召來歸，匪朝伊夕。敢願保綏至和，以俟三節之行，幸甚！

某敢有白事：忠州文學江蹈，雅有學行，齟齬不偶，眵昏頭白，僅得攝官。去冬自三衢徒步入闕，已參吏部選，亦嘗奉祠太一矣，適嗣歲多休假，待命兩月，部中乃告示須由本貫州縣次第保明，方應格法。勢極狼狽。謹取其錄白一宗文書拜呈，敢望台慈亟賜報發，庶使羈旅得免滯留，一官得調，皆門下之賜也。其人敕牒已經部中驗視，去介不敢附託，併蘄台照。

答劉司戶

甲戌期集，纔一再見，廣衆不容接款，旋各引去，于今悵然。初亦不知安所居，調何官也，故尺紙不至左右，慕用之誠，何自見哉？高義絶倫，遠貺翰墨，反復把玩，若握手相勞苦，喜可量耶？獨謹厥藏，永以爲好。

元賓之文行，不當爲諸侯客，豈天欲厚所養而遲其進耶？潯陽江山追尋昔人感概處，政自可以資弄筆，亦何有不快於一出入息頃哉！願少遲之，當有爲元賓稱於朝者。

于湖居士文集卷第三十七

尺牘

董總領萃

某伏蒙損敎華寵，仰荷睠予，三復感著。京口重鎮，宿師如雲，恩威流行，形勢增雄，賢於長城遠矣。惟是潛藩舊賓未登侍從者，執事等一二人耳，此豈久于外寄哉！況兹明試，備著勳績，所當褒擢，爲奉使典州之勸，又非獨以恩舊用也。式遄其歸，副此羣徯。

虞并父

某自甲戌期集一見君子，卽爲萬里之闊，雖聲迹差池，藐不相聞，然意氣相傾，殆若朝夕與游處者。再來中都，多見蜀士談道文行器識之偉，且言渠州之政爲西南二千石最。念當何時見之？居悒悒也。屬聞大臣論薦于上，有詔徵還，旦旦以望舟虞之臨，期與朝士大夫爭先快覩。既審至國門，復以微恙滯留，欲遣問訊，因循未果。昨在掖垣，知賜對有日，方喜神明淸復，對敭寵靈，忽奉誨告，陳義溫密，褒稱過情，某拜嘉不獲辭，有愧而已。

凡蜀之士文德名世者，自漢以來，何代無之，本朝獨盛，頻年尤輩出，而吾同年兄又蜀人甲乙推者，伏想發揮遠猷，克合上旨，遂躋淸切。某托契不薄，與有光焉。謁制是縻，無緣造請，朝路解后，瞻際有懷，併須面致。

張大監

歲晏苦寒，共惟神扶偉榦，台候萬福。伏念某二年中都，數獲款侍，仰蒙篤宗盟之契，奬予非它人比，感激恩義，銘鏤不忘。大監尊翁以老成舊德，儀刑本朝，乃慕從赤松子游，褰裳去之。寓直祕府，均逸閑館，高名全節，照耀宇內。惜乎上東門外，祖席不張，洛陽丹青，未傳繪筆，爲闕文也。豈諸公貴人欲挽留行軒，未遽許遂終然之志，姑以是致意也耶？一自請違，已再旬浹，尊信道德，卷卷蚤莫。卽日某錄錄官下，爲養苟祿，無可言也。日望詔起，慰此徯佇。

代揔得居士回張推官

某承喩宗盟，深悉雅意。某家世歷陽之東鄙，自先祖始易農爲儒，或云唐末遠祖自若湖徙家，蓋文昌之後，文昌諱籍，見於唐書，烏江人也。紹興初，某宦學吳中，拜識司勳，以先人與司勳有鄉里學校之舊，寔父執也，遂拜司勳視拜叔父之禮，亦猶曲江通燕公之譜系云爾。茲承嘉命，敢不奉以周旋也。

胡帥

屬者公在新安，嘗因還使寓一紙書。異時公易鎮淝水，某家在歷陽，於公爲部中民，乃未能奏記典籤，先辱下教，以感以媿。即日不審臥護邊瑣，天相忠勞，台候動止萬福。孝肅公一代偉人，名蓋夷虜，其忠言嘉謨，既已行之當時，補袞職而起民病，遺稿所傳，又當使凡爲士大夫者家有而日見之。乃今先生所以發揮之意有在於是，於名教甚惠，某亦與拜賜，幸矣。編修所載王定國甲申雜記一事，寔某錄以遺潘思濟，恐欲知也。先生政聲流聞，行矣召歸，更乞視時節宣，垂副傾禱。

淮西吳漕

某側聞鄉里耆舊誦說，執事之政嚴而不苛，寬而不弛，吏畏民愛，從容辦治。某愚不知古，不知西京所謂循吏定能如此否？屬者朝廷深知歷陽治行，謂此兩淮凋弊之民，欲拊摩生聚之，必得豈弟慈祥如門下者。朝廷取二千石高第趣建外臺，俾專刺舉，昔之聯壤地者，今受察下執事，簡注深矣。伏惟君侯推所以惠歷陽者惠兩淮之民，又將以惠兩淮者惠天下，天下幸甚！昔者某是部中受賜一人之數，今猶昔也，伏惟執事尚終芘之。大人家毗陵，以私幹暫至某官下，謹自具啓狀。

某比承擢自守藩，將漕兩淮，惟玆西州，久孚惠政，不勞設施，坐以無事。某也託芝蘭之契，脩桑梓之恭，嘗附啓緘，少陳賀喜，今計關徹矣。

某晚出寒鄉，誤蒙拔擢，爲郎滿歲，遽躐殿坳，寔緊推揚褒寵，訖用臻此，辭不獲命，踧踖靡遑。重勤賜敎，禮文繁縟，益深感著。薄遽占謝，未盡萬一。

淮鄉百戰之餘，雖朝廷委曲調護，然瘡痍迄未平也。矧兹歲雨暘不時，農末俱病，夫欲輕徭薄賦，振廩勸分，布宣寬大之恩，類非俗吏所能，非執事尚誰望也？仰恃末照，輒敢肆言，亦明使者周爰咨諏之意乎，恐懼而已！

家君頃掾海邦，寔獲事先公莫府，又從公家諸父游甚厚，小人於門闌不爲無事契也。平昔未遂識面，而今兹乃得公爲吾父母國之宰，抑何幸耶！方念遣書，竟先委教，意親禮縟，非所宜得，感愧而已！

蔣烏江

烏江罹頃歲寇盜，視它縣尤酷，遺民當平時百一二，歲輸王官才吳中中人一家產。而往者置吏數不良，更侵漁之，盍不聊生矣。天其或者否極則泰，而執事寔來，下車屬爾，而仁聲義氣已敷與旁薄於百里之内，可賀也。上方深詔中外舉縣令之最以勸，願執事勉之而已，無替其初，勿謂烏江遠而有不聞，幸甚。

某比得家君書，具道長者調護之意甚厚，感著亡斁。政成事簡，亦復有追游之樂否？項亭面山枕江，四時風煙，皆可以寓目。若湖渺漫百里，方舟載酒，不減水鄉勝處。異時民與官不相安，則此地皆愁嘆呻吟之迹，今日賢令尹過之，何往不宜也。

與黄監廟

某昨者伏蒙某官不鄙夷之，臨顧甚寵，且獲略聞議論之英發，咸服亡喻，奉告又教以藥石，益用歎仰。蓋某以爲且莫之憂者，惟執事同之。武陵始不知其悍驕如是，退乃得其顛末，方此料理，則諫省既奏疏矣，勢當復更定也。未遽西去否？儻尚再見，何喜如之！侍傍願致下悃，此紙勿以示餘子，甚幸。

定海趙丞

某每聞親庭稱賢，得之仲父尤詳也。中間來朝，蒙訪尋，適以齋祭，不得一見，至今歉然。遡風長懷，有辭莫謝。既辱鄉里末契，而舍弟復得聯姻魏公侍郎之家，益托餘光，喜可知也。承已及瓜，行且代歸，何當此來，冀遂款密，區區併須傾盡。

高應辰

某寒鄉晚出，内覗歉然，不知何以受知丞相而驟兹特達成就之，共惟此恩，不可論報，不可稱載。意者七兄以某辱在末契，愛忘其醜，侍坐之間，嘗借餘論有以薦進也。自冒恩除，粤今由昔，恐懼踧踖，又不果詣光範稟謝，長者乃貽書問勞，益用慚感。伏念不獲命也已，將終始覆護之者，舍師門尙安歸耶？應辰念之。

李文授

某欽服參政名德，師表一世，家法脩明，昆令季彊，而執事好學自立，又八龍之無雙者也。蓋欲納交，未敢耳。昨從範道左右過相〔推〕（椎）與，頗傾意氣，某何自得此，感概不忘也。屬有謁制，無緣造門，休沐之日，願賜臨焉。

監司

主上獎用仁術，敷求民瘼，故出節遣使，循行郡國，吏自二千石咸受察焉。執事以通才正學，肅將明命，宣上德，紓下情，海山幽阻之民，如在輦轂。嗣聞賞最，趣還漢京，發所蓄積，以裨遺忘。幸甚。

某寒鄉晚出，獨學寡聞，備數省闈，日虞顛躓。敢圖誤寵，擢置殿坳，靡獲懇辭，若爲稱塞？伏惟門下既已委曲推與，訖用臻此，復當藥石傾盡，俾免于戾，幸也。

某伏蒙遠遣騎吏，馳貺書勝，辭采絢麗，旨趣粹密，溫其如德範之美，使人意消矣。獨愛忘其醜，褒稱過情，藐然陋質，豈堪黼黻，愧感無以諭謝也。

帥臣

長樂軍府之盛，甲於諸鎮，地以古雄，寄以遠重。某官櫜兜戟纛，長茲成師，兵政整暇，治道清淨，隱然金湯，夷夏震疊。佇觀疇庸，歸侍帷幄，丕振賢業，益尊主威。幸甚！幸甚！

謝景思

屬者某官會朝漢京，奉萬年之觴，某數望見於殿門，雖接侍闊疎，然一瞻德範，固使人意消矣。使節還臺，坐閱弦晦，寤寐緒風，西鄉獨寫。

某始學操筆時，侍御者固以文章議論爲英俊稱首，翺翔中都，風采暴然，今爾許時矣，而猶爲此官，可爲永嘆。上方兼覽賢豪，追錄勳舊，人門並用，非公誰宜？行有褒言也。

某待罪省闥，日增愧懼，豈期假寵，躐侍殿坳，此必諸公長者游談過助，轉而上聞，故有是也。第獨學寡陋，而冒論思之職，將何以稱塞明詔？惟無遐心而有以告之，又幸也。

某伏蒙遣騎馳貺華緘，粲然黼黻，下賁孱懦，斯榮也，祇以重其愧也。不腆之文，謹以薦意，匪敢爲報，願賜觀焉。

趙南安

執事以諸王孫與寒畯角逐，取科第，赴事功，今五十年矣，而猶爲二千石，公論稱屈。時方急賢，公卿薦引無虛日，卽有褎言也。茲承積閥閱，賜三品服章，服與德對，是可貴也。無緣敍慶，但切馳情。

妙喜

賢上人歸，具書因循，久不嗣問，瞻仰良極。卽日不審何如？伏惟於慈悲願海爲大津梁，清涼寶山散甘露雨，有識無識，隨見隨聞，悉皆濟度，悉皆解脫。弟子無緣頂禮，徒勤善頌，謹狀。

于湖居士文集卷第三十八

尺牘

左相送御書奬諭

某微賤不肖，早上輒冒齊斧之誅，敢以奬喻石刻爲請，重蒙某官恩慈下及，即日分賜。共惟聖君褒字之褒，所以發揮元宰天人精粹之學，昭示萬世。某何者，迺於私家獲藏別本，榮光焜燿，里巷增輝。卽容躬詣鈞屏敍謝，仰祈鈞照。

左舉善

先生在西湖烟雨中與南北兩孱顏晤語，而小人坐塵海，此仙凡殊途也。猶且寄聲相勞苦，此意豈可忘哉！明若得暇，當走隱居，又須遣西子濃抹而迎前，復淡粧則難行矣。

汪季通

辭奉名誨，坐閱歲時，瞻遡卷卷，有懷莫寫。浙河東西可朝發而夕還也，書牓闃然，夫復何托？獨相與傾意氣，則固若同席接膝之密。頗亮此意否？

季通人物學術當亟登館閣，而猶爲此官，豈天將厚其所養，故遲之耶？退食雍容，專意己事，涵泓演迤，不可涯涘，使人望而歎耳！

某蒙示書辭，甚厚，第牋啓過禮，未敢祗命。同年義均兄弟，而復有此耶？豈如上林、子虛，姑藉此騁辭乎？不然，則繆敬而欲其疎耳！某不敢効執事之失，輒自削去，非簡也。自兹仍望以幅紙爲約。

都吏部賢知賢也，某豈敢開薦口？姑欲贊都公得士，繼此當作記累左右。

張侍郎

侍郎自布衣以道德文章師表天下，又卓然以公輔之望歸先生者餘三十年矣。大而不容身，婁挫而道益伸，今雖里門宴居，朝野善類恃公以爲主盟。敢乞精護寢興，垂副蘄鄉。

某童無所識，皎然此心，願以身自託於門下，庶幾不爲小人之歸。惟古者弟子所以承師之義，未嘗以書傳也，今乃一再拜敎，溢于牋翰，顧皆非某所宜得於先生者，蓋未嘗承顏接辭，則宜先生之不知某也。先生儻有收拾之意，繼今以往，請受命。

磨勘謹馳納，初欲就此積閱，再下朝奉郎，旣料理矣。而來使踵門，云先生今受告，當以表謝，索此書亟。某不敢復留，文書復來，願以見諉也。

與國章守

某皇恐，春夏之間，使者會朝漢京，某數以望見爲快。彌時曠於馳問，坐有傾遡，所臨遠在江表，介於大都，隱然爲長雄者，以人重也。方今急賢，計有褢言，惟冀崇衞，以須召節。

吴尉

某獲與春卿同登科第，又得從執事游，雖未暇朝夕晤言，然意氣相傾，則如平生驩矣。瑰偉之辭，永以爲好，時一把玩，如見德人也。何當再集，遡風獨寫。

執事潛心正學，志其遠大，至於翰墨餘事，猶超軼絶塵如此，眞吾黨之士所敬畏者。而損書云云，猥相俎豆，大過所望，又不敢辭，有愧而已。匆匆脩報，言不盡意。

臧宰

洪左史於人謹許可，獨稱執事之賢不容口，士大夫𨽻來者，又皆道撫字慈惠之美，願托從游久矣。何當胥會，遡風獨寫。

張仲固

朝廷方留意縣六百石，戒飭奉使典州，使以最聞。有如治行，正當舉以應詔，何尙未聞也！

某昨者公在寶婺，一書往來，久不嗣音，但有愧悵。某疎遠，忽蒙恩除，躐據通津，此鼓鐘饗鶢鶋也，豈平生故人揄揚過實，轉而上聞耶？貽書甚寵，尤見交游相予之意，獨以頌不以規，非所望耳。薄遽未盡謝意，伏惟恕察。

大資政歸老于家，子弟固將寵焉，矧某官學行志業自爲羣儒稱首，儒先學宿，皆所推讓，其擢用固無疑矣。而召節尙稽，所未諭也。

代揔得居士與魏彥誠

某請違德誼，欲忘歲月，昨者執事初還位著，馳書賛喜。伏蒙報教，所以崇篤眷撫之意溢于牋牘，區區感銘。屬鼠輩聚寇光、黄之間，被旨督捕，孟冬首途，此月旣望乃歸。坐此疎於嗣問，顧尊鄉之心則不然也。伏冀垂察。

主上深念淮壖之民，生聚敎訓有年數矣，而疲瘵之俗，迄今未蘇，乃眷北顧，以執事專刺舉撫綏之任。伏惟開濟之資，追紹前輩，豈弟之政，爲時吏師，斂而施之一方，直餘事耳。而某也迺得分末光，丐餘潤，以免於戾，其何幸如之？伏惟財幸！

徐給事

某皇恐死罪，因循遂疏問訊，但得之往來之人。先生既遂雅志，意況益佳，微恙滋以平復，父子相視喜慰，抃躍一再，從養正書中獲聞動靜，尤以釋懷。即日秋氣凄厲，恭惟宴坐觀物，神扶耆壽，台候萬福。天子傾心以須，大老引疾婁辭，迄遂掛冠之高，樞極久虛，人望彌屬，願臻六氣之和，以俟黄麻之告也。

某爲郡既無善狀，而水災横被數州，一目千里，飢民不溝壑即爲盜必矣。控請于朝，乞閣官税，既荷恩許，但常平秭廩已竭，仰哺之人無數，去麥秋甚遠，其將何以濟此也？邊報無它，吳中亦復觖秋田之望，奈何！親庭已自具書，侍見未期，伏乞導迎鴻祉，倚須枋用。

賀參政

仲冬之月，嘗具劄子仰干鈞聽，負罪屏處，不敢時以姓名自達。惟是區區尊依盛德，慕用恩紀，朝夕于心，未始間斷。歲律行盡，恭惟旄麾在道，天相忠賢，鈞候動止萬福。

參政先生全名高節照映夷夏，揚歷三朝，聖天子深所倚賴，肆攽明命，往聘殊鄰，將使中原遺老，瞻望馬首，益堅思宋之心，天下幸甚！某出入門闌，積有年數，獨恨不得充傔從，效奔走，引睇行府，神爽飛馳。政此苦寒，敢乞爲宗祏生靈加衛啓處，亟聽來歸。

大人昨蒙朝廷委捕黄賊，今遂擒馘而歸。但日來所聞北耗，政爾紛紛，伏想廟算自定，應之有餘。某官歸期必在三月，載筆爲誰，或云曾中躬亦在行途中，可以陪燕譚也。子雲近嘗得書，嘗至舟次迎拜否？

徐左司

某自頃拜書，候使節之歸，旋卽侍親來宣城，異縣客寄，憂虞萬端，杜門不敢與人事接，是故久疏遣問。忽拜眞帖之貺，亹亹數百千言，駢珠叠璧，寠人之所未識，又得之於留落放廢、衆人躪藉之餘，有懷感著，當如何哉！麥秋欲晴，旣晴輒雨，不審去天尺五，台候起居復何如？伏惟參釐萬徵，嘉政美澤，陰被宇内，宜有福祥來相君子。

某屏迹諸況如前所云，但得水菽足以養親，藜藿足以蓄妻子，無諸病則已。官屋雖敝，然某遂假以爲逐臣之居，恐復有以爲罪者。環視茫然，不知所計，長者將何以教之也？

彌綸中臺，亦旣更歲，華問休暢，善類引望大用，猶稽此何爲耶？吾儕小人，尤日日以冀也。長公浙西之除，直爲歸覲之階耳。方丈比得書，手足之戚殊不能堪，畿右之行得免，長者必賜調護也。瞻望雲霄，邈然未有侍見之日，仰乞爲斯文崇養，亟聞除目之播。

某鄉來奏記已，而郵筒拜初冬所下敎，政以大人去官，因循不辦治報，愧惕。漠北之還，聞諸道塗，長者盡得其要領，以復于上，伏想廟論必已制勝於萬全，然則在我之策，孰爲之先耶？往者大人効官邊鄙，二年其久，虜之情僞，知之爲詳，輩以所見聞於朝，獨以疏遠不賜省察耳。今茲放逐，尙口乃窮，豈敢復有云也！諸賢輻湊來廷，強國尊主，眞成餘事，如某輩得一廛躬耕，自食其力，父子團欒，畢命丘樊，它何敢知耶？伏惟長者尙憐其情而照之。

于湖居士文集卷第三十九

尺牘

劉兩府

某幸甚，昨者江行，遂獲進拜棨戟，恭惟領軍開府相公道德勳業蟠際天地，內洽草木，外薄夷虜，中〔興〕(與)以來，一人而已。況珠幢玉節，奉詔東下，先聲所曁，山川震疊，賓客如雲，冠蓋相望，士於茲時蘄一望塵而拜，猶恐無因而至前。某也晚出不肖，又方放棄湖海，持剡修謁，亟蒙賜見，溫顏顧接，已過涯分，既又親屈英衮，從以千騎，訪之於寂寞無人之境。經綸之成謀，宏濟之英略，開示紬繹，了無疑間，卓乎偉哉，弗可及已！

嘗病茲世峨冠結綬，車載斗量，皆齪齪爲身謀，不足與共事，無強人意者。自承恃相公以來，於今十日，竊自慶抃，迺知名世篤生人傑，湛乎淵渟，崒乎嶽峙，至於得時而行，雷厲風飛，桑蔭不徙，大功克建，則亦斂然退託於不能之地，弗以一毫留胸次，求之古昔有道之士，從容應世如此耳。即日不審次舍何地？上思見公，與百執□□士女望公之來，何啻渴飢，恭想小留鎮江，亟以介圭去朝帝所。區區有懷，顧非筆舌所能宣盡，姑致歸鄉之意，仰冀憐察。

代摠得居士與葉參政

某仰惟相公昨者登貳西府，有識之士固已相慶，知相公非苟富貴者，得時而行，必大有以慰中外之心。既而又相慶曰：「虜之情僞深矣，相公親涉其庭，且究知之，將爲上盡言。」於是相公來歸，天下傾耳以聽。迺七月丁酉，相公進長樞庭，而郵置所傳相公避遜之章，所以復于上者，蓋卓然以今日之事自任。又傳聞相公歸自北鄙，卽於昕朝力陳機會之不可失，黠虜包藏，宜深爲備。天聽旣回，國勢自尊，帷幄所籌，罔不慰愜。社稷幸甚！生靈幸甚！

竊謂朝廷狃於和議將二十年，小大之臣以兵爲諱，軍政不修，邊備闕然，長淮千里，東南恃以爲藩籬者，一切置之度外，而彼犬羊之聚，鏖凶嘯毒，未嘗南鄉而忘我。自去春榷場廢，朝廷始聳然，知虜意之所在，將深圖之。而上下議論或未然，一日復一日，又至于今。今事迫矣，天其或者將遂悔禍，貽我宋中興之基於萬斯年，用是降大任於相公，當是責也。

左丞相湯公忠貫日月，精慮微一，食息之頃，未嘗不憂念國家，未嘗不垂意人物，而往時諸賢，人各有心，或未知同寅協恭，以濟鴻業。今天付相公以此事，上意如此，天意如此，相公之與湯公，詎可不深鑒往事，惟和惟一，以共圖休功也哉！伏惟相公深念之。

飢者易食，渴者易飲，中原之人困於暴虐，困於旱蝗，困於力役，死者比屋矣。遺民思宋之心，如遭水火而望救援，其勢已急，千載一時，間不容髮，伏惟相公深念之。

紹興初，諸將用兵淮上，〔亳〕（毫）、泗、徐、沂之人，簞食壺漿以迎我師，師退，虜復取之，即盡屠其人以泄憤怒，然民終不悔，它日我師至焉，其迎我如初。去冬蔣州王俊但假托本朝名字，淮北之人信以爲然，自蔡、〔潁〕（穎）至于河北，尅期響應，會俊敗獲，事雖不克，然以此可見吾民之心。今我以一旅之衆渡淮，則彼之鋤櫌棘矜皆爲吾用，建瓴破竹，莫捷於此，獨恐朝廷憚於先發耳！伏惟相公深念之。

王、戚、李三將忠勇自力，義無返顧，然發縱指示，必惟其人，宜得大臣一其節制。事當豫定，若必待赤白囊至而後爲之應，將無及矣！伏惟相公深念之。

今日議事之臣翫歲愒日，以相公與左丞相之所建立爲不然者，以十人而九。秋冬之交，虜或未動，則是議者必雜然謂邊頭本無事，湯公、葉公過爲之謀。又將自怠以弛吾備，以挫奮義者之心，患將益深，悔且噬臍，伏惟相公深念之。

某憂患摧傷之餘，所欠一死，登相公之門，蓋自蚤歲，晚節末路，獲備使令，受任之地，寔在窮邊，平生志願，庶其少見於此。去歲單車赴古蔣，適丁互市之變，已而蒙恩攝帥除漕。某生長淮甸，知虜之情必不但已，日夜究心，心思爲之憊。蓋嘗縷縷白之廟堂，至于十數，丞相湯公深以爲當，然而某人微望輕，動輒齟齬，或者反以爲罪，坐糜歲月，徒自慨嘆。今者相公既專宥密之寄，深思熟慮，日不暇給，將以攘外侮而隆內治，於斯時也，竹頭木屑皆所不棄，況如某受知之深者哉！父子百口，畢命驅馳，指天誓心，罔有二事，伏惟相公憐而察之。伏紙不勝忠憤激切之情。

廟堂劄子

仰惟先生於從容無事之時，不動聲氣，爲聖天子建萬世之長策，遠視古昔，寔所創見。一昨丙子詔書既下，雖窮山幽谷，婦人孺子，亦皆感泣，蓋所以慰率土之望，昭在天之靈，杜紛糾之源，一視聽之歸，再造炎圖，端自此日。而今而後，知黠虜之不敢侮我中國，諸將之不敢輕我朝廷，國勢日隆，主威日振，而先生之道德勳名，能言之士所不得而稱載也。某負罪屏處，不得拜伏光範，爲天下賀。然竊喜恩地茂勳先立，使某啜菽飲水，槁死巖谷之間，猶有榮耀。伏惟財幸。

湯丞相

某比以本路水災如許，飢民無聊，復迫夏〔稅〕（秋），流離道路。圜視無策，乃卜中元節，用道士說肅齋三日，醮於府治，奏章祈恩。二十有五日，本路漕司奉堂帖許令檢閣夏稅，而得旨蓋十六日也。恭惟聖天子出神天之本眞，應帝王之興起，我大丞相以侍宸列仙，來居上宰之位，乃今蟣虱微臣，冒昧有請，緑函胥升，皇澤朝下，垂應如響，恩惠濃浹，卓異之事，實爲創見。某與此路數十萬生聚望闕扣頭，不知以何仰報帝力與我相公全活之功也。幸甚！幸甚！

某在此雖極力以治荒政，但賑給二事，徒有其名，無以徧給。今獨有修圩一事，朝廷所當加意，蓋今年圩不修，則明年江上無田，無田則無民矣。修圩藉民力，民藉官給之食以活，而常平米既無餘，則圩亦無自而修，故今日急先務，莫若於江上得熟處廣糴，轉江而下，積之蕪湖，以須水落興工。此事參政周丈頃在太平，知之爲詳，伏望恩地速賜經畫。米不欲多，得二十萬斛庶可從容集事，伏望大丞相念之，不勝激切之禱。

又劉兩府

某竊瞻國之盛衰，必觀諸人望之用舍，謝太傅消搖東山，雅意丘壑，當時議者顧謂「安石不起，如蒼生何」？言若大而夸，然卒之成肥水之功者安石也。裴中立以讒居外，兩河諸侯浸淫問鼎，中立復相，忠者懷而强者畏。人望之用果如何哉！

自五月來，朔方傳聞洶洶，豈惟自江以北，百姓束〔擔〕（檐）以待，而江、淛之間，亦復騷然。

忽有郵書報相公開帥府以號令諸將，制冊揚廷，恩禮赫奕，凡士大夫與夫閭巷之民、田夫牧人，莫不歡喜奔走，更相告語，以謂相公既用，則吾事必濟，無復憂矣。至於赤籍伍符，則又踴躍抃厲，以有赴敵致命，義無却顧之意。黠虜震懾，先聲所暨，奉頭鼠竄，遺魂落膽。烏乎休哉，古未有也！

恭惟某官不世之功成在旦夕，便當肅清宮禁，祇謁寢園。某無似，庶將載筆後車，草露布以俟獻也。

某以久不省祖塋，自宣城暫歸歷陽村落，一二日復西上矣。民間恃相公近在維揚，皆得自安。惟是民兵一事，朝廷憂懼，近日復有約束，分隸諸軍，田野之人，愈更皇恐。孔子曰：「以不敎民戰，是謂棄之。」周官井田之法，春蒐、夏苗、秋獮、冬狩。其坐作進退，固已閑習，而猶曰不敎者，蓋謂未嘗敎之以知禮、知義、知信、知勇，如子犯之所云也。今之民雖坐作進退冥然不知，乃欲驅之以當大敵，民之死不敢自愛，萬一沮吾軍勢，悔將何及？

仰惟某官同國休戚，知無不言，況此淮民，又屬戲下，敢告相公，具以利害達之冕旒，將兩淮民社一切罷免，豈惟十萬生靈皆出全護，脱性命於鋒鏑，而緩急之際，不誤國事，尤其大者也。伏惟相公垂情，無以某小子而廢斯言，熟計而亟圖之，無任激切恐懼之至。

于湖居士文集卷第四十

尺牘

辭潭州劄子

某伏見邸報，某蒙恩差知潭州。伏念某罪戾之迹，方自循省，大藩謀帥，遽先造化曲成之私，曷可稱述？顧其情有不能自已者，輒吐露於相公之前。

昨者廣西之役，不遑迎侍，違二年水菽之養，一訊往還，動須數月。親年益高，時親藥餌，人子之心，豈獲寧處？欲望惻然推錫類之仁，稍易江、淮間一小壘，俾得自効。誓當〔糜〕（糜）捐，圖惟報禮，控禱僭瀆，伏深震懼。

劉舍人

某遠去師範，婁更歲籥，雖側聞尺一徵還，陟烏臺，長道山，西掖演綸，北門視草，極儒者逢辰之榮事。而某也宿負未洗，久違牋奏，欲以書爲斯文賀，莫之敢也。追惟曩昔以諸生被奬拔，懷恩未報，引睇雲霄，歸依何已！

某恭惟先生經綸之業得時而用，蓋將闓我國家太平之基，掌帝之制，獨當省署，箴補衮闕，體關廟社，緊衆人睥睨而不敢發。先生回天於談笑之頃，中興以來，未有此舉也。甚善甚盛！惟天下自有公論，抑某何庸贊歎。

某竊承賜對內朝，至於移晷，君臣契合，實啓興運，暫卽玉堂之舊，將登衮位之嚴，成命既傳，孰不皷舞？某辱在門闌，尤極欣感。先生兩宮虛佇，百辟具瞻，告廷有期，福祉咸萃。更冀加衛茵鼎，以副天下之望。

先生以文章德業致身，而分閫于外，有此武功，蓋英主側席寤寐，將與共圖天下，求而不可得者也。召節之攽，雖庸人孺子咸知鼓舞，可知公之德政矣。門闌之舊嘗共掬溜播灑之役者，喜當如何？

某罪戾之迹，蒙先生薦進之恩，俾主留務，雖成規具在，可以遵行，顧精神之運，豈能仰及。

婁辭不獲，皇恐祇命，尙俟躬拜師門，一一承敎，臨紙不勝懇禱之極。某行役將及近境，瞻侍之日，端復不遠，引領轅門，時自抃蹈。

劉樞密

某伏審易鎭要藩，升華邃殿，一面之託，不啻九鼎重矣。伏惟萬人之英，明天子所簡敬，豈重湖之地所當暫留？開大莫府，寬北顧憂，付以萬世功業，帝意可以卜見也。某不勝宗廟朝廷之慶。

某恭承先生經術文章，議論名節，近世儒宗蓋一二數，至於英風義氣，則千載一人。今日廊廟尊安，邊壘寧謐，折衝之功，豈無所自。宰席尙虛，而君臣之交，中外之望如此。爰立告廷，恐不容緩，應變守文，公所優爲者，太平之功，自此一新天下之耳目矣。

朱編修

某敬服名義，願識面之日甚久，非敢爲世俗不情語也。得劉丈書，又見與欽夫書，知且爲衡嶽之遊，儻遂獲奉從容，何喜如之？不勝朝夕之望。

某昨日方從欽夫約，遣人迓行李，奉告乃承已至近境，欣慰可量。欽夫必授館，不然當於我乎館也。使令輩遣前，恐遠來者須更休耳。應有委，乞示下。

風雨留人，尊候復何如？登臺詩彊勉不工，出師表同上。老兄遊山，亦須待稍晴，未可以遽，千金之軀，宜自愛惜。洪濤際天，溺馬殺人，將安之耶？

某平生慕用，豈謂來湘中乃獲解后接款，慰幸可勝言？懷親遽歸，苛留不得，至今慊然。人還一再奉賜書，感服感服。某老者深動東歸之興，比已專介請祠，力致懇諸公，儻遂得之，不旬月去此矣。樞庭編摩，望雖高，然非所以處元晦也，意者姑借此爲掀擢之漸耶？此間諸事，欽夫諸友書中必能詳言之。政遠披承，千萬珍護，卽登嚴近。

敬簡堂記遂煩揮翰，眞可以託不朽，但堂中之人，於敬簡工夫殊未進，須士友不我遐棄，時時訓厲之耳。欽夫間相從，未嘗不矯首奉思也。黄君内艱，可念。仲隆想已趨朝，更不作書。懷英行已踰月，臨行瘍作於背，甚可念，幸而卽愈。渠自去歲得渴疾，此不可再也。

某別去再見新歲，懷鄉道義不能忘也。自來荆州，老者病甚思歸，舟楫往來江上，不復定處。僕亦心志忽忽，百事盡廢，雖如元晦，一書亦不暇遺。乃兩奉誨教，相予之意益勤，內省愧惕，不但不答書可以爲罪，蓋敬簡之功不進，它日無以見吾元晦耳。某自到官卽請去，凡六七，最後乞致仕，乞尋醫，且欲不俟報棄官而歸，諸公乃亦相察，今復得祠祿矣。近制不必俟代者，已治舟楫，載衣囊，五七日便可離此。劉丈之去，奇哉偉哉，此行至江上，當迂數程見之，亦約欽夫，又不知肯來否？欽夫却數通書，定叟將有遠役，兄弟不能相舍。張仲隆前後五劄議論過人，皆某所不能言者，歎服。元晦闕期已及，聞未有幡然之意，如何如何！某有田在謝家青山下，屋十餘間，下俯江流，今歸眞不復出矣。元晦異時或欲覽江、淮山川之勝，乘興東遊，則僕可以奉從容於梁山、博望、慈湖、采石之間也。此外惟爲斯文珍重。

某近因至城西，於土中得一碑〔跌〕（趺），細視之，良有刻畫，蓋明皇所注道德經幢也。磨治之餘，僅可識，卽以十夫掘取之。其半在土中者甚完，字畫非經生所能及。已舁置府中，今裝褫一本去，欽夫極愛之也。經磨治處中有大穴，蓋以載他碑者，尤古，類漢碑，併遺上。

楊抑之

屬者斆文奏課，爲二千石第一，迺眷寶庋，實先帝謨訓所在，陞華更直，用報顯庸。顧士大夫交口賛慶，而某獨不遣賀牘，誠以門下於此爲不足道也。不識執事尙照其心否？

癸未詔書，凡今郡太守若部刺史之有治績者，其各以敍補侍從之闕。伏惟斆文莫宜此選矣，尺一趣覲，〔祇〕（秖）在早莫，敢以私告。某來歸親傍，望建牙所在才數舍，未皇具一紙書，長者先之，愧何可量也。冬日邊地寒力，不審台候比復何如？公守邊，內則能固吾圉，外則使裔夷歸心，羊、陸見稱，徒以此耳。但玉關人老，不容不亟召歸，伏惟與時御宜，促裝以俟。

某晚出叨踰，所學未充，猖狂妄行，以速大戾，隆寬貰其九死，猶得奉祠。既至濡須，靜掃一室，終日危坐，以省昔愆，它無可言者。臨出都時，信伯既維舟矣，亦蒙〔幢〕（僮）蓋至湖上存勞周渥，此意不可忘也。解榜見名，得來示，乃知小失意於上舍，然來春自當巍中，政爾無用此也。

黄子默

某離長沙且十日，尚在黃陵廟下，波臣風伯，亦善戲矣。前日爲子默作「江西後社」字，茫然莫知所謂，至湘陰，館中有題壁間二詩「急雪黃花度，初晴白石村」者，驚歎世間久無此作，客謂此子默詩也，歛然心服，眞可作社頭矣。今日見許欽祖，又誦數篇，益奇，蓋辭達於詩，渾然天成，風行水波，偶入聲律，非今之詩，山谷之詩也，幸甚斯文未墜於地。時夜將半，呼僮張燈作此紙，且致怨於不我致。又聞有李東老者，詩亦佳，獨不能以數句爲僕北歸篋中裝耶？儻不棄，願馳一介送似，欲誦之於岳陽樓、南樓、寒溪、西山也。

禁榜附

張安國舍人知撫州日，以有賣藥假者，出榜戒約曰。增。

陶隱居、孫眞人因本草、千金方濟物利生，多積陰德，名在列仙。自此以來，行醫貨藥，誠心救人，獲福報者甚衆，不論方冊所載，只如近時，此驗尤多。有只賣一眞藥，便家貲鉅萬，或自身安榮享高壽，或子孫及第改換門戶，如影隨形，無有差錯。又曾眼見貨賣假藥者，其初積得些小家業，自謂得計，不知冥冥之中，自家合得祿料，都被減剋，或自身多有横禍，或子孫非理破蕩，致有遭天火、被雷震者。蓋緣贖藥之人，多是疾病急切，將錢告求賣藥之家，孝弟順孫，只望一服見效，却被假藥誤賺，非惟無益，反致損傷。尋常誤殺一飛禽走獸，猶有因果，況萬物之中，人命最重，無辜被禍，其痛何窮！詞多更不盡載。

張于湖集附錄

張安國傳

孝祥字安國，歷陽烏江人，籍之七代孫，邵之從子也。讀書一過目不忘，下筆頃刻數千言。年十六領鄉書，再舉冠里選，紹興二十四年，廷試第一。策問師學淵源，秦熺之子塤與曹冠皆力攻程氏專門之學，孝祥獨不攻。考官魏師遜已定塤冠多士，孝祥次之，曹冠又次之。高宗讀策，皆檜、熺語，於是擢祥第一，而塤第三，御筆批云：「議論確正，詞翰爽美，宜以爲第一。」在廷百官，莫不歎羨，都人士爭錄其策而求識面。授承事郎、簽書鎮東軍節度判官。

先是，上之抑塤而擢孝祥也，秦檜已怒，既知孝祥乃祁之子，祁與胡寅厚，檜數憾寅。且唱第後曹泳揖孝祥於殿廷以請婚，孝祥不答，泳〔憾〕（撼）之。於是風言者誣祁有反謀，詔繫獄。會檜死，上郊祀之二日，魏良臣密奏散獄釋罪，遂以孝祥爲秘書省正字。故事，殿試第一人次舉始召，孝祥第甫一年得〔召〕（名）繇此。

初對百言，乞總覽權綱以盡更化之美，又言官吏忤故相意，并緣文致，有司觀望，鍛鍊而成罪，乞〔令〕（今）有司即改正。又言王安石作日錄，一時政事美則歸己，故相信任之專非特安石，臣懼其作時政記亦如安石專用己意，乞取已修日曆詳審定，正黜私說以垂無窮。從之。遷校書郎。會芝生太廟楹，百官賀畢，或獻賦頌，孝祥獨上原芝一篇以諷之。時儲位尚虛，以大本未立爲言，且言芝在仁宗、英宗之室，天意可見，乞早定大計。高宗首肯。遷尚書禮部員外郎。尋爲起居舍人，權中書舍人。

初，孝祥登第出湯思退之門，思退爲相，擢孝祥甚峻，而思退素不喜汪徹。孝祥與徹同爲館職，徹老成重厚，而孝祥年少氣鋭，往往凌轢之。至是徹爲御史中丞，首劾孝祥奸不在盧杞下，孝祥遂罷。提舉江州太平興國宮，於是湯思退之客稍稍被逐。尋除知撫州，年未三十，涖事精確，老於州縣者所不及。孝宗即位，復集英殿修撰，知平江。府事繁劇，孝祥剖決，庭無滯訟。屬邑大姓並海囊橐爲奸利，孝祥捕治，籍其家，得穀粟數萬。明年，吳中大饑，乞賴以濟。

張浚自蜀還朝，薦孝祥，召赴行在。孝祥既素爲湯思退在知，及受浚薦，思退不悦。孝祥入對，乃陳二相當同心戮力，以副陛〔下〕(于)恢復之志，且靖康以來，惟和戰兩言遺無窮禍，要先立自治之策以應之。復言用才之路太狹，乞博採度外之士以備緩急之用。上嘉之。除中書舍人。尋除直學士院，兼都督府參贊軍事，俄兼領建康留守。言者改除敷文閣待制〔一〕，留守如舊。會金再犯邊，孝祥陳金之勢不過欲要盟。宣諭使劾孝祥落職，罷。復集〔英〕(賢)殿修撰，知靜江府，廣南西路經略安撫使。治有聲績，復以言者罷。俄起知潭州，爲政簡易，時以威濟之，湖南遂以無事。復待制，徙知荊南〔荊〕湖北路安撫使。築寸金堤，自是荊州無水患；置萬盈倉以儲諸漕之運。民德之。請祠，會以疾終卒。孝宗惜之，有用才不盡之嘆。進顯謨直學士致仕，年三十八〔二〕。

孝祥俊逸，文章過人，尤工翰墨，嘗親書奏劄，高宗見之，曰：「必將名世。」

又宣城張氏信譜傳

公諱孝祥，字安國，學者稱爲于湖先生。本貫和州烏江縣，唐司業張籍七世孫，秘閣修撰、金國通問使邵之從子。父祁，任直秘閣、淮南轉運判官。紹興初年，金人寇和州，隨父渡江，居蕪湖昇仙橋西。時公甫數歲，豫章王德機一見而奇之，遂許以女焉。幼敏悟，書再閱成誦，文章俊逸，頃刻千言，出人意表。轉運公嘗面池築室爲讀書所，池故多蛙，公以硯擲之，聲遂永息，人咸異之。既貴，即以禁蛙名其池。

年十六領鄉書，再舉冠里選。紹興甲戌，廷試擢進士第一，時年二十有三。策問師友淵源，秦塤、曹冠皆力攻程氏專門之學，公獨以程氏得孔、孟之緒。先，知貢舉湯思退已定塤魁多士，帝讀其策皆檜語，復自裁擇，乃首擢公。親灑宸翰：議論堅正，詞翰俱美。先，蕪湖東境有龍穿岸騰空，風雷變異，須臾雲霓五彩，光燭百里，江山掩映如錦。及捷聞，人咸謂慶雲爲公之先兆云。

先是，岳飛卒於獄，時廷臣畏禍，莫敢有言者。公方第，卽上疏言岳飛忠勇天下共聞，一朝被謗，不旬日而亡，則敵國慶幸而將士解體，非國家之福也。又云，今朝廷寃之，天下寃之，陛下所不知也。當亟復其爵，厚恤其家，表其忠義，播告中外，俾忠魂〔暝〕（瞑）目于九原，公道昭明于天下。帝特優容之。時公尚在期集所，猶未官也。秦相益忌之。初授簽書鎭東節度判官廳公事，轉秘書省正字。故事，殿試第一人次舉始召，公第甫一年得召對，勸帝總攬權綱以盡更化之美。又言官吏忤故相意，並緣〔文〕（父）致，有司觀望，鍛鍊而成罪，乞令有司卽改正之。復言王安石作日錄，一時政事美則歸己，故相信任之專非特安石，臣懼其作時政記者亦如安石專用己意，乞取已修日曆詳審是非，正黜私說以垂無窮。從之。遷校書郞。勑兼國史實錄院校勘。會連歲芝生太廟楹，百官表賀，時儲位尚虛，公獨上原芝篇以諷之，其略曰：惟大本未立，社稷宗廟亦靡克寧饗。又曰：在仁宗、英宗之室，〔天〕（尺）意可見，乞早定大計。高宗覽之，首肯再三，舉朝稱誦。遷尚書禮部員外郞。尋爲起居舍人，權中書舍人。

初，公與汪徹同館職，修先朝實錄，徹老成畏禍，務在磨稜，公少年氣銳，欲悉情狀，往往淩佛。徹謂曰：「蔡中郞失身於董卓，故不爲君子所與。」公曰：「顧自立何如？」思退聞之，不悅於徹之言。至是徹爲御史中丞，乃首劾公等奸不在盧杞下，遂罷，提舉江州太平興國宮祀。尋除知撫州事。臨川〔狤〕（詰）卒趨劫庫兵，一時鼎沸，官吏屛跡。公單騎馳赴軍中，喻列校曰：「汝曹必欲爲亂，請先殺太守。」僉曰不敢，惟所給未敷耳。公卽手喻衆卒，聽命者待以不死，隨取金帛以充支給，摘發數卒，叱之曰：「倡亂者罔赦！」立命斬之。衆校俯伏不敢仰視，闔城宴然。事聞，帝極嘉奬。時年未三十，蒞事精確，雖老於州縣者所不逮也。孝宗卽位，除集英殿修撰，知平江軍府事，提舉學事，賜紫金魚袋。平江乃臨安藩屛，寄任匪輕，公扶植善類，鋤抑強暴，判決如流，庭無滯獄。屬邑有大姓煮海囊橐爲姦利，怙勢作威，禍延郡邑，公捕治，籍其家，得粟數萬斛。明年，吳中饑，乞賴以濟。

張魏公還朝，乃首薦公，召赴行在。入對，勸帝辯邪正，審是非，崇根本，壯士氣，因痛陳國家委靡之弊。且靖康以來，惟和戰兩言遺無窮禍，要先立自治之策以應之。又陳二相當同心協力，以副陛下恢復之志。復陳用才之路太狹，乞博採度外之士以備緩急之用。上嘉之。除中書舍人，遷直學士院，俄兼都督府參贊軍事。時魏公欲請帝幸建康以圖進兵，復薦公領建康留守。湯思退言改除敷文閣待制，留守如舊。及魏公罷判福州，宣諭劾公爲黨落職。

初，轉運公築歸去來堂，領太平州事王侯秬更爲建狀元第，慶雲接，日者見之，謂將不利於金人，至是果符其言。且自渡江以來，大議惟和與戰，魏公主戰，湯相主和。公始登第出思退之門，及魏公志在恢復，公力贊相，且與敬夫志同道合，故魏公屢薦公，遂不爲思退所悅。或者因公召對「要先立自治之策以應之」等語，謂公出入二相之門，兩持其說，豈知公者哉！思退黨，仍復集英殿修撰，知靜江府，廣南西路經略安撫使，治有聲。俄改知潭州，權荊湖南路提點刑獄公事，爲政簡易，時濟之以威，湖南遂得以無事。有婦不宜於夫，之商而歸〔三〕，婦爲具食，食已卽死，其舅姑以爲婦殺之無疑，涉三獄而婦不伏。公親鞫之，婦泣曰：「實無此志。顧食有魚肉，以鋏承之，鋏固在也。」公命取鋏，復魚肉以飼犬，犬斃。因詢士人，謂湖外有蜈蚣盈尺，一遇食卽殺之。公命索婦所，果得蜈蚣盈尺，仍取魚肉飼犬，復斃，事立爲之平反。婦誓祝髮以報，衆大悅服。會敬夫、定夫扶魏公柩至州境，不能入蜀，公爲營葬於屬縣寧鄉之西，遂與敬夫講性命之學，日夕不輟，築敬簡堂以爲論道之所，而四方之學者至焉。公自篆顏淵問仁章於中屏，晦菴、南軒各爲詩文以記之。尋復待制，徙知荊南荊湖北路安撫使。荊州當虜騎之衝，自建炎以來，歲無寧日。公內修外攘，百廢具興，雖羽檄旁午，民得休息。築寸金堤以免水患，置萬盈倉以儲漕運，爲國爲民計也。

乾道五年己丑，偶不豫，遂力〔請〕（清）祠侍親，疏凡數上。帝深惜之，進顯謨閣直學士致仕。南軒爲文以餞之，荊南士民哭送登舟，仍〔繪〕（給）小像祀於湘中驛，南軒爲之贊。

既歸蕪湖，凡縉紳之士，莫不晉接，宗戚渡江而貧窘者，公輒賑之。新觀瀾亭以集同志，講論之餘，徜徉山水，寺觀臺榭，吟咏殆遍，而悉爲之題識。蕪湖都水陸之衝，舟車輻輳，民甚苦之，屢籍公爲之庇。〔會〕（令）邵宏淵擁兵還鎮，所過市肆皆空，蕪民甚恐。轉運公與淵有識，公作書以逆之，至則自糴米數百斛，父子着紫衣乘使者車犒師江上，衆得餉，揚帆而去，遂秋毫無犯。丞袁益之迎至江滸，士民夾道，指〔目〕（□）夸豔。

庚寅冬，疾復作，遂卒。卒之日，商賈爲之罷市，兩河之民，惶惶如失所恃。帝聞之，惜其有用才不盡之嘆。公性剛正不阿，秦塤同登第，官禮部侍郎，一揖之外，不交一言。尤工翰墨，嘗親書奏劄，高宗見之，曰：「必將名世。」詩詞雄麗，尤工古調，有于湖集四十卷。

嗟乎！惟公起布衣，被簡遇，入司帝制，出典藩翰，議論風采，文章政事，卓然絶人。歷事中外，士師其道，吏畏其威，民懷其德，所至有聲。奈何筮仕之初，見〔忌〕（忘）於檜，既而不悦於湯，旅進旅退。向使得召行道，天錫永年，斯世斯道之寄，經天緯地之才，當必有大過人者。卒不能究其所施，齎志以沒，惜哉！

參知政事孝伯世稱賢相，孝曾以節義聞，孝才、孝章以文學著，公之諸兄弟也，賢才萃於一門，公實有以啓之。子太平，公易簀時方髫年，從諸父徙宣城，既而從事素書，合門蔭，不克磨勘者二十年，今皇帝登極建元，始得蒙例遙授登仕郎。孫永通，今授□□，即委予以傳，以余嘗得侍公，且生則同鄉，徙則同邑，知公之深也。義不忍辭，因摭實所聞而次序之，以備觀風者之採云。

紹熙五年甲寅，歷陽居士陸世良書於蕪湖介清堂。

宋官誥八道

初補承事郎授鎮東簽判誥

敕賜進士及第張孝祥。朕敕天之命，夙夜祗懼，玆親策多士於庭，爾以正對發明師友淵源之義，深契朕心。擢冠羣英，僉言惟允，授爾京秩，贊畫輔藩，此我朝待掄魁彝典也。往欽初命，益務培養，器業將於此乎觀，可補承事郎，特差簽書鎮東軍節度判官廳公事。奉敕如右，牒到奉行。

紹興二十四年十一月十日。

轉宣教郎誥

敕承事郎、守秘書省校書郎、兼國史實錄院校勘張孝祥。朕順古道，率由舊章。聖繼聖，明繼明，共仰列宗謨烈之美；疑傳疑，信傳信，尚稽諸儒論譔之功。固知放失之多，蓋亦顯承之缺。是在武丁之孫子，任亦匪輕；迺資叔向之春秋，言皆可考。成功惟允，褒律宜優。爾學有淵源，詞尚體要。老氏藏室，聯輝奎壁之間；曾、史策名，補藝炎、興之際。用己志鋪張而不詭，合諸儒褒貶以爲功，比及三年，可傳百世，有晉王虞、宋徐沈之善，無丘、〔荀〕（筍）、袁、高□□之譏。卓識所資，凜著一王之法；奏篇既訖，聿嚴六閣之藏。論賞詔功，涉明有典，爰霈丹宸之渥，申躋文右之階。揚鴻烈而章緝熙，既籍發揮之力；率純德以勵忠孝，尙堅報稱之心。可特授宣教郎，依前秘書省校書郎，兼國史實録院校勘。奉敕如右，牒到奉行。

紹興二十七年正月二十日。

除秘書郎誥

敕奉議郎、秘書省校書郎、兼國史實録校勘張孝祥。漢之藏書天祿、東觀，命馬融、劉向爲郎，至唐則掌四部圖籍有三人焉，非第一流，曷稱兹選？爾以經術之淵源，負倫魁之聲望，曳裾冊府，校讎甚優，秉筆史筵，討論靡倦。爰命進典中秘，以倡斯文，異日玉堂、承明，皆權輿乎此。可依前奉議郎，特授秘書郎，兼國史實録院校勘。奉敕如右，牒到奉行。

紹興二十七年三月十六日。

除著作郎誥

敕朝奉郎張孝祥。承明、金馬，漢家著作之所也。後闕。

除禮部尚書郎誥

敕朝〔請〕（清）郎張孝祥。本朝除郎之路雖廣，其要有三：曰館閣，曰寺監丞，曰監司郡守。近自列聖以來，郎非監司郡守不可得，雖然，豈所以待倫魁者乎？爾以清文奥學，崇論鯁議，對策大庭，朕嘗親擢以冠多士。入儀班著，夙稔直聲，行己非磷緇，立朝有本末，朕未嘗不懷其賢也。去把郡麾，又淹家食，起之槃澗，俾佐秩宗，於是得一佳禮部矣。潔齊以俟，朱祓方來。可依前朝〔請〕（清）郎，特授禮部尚書員外郎。奉敕如右，牒到奉行。年月闕。

轉朝散大夫誥

敕朝奉大夫、新除儀司郎官張孝祥等。生民立君，既尊居於大寶；惟辟作福，斯溥錫於滋恩。兹予一人踐阼之初，亦爾羣臣委質之始，粤從京秩，遞進華階。臣事君以忠，宜勤厥職，官量能而授任，嗣選爾勞。張孝祥可特授朝散大夫，行尚書儀司郎官。奉敕如右，牒到奉行。

隆興元年三月一日。

除中書舍人直學士院誥

敕朝奉大夫、充集英殿修撰、知平江軍府事提舉學事張孝祥。鳳掖演綸，進涉玉堂之漸；鸞坡入直，猶居鈴索之嚴。矧惟翰墨之司，專掌絲綸之職，念茲榮選，必屬洪儒。爾學窮閫奥，文冠倫魁。治道敷陳，洋洋晁、董之對；皇猷潤色，渾渾虞、夏之書。屢柄郡麾，久膺閣職。茲緣西掖之班，延入北門之直。啓沃謀猷，邕典謨於三代；發揮詔命，新瞻聽於四方。往服寵章，永堅素守。可依前朝奉大夫，陞中書舍人，直學士院。奉敕如右，牒到奉行。年月闕。

除秘撰，改知潭州，權荆南提刑誥

中秘藏四部書，班高論譔；外臺奉三尺法，職重澄清。式表儒猷，以華使指。原任左朝奉大夫、充集英殿修撰、知靜江軍府事提舉學〔事〕（士）、廣南西路兵馬都〔鈐〕（鈴）轄兼本路經略安撫張孝祥，卓爾不羣之意氣，裒然魁選之科名。鳳尾批綸，見稱古授之敏；螭頭載筆，方徯直前之猷。後闕。

陞顯謨閣直學敕黄

尚書省牒朝議大夫、敷文閣〔待〕（侍）制、荆南荆湖北路安撫司張孝祥。牒奉敕：依前朝議大夫，陞顯謨閣直學士致仕。牒至准敕。

乾道五年三月三日。

張南軒贍學士安國公敬簡堂記

歷陽張侯安國治長沙既踰時，獄市清淨，庭無留滯。以其閒暇，闢堂爲燕息之所，而名以敬簡。顧謂某曰：「僕之名堂，蓋自比於昔人起居之有戒也，子其爲我敷暢厥義。」

某謝不敏，一再不獲命，因誦所問而言曰：

「聖賢論爲政，不曰才力，蓋事物之來，其端無窮，而人之才力雖極其大，終有限量，以有限量應無窮，恐未免反爲之役，而有所不給也。吾子於此抑有要矣，其惟敬乎？

「蓋心宰事物，而敬者心之道所以生也，生則萬理森然，而萬事之綱，總攝於此。凡至乎吾前者，吾則因而酬酢之，故動雖微，而吾辨之若經緯黑白之分，事雖大，而吾處之若起居飲食之常，雖雜然並陳，而釐分縷析，條理不紊，無他，其綱既立，如鑑之形物，各止其分，而不與之俱往也。此所謂居敬而行簡者歟？

「若不知舉其綱，而徒管之務，將見先生於所怠，而患起於所忽，乃所以爲紛然多事矣。故先覺君子謂飾私智以爲奇，非敬也，簡細故以自崇，非敬也，非敬則是心不存而萬事乖析矣。可不畏歟？

「雖然，若何而能敬？克其所以害敬者，則敬立矣。害敬者莫甚於人欲，自容貌顏色辭氣之間，而察之天理人欲絲毫之分爾，遏止其欲而順保其理，則敬在其中。引而達之，擴而充之，則將有常而日新，日新而無窮矣。侯英邁不羣，固已負當世之望，誠能夙夜警勵，以進乎此，則康濟之業可大，而豈特藩翰之最哉〔四〕！」

侯曰：「然則請書以爲記，以無忘子之言。」

朱晦翁贈學〔士〕安國公敬簡堂詩

煌煌定方中，農隙孟冬月，君侯敞齋扉〔五〕，華榜新未揭。我來適茲時，亦有大夫茇，淸觴不留行，晤語得超越。更看雷雨勢，翻動龍蛇窟，襟懷頓能舒，肝膽亦已竭。老仙來何方，湖海氣硉矹〔六〕，君侯斂袂起，顚越承屨襪。坐人驚創見，引去殊卒卒，伊余不忍逝〔七〕，頓首願有謁。人生均秉彝，天造豈停歇，云何利害忄?，所較無一髮。茲焉辨不早〔八〕，大本將恐蹷，吾言實自箴〔九〕，君聽未宜忽。

張南軒贈學士安國公歸蕪湖序

客問於某曰：「張荆州之行，子將何以告之？」

某應之曰：「吾將告之以講學。」

客笑曰：「若是哉吾子之迂也。荆州早歲發策大廷，天子親擢爲第一，盛名滿天下。入司帝制，出典藩翰，議論風采，文章政事，卓然絶人。上流重地，暫茲往牧，所以寄任之意匪輕，而天下士亦莫不引領以當世功名屬於公也。夫以位達而名章，任重而望隆，吾子顧以講學告之，不亦迂乎？」

某曰：「子以吾所謂講學者果何也耶？蓋天下之患，莫大于自足，自足則畫矣。信如子言，荆州若挾是數者以居，則僕尚何道？惟荆州方且退然若諸生，曾無一毫見於顔色，此僕之所以歎息慕向，而講學之説是以敢發也。

「蓋天下之物衆矣，紛淪轇轕，日更於前，可喜可怒，可慕可愕，所以盪耳目而動心志者，何可以數計？而吾以藐然之身當之。知誘于外，一失其所止，則遷於物。夫人者，統役萬物者也，而顧乃爲物役〔一〇〕，其可乎哉？是以貴于講學也。

「天下之事變亦不一矣，幾微之形，節奏之會，毫髮呼吸之間，得失利害，有霄壤之勢。吾朝夕與之接，一有所滯塞，則昧幾而失節〔一一〕，其發也不審，則其應也必盭，一事之隳，萬事之所繇隳也，豈不可懼乎〔一二〕？是以貴夫講學也。

「夫惟講學而明理，則執天下之物不固，而應天下之變不膠。吾於天下之物無所惡，而物無以累我，皆爲吾役者也；吾於天下之事無所厭，而事無以汩我，皆吾心之妙用也。豈不有餘裕乎？又豈有窮極乎？

「然所謂講學者，寧他求哉？致其知而已。知者，吾所固有也，本之六經以發其蘊，泛觀千載以極其變，卽事卽物，身親格之，超然會夫大宗〔三〕，則德進業廣，有其地矣。夫然，故富貴不能淫，貧賤不能移，威武不能屈，居天下之廣居，行天下之大道，致君澤民，眞古所謂大臣者矣。然則學其可忽乎？詩曰：『如切如磋，如琢如磨。』此之謂也。」

某旣以此告客，於荊州之別也，遂書以爲獻。

祭于湖先生文

張栻南軒

嗟乎！如君而止斯耶？其英邁豪特之氣〔四〕，其復可得耶？其如長江、巨河奔逸洶湧，渺然無際，而獨不見其東匯溟渤之時耶？又如驊騮、騄駬追風絕塵，一日千里〔五〕，而獨不見其日暮稅駕之所耶？此栻所以痛之深，惜之至，而哭之悲也。

惟君起布衣，被簡遇，十年之間，入司帝命，出領數路，文章之煒燁〔六〕，政事之超卓，多士之所共知，亦不待栻之贊嘆。惟其孝友恂恂朝夕，則人有不得而盡知者。方自荊州歸，栻以書抵君，謂及此閒暇，專意承志，實進德修業之要，君深以爲然。孰謂曾不數月，乃有此閭！

栻傾蓋荷知，久而深篤〔七〕，言有勁切，君不以爲迂，此意何可忘也！道阻且長，不得往哭，遣致一奠，孰知予悲！

贈于湖詩

張栻

桐花三月英，風雨滿江城，使君晚被酒，千騎過友生。名談宿霧捲，逸氣孤雲橫，揮斤看翰墨，笑語皆詩成。人物有如此，吾輩賴主盟，更呼南鄰客，共此樽酒傾。愛我庭下竹，頭角方峥嶸，永懷冰雪姿，寧復世俗情？新篇一湔祓，凡木石足程，願言對封植，歲晚長敷榮。

于湖像贊

張栻

是于湖君，英邁偉特，遇事卓然，如箭破的，談笑翰墨，如風無跡。惟其胸中無有畛域，故所發施，橫逹四出。雖然，此固衆人之所識也。今方袖手于湖之上，盡心以事其親，而益究其所未及，則其所致又孰知其紀極者耶？

挽于湖

施士衡

湧泉詞筆坐中驚，天付斯文以道鳴。獨步蟾宮丹桂選，濡毫綸閣紫微清。絕絃慟哭人琴喪，埋玉淒涼柱石傾。一見那知成永别，重來天路問騎鯨。

復挽　　施士衡

十年帥鉞倦馳驅，適意方謀一壑居。賈誼有才終太傅，薛收無壽處中書。傷心風月江山〔古〕(石)，過石光陰夢幻虛。紅紫飄零春色盡，後凋松柏獨蕭疏。

挽于湖　　沈約之

荒城難訪十全醫，半篋遺書世共悲。寧有故人憐阿鶩，但餘息女類文姬。忠籌屢畫平戎策，宦蹟常留墮淚碑。醉扣西州重回首，山陽鄰笛夜淒其。

復挽　　沈約之

氣概凌雲孰敢先？中興事業冠英躔。朝廷議論一言定，翰墨風流四海傳。恰跨鰲頭升紫閣，忽騎箕尾上青天。竹林笑傲今陳跡，撫櫬江皐涕泫然。

弔于湖墓在秣陵

晚出白門下，疲馬踏秋色，鍾山度蒼翠，慰我遠遊客。暮投淸泉寺，花草獻幽寂，長廊靜無人，落日照西壁。平生張于湖，萬里去一息，翻然九州外，汗漫跨鯨脊。乾坤能幾時，安用較顚跖？文章失津梁，所念斯道厄。夜闌耿不寐，搔首賦蕭索，懷人感西風，翁仲守孤陌。

褒禪山有于湖所題寶塔二字

羅端明

古刹浮屠映碧山，狀元題墨最爲嫺。遊人倦憩塵心寂，雲自靑天水自閑。

又

李繁昌

路入亂雲堆，僧房四面開。龜泉半泥滓，龍洞已塵埃。漱竹渾忘醉，穿花浪費才。何人題寶塔，千載仰崔嵬！

和于湖萬杉寺詩

王　阮

昭陵龍去奎文在，萬歲靈杉守百神。四十二年眞雨露，山川草木只今春。

復弔于湖先生　　王阮

碧紗籠底墨纔乾，白玉樓中骨已寒。淚盡當時聯騎客，黄花時節獨來看。

張紫微雅詞序〔八〕　　湯衡

昔東坡見少游上巳遊金明池詩有「簾幙千家錦繡垂」之句，曰：「學士又入小石調矣。」世人不察，便謂其詩似詞，不知坡之此言，蓋有深意。夫鏤玉雕瓊，裁花剪葉，唐末詞人非不美也，然粉澤之工，反累正氣。東坡慮其不幸而溺乎彼，故援而止之，惟恐不及。其後元祐諸公，嬉弄樂府，寓以詩人句法，無一毫浮靡之氣，實自東坡發之也。于湖紫微張公之詞，同一關鍵。始公以妙年射策魁天下，不數歲入直中書，帝將大用之，未幾出守四郡，多在三湖七澤間，何哉？衡謂茲地自屈、賈題品以來，唐人所作，不過柳枝、竹枝詞而已，豈□以物色分留我公，要與「大江東去」之詞相爲雄長，故建牙之地不於此而於彼也歟！

建安劉溫父博雅好事，於公文章翰墨，尤所愛重，片言隻字，莫不珍藏。既裒次爲法帖，又別集樂府一編，屬予序之，以冠於首。衡嘗獲從公游，見公平昔爲詞，未嘗著稿，筆酣興健，頃刻即成，初若不經意，反復究觀，未有一字無來處，如歌頭凱歌、登無盡藏、岳陽樓諸曲，所謂駿發踔厲，寓以詩人句法者也。自仇池仙去，能繼其軌者，非公其誰與哉？覽者擊節，當以予爲知言。

乾道辛卯六月望日，陳郡湯衡撰。

于湖先生雅詞序〔一九〕

陳彥行

蘇明允不工於詩，歐陽永叔不工於賦，曾子固短於韻語，黃魯直短於散語，蘇子瞻詞如詩，秦少游詩如詞，才之難全也，豈前輩猶不免耶！紫微張公孝祥，姓字風雷於一世，辭彩日星於羣因。其出入皇王，縱横禮樂，固已見於萬言之陛對；其判花視草，演絲爲綸，固已形於尺一之詔書；至於託物寄情，弄翰戲墨，融取樂府之遺意，鑄爲毫端之妙詞，前無古人，後無來者，散落人間，今不知其幾也。比遊荆湖間，得公于湖集，所作長短句凡數百篇，讀之冷然灑然，眞非煙火食人辭語。予雖不及識荆，然其瀟散出塵之姿，自然如神之筆，邁往凌雲之氣，猶可以想見也。使天假之年，被之聲歌，薦之郊廟，當其英莖韶護間作而遞奏，非特如是而已。一日鳳鳥去，千年梁木摧，予深爲公惜也。

于湖者，公之别號也。昔陳季常晦其名，自稱爲龍丘子，嘗作無愁可解，東坡爲之序引，世之不知者遂以龍丘爲東坡之號，予故表而出之。

乾道辛卯仲冬朔日，建安陳應行季陸序。

于湖集序〔三〇〕

王質

故宋中書舍人張公安國奮起荒寒寂寞之鄉，而聲名震耀天下者二十餘年，可謂盛矣。歲丁丑，某始從公于臨安。間謂某曰：「吾有志于文章，將須成于子，其請爲我言之。」某謝不能。公益切，某不得已而爲之言：「文章之根本皆在六經，非惟義理也，而其機杼物采規模制度無不具備者也。」語未卒，公出攷古圖，其品百二十有八，曰：「是當爲記，于經乎何取？」某曰：「宜用顧命。」公拊掌變色曰：「吾得之！吾得之！」歲丁亥，追遊廬山之間，訖事，將裒其所歷序之。公曰：「何以？」某曰：「當用禹貢。」公益動。歲己丑，某下峽過荆州，公出其文數十篇，于是超然殆不可追躡，非漢、唐諸子所能管攝也。是歲，公沒于當塗之蕪湖，而其歌詞數編先出。

歲癸巳，公之弟王臣官大冶，道永興，某謂王臣曰：「公之文當亟輯，世酣于其歌詞，而其英偉粹精之全體未著，將有以狹公者。」王臣既去一年，以公之文若干篇若干冊示某。

公之文非修辭立論之所可贊也。往會于荆州之杞梓堂，公曰：「世之文，秦降于三代，漢降于秦，唐又降焉。何也？」某曰：「文章非人之所爲，天地之氣發露而爲英華，而人隨其淺深能否得之。世運風俗轉易遷流，愈降而愈薄，此可以觀氣之盈虧。自混淪以前，其略見于釋氏之長含經，而開闢以後，其詳見于邵氏之皇極經世。此文章所以有高下，而亦奚獨文章也？司馬子長、班孟堅世以爲匹，觀張騫之贊，子長、孟堅增損之語，可以見人情之廣狹。枚乘漢之劣，而柳子厚雄于唐者也，觀乘之七發與子厚之『八問』，可以見物態之厚薄。顧第弗深攷。」

公益叩曰：「然則何如？」某曰：「世之風俗與天地之氣俱爲消息盈虛，而吾之心未嘗有所虧盈也。自三代而降，中庸、大學之旨不傳，而危微精一之學遂廢。世徒以智力精神與萬物相抗，而奪其情狀爲吾之文章，不知吾之智力精神與氣運風俗同流，而我弗能制也，若是何怪道愈降，文益衰？夫惟至誠不息之功全，而克己復禮之力厚，自爲主宰，不爲氣運風俗所遷。吾之智力精神返而與泰定之光相合，不隨古今之變而常新無窮，則三代之文章居然可致也。林間之夫，漢上之女，與今之學士大夫，其賢愚工拙宜至相絕矣，而兔罝、漢廣之聲非後世可吐，此惟其有莫不好德之心，故其音純，有無思犯禮之念，故其音正。世溺于勢利聲名，而方寸之地爲萬物往來馳騁之塗，蹂踐吾之精靈，其力至淺鮮矣。敍事而有大禹、皐陶、益稷之謨，論諫而有說命、旅獒、立政之書，論衆而有梓材、多方之訓，析理而有洪範之文，此非可以取必于其辭而其存諸中者，如玉在石，珠在淵，溫純明湛之輝因物顯容而自莫知，此天下之至文也。」公曰：「善哉！始吾所志未爲極也。如子所言，則六經是師，三代是慕，而後可也。苟未死，當無負于子！」言已泣下。初莫諭其故，後四月而公亡。此某所以痛哭流涕而恨公之無年，抱其不竭之才，賫其未盡之志以沒，使某之言徒發而不見其驗也。哀哉！

校勘記

〔一〕言者改除敷文閣待制　宣城張氏信譜傳作「湯思退言改除敷文閣待制」。

〔二〕請祠會以疾終卒孝宗惜之有用才不盡之嘆進顯謨直學士致仕年三十八　此段文字疑有錯簡，似當作：「請祠，進顯謨直學士致仕，年三十八。會以疾終卒。孝宗惜之，有用才不盡之嘆。」

〔三〕之商而歸　「之」字疑爲「夫」字之譌，或「之」上省脫「夫」字。

〔四〕而豈特藩翰之最哉　「最」原作「景」，據康熙錫山華氏刊本南軒先生文集（以下簡稱「南軒集」）校改。

〔五〕君侯敞齋扉　「敞」原作「敝」，據四部叢刊影印明嘉靖本晦庵先生朱文公文集（以下簡稱「朱集」）校改。

〔六〕湖海氣硉矹　「矹」原作「矶」，據朱集校改。

〔七〕伊余不忍逝　「余」原作「爾」，據朱集校改。

〔八〕茲焉辨不早　「辨」原作「辧」，據朱集校改。

〔九〕吾言實自箴　「言」原作「與」，據朱集校改。

〔一〇〕而顧乃爲物役　「物」字原無，據南軒集校補。

〔一一〕則昧幾而失節　「幾」原作「几」，據南軒集校改。

〔一二〕豈不可懼乎　「可」字原無，據南軒集校補。

〔一三〕超然會夫大宗　「會」原作「令」，據南軒集校改。

〔一四〕其英邁豪特之氣　「之氣」二字原無，據南軒集校補。

〔一五〕一日千里　「日」原作「目」，據南軒集校改。

〔一六〕文章之煒燁　「之」字原無，據南軒集校補。

〔一七〕久而深篤　「久」原作「見」，據南軒集校改。

〔一八〕張紫微雅詞序　此序原無，據宋乾道本于湖先生長短句補入。

〔一九〕于湖先生雅詞序　此序原無，據宋乾道本于湖先生長短句補入。

〔二〇〕于湖集序　此序原無，據武英殿聚珍版本雪山集卷五補入。題下原有四庫館臣攷證：「案：此序當是孝宗淳熙元年所作。」

補遺

上辟廱

金銅隱花古龍盪，朱干大羽紛紛立，寶鍾玉磬垂丁東，和鸞雍雍八音翕。鯨吞虎噬二十年，至尊戎衣不解鞍，里中小兒事刀劍，管鑰擲去塵漫漫。眞儒倏興明典禮，周庠連雲斬荆杞，銀袍如雲拱翠華，師儒便坐講經旨。

——以上據永樂大典卷六百六十二廱字韻

船齋

齋居安穩似乘舩，魚躍池光鷺宿煙。還有一生江海客，釣竿閑放日高眠。

——以上據永樂大典卷二千五百四十齋字韻

寄方帥

吳楚山河盡付公，君王長策在平戎。人才王謝風流似，地望東西節制雄。赤手尙能探虎穴，白頭空是釣魚翁。將軍知我非徐庶，不向江邊起臥龍。

賤子如今休說窮，玉麟銅虎信頻通。君今持橐甘泉裏，我不投書苦海中。且願耕桑依地主，長教溫飽荷天公。回思三十三年事，一笑相逢兩禿翁。

——以上據永樂大典卷一萬五千一百三十九帥字韻

大麥行

大麥半枯自浮沉，小麥刺水鋪綠針，山邊老農望麥熟，出門見水放聲哭。去年泠泠九月雨，秋苗不收一粒穀，只今米價貴如玉，併日舉家纔食粥。小兒索飯門前啼，大兒雖瘦把鋤犂，晴時種麥耕荒隴，正好下秧無稻畦。

——以上據永樂大典卷二萬二千一百八十一麥字韻

水調歌頭

天上掌綸手，閫外折衝才。發蹤指示，平蕩全楚息氛埃。緩帶輕裘多暇，燕寢森嚴兵衛，香篆幾徘徊。襦袴見歌詠，桃李藉栽培。紫泥封，天筆潤，日邊來。趣裝入覲，行矣歸去作鹽梅。祖帳不須遮道，看取眉間一點，喜氣入尊罍。此去沙堤路，平步上三台。

又送謝倅之臨安

客裏送行客，常苦不勝情。見公秣馬東去，底事却欣欣？不爲青氊俯拾，自是公家舊物，何必更關心！且喜謝安石，重起爲蒼生。　聖天子，方側席，選豪英。日邊仍有知己，應剡薦章間。好把文經武略，換取碧幢紅旆，談笑掃胡塵。勳業在此舉，莫厭短長亭。

木蘭花慢〔一〕

擁貔貅萬騎，聚千里，鐵衣寒。正玉帳連雲，油幢映日，飛箭天山。錦城啓方面重，對籌壺盡日雅歌閑。休遣沙場虜騎，尚餘疋馬空還。　那看更值春殘？斟綠醑，對朱顏。正宿雨催紅，和風換翠，梅小香慳。牙旗漸西去也，望梁州故壘暮雲間。休使佳人斂黛，斷腸低唱陽關。

——以上據宋乾道本于湖先生長短句卷一

雨中花〔二〕

一舸凌風，斗酒酹江，翩然乘興東游。欲吐平生孤憤，壯氣橫秋。浩蕩錦囊詩卷，從容玉帳兵籌。有當時橋下，取履仙翁，談笑同舟。　先賢濟世，偶耳功名，事成豈爲封留？何況我君恩深重，欲報無由。長望東南氣王，從教西北雲浮。斷鴻萬里，不堪回首，赤縣神州。

鷓鴣天

可意黄花人不知，黄花標格世間稀。園葵裛露迎朝日，檻菊迎霜媚夕霏。芍藥好，是金絲，綠藤紅刺引薔薇。姚家別有神仙品，似着天香染御衣。

眼兒媚

曉來江上荻花秋，做弄箇離愁。半竿殘日，兩行珠淚，一葉扁舟。須知此去應難遇，直待醉方休。如今眼底，明朝心上，後日眉頭。

——以上據于湖先生長短句卷二

虞美人

清宫初入韶華管，宫葉秋聲滿。滿庭芳草月嬋娟，想見明朝喜色動天顔。持盃滿勸龍頭客，榮遇時難得。詞源三峽瀉瞿塘，便是醉中空去也無妨。

菩薩蠻 林柳州生朝

史君家枕吳波碧，朱門鋪手搖雙戟。也到嶺邊州，眞成汗漫遊。　歸期應不遠，趁得東江煖。翁媼雪垂肩，雙雙平地仙。

臨江仙

罨畫樓前初立馬，隔簾笑語相親。鉛華洗盡見天眞，衫兒輕罩霧，髻子直梳雲。　翠葉銀絲簪末利，櫻桃濟注香唇。見人不語解留人，數盃愁裏酒，兩眼醉時春。

——以上據于湖先生長短句卷三

浣溪沙 過臨川，席上賦此詞

我是臨川舊史君，而今欲作嶺南人，重來遼鶴事猶新。　去路政長仍酷暑，主公交契更情親，横秋閣上晚風勻。

又同前

康樂亭前種此君，重來風月苦留人，兒童竹馬笑談新。今代孟公仍好客，政成歸去眷方新，十眉環坐晚粧勻。

西江月

十里輕紅自笑，兩山濃翠相呼。意行着脚到精廬，借我繩床小住。解飲不妨文字，無心更狎鷗魚。一聲長嘯暮烟孤，袖手西湖歸去。

憶秦娥

天一角，南枝向我情如昨。情如昨，水寒烟淡，霧輕雲薄。吹花嚼蕊愁無託，年華冉冉驚離索。驚離索，倩春留住，莫教摇落。

浣溪沙

湓浦從君已十年，京江仍許借歸舡，相逢此地有因緣。十萬貔貅環武帳，三千珠翠入歌筵，功成去作地行仙。

柳梢青

碧雲風月無多，莫被名韁利鎖。白玉爲車，黄金作印，不戀休呵。　爭如對酒當歌，人是人非恁麽。年少甘羅，老成吕望，必竟如何？

——以上據于湖先生長短句卷四

卜算子

萬里去擔簦，誰識新豐旅？好事些兒説與郎，奴是姮娥侣。　若到廣寒宫，但道奴傳語：待我仙郎折桂枝，揀箇高枝與。

柳梢青

草底蛩吟，煙横水際，月澹松陰。荷動香濃，竹深涼早，銷盡煩襟。　髮稀渾不勝簪，更容裏吳霜暗侵。富貴功名，本來無意，何況如今！

瑞鷓鴣

香珮潛分紫繡囊，野塘波急拆鴛鴦。春風灞岸空回首，落日西陵更斷腸。　雪下哦詩憐謝女，花間爲令勝潘郎。從今千里同明月，再約圓時拜夜香。

青玉案送頻統轄行

相春堂上聞鶯語，正花柳，芳菲處。有底尊前懽且舞。滿堂賓客，紫泥丹詔，夾夾烟霄路。　君王天縱資仁武，要尺箠，平驕虜。思得英雄親駕馭。將軍行矣，九重虛寧，談笑清寰宇。

——以上據于湖先生長短句卷五

念奴嬌

海雲四斂，太清樓極目一天秋色。明月飛來雲霧盡，城郭山川歷歷。良夜悠悠，西風嫋嫋，銀漢冰輪側。雲霓三弄，廣寒宮殿長笛。　偏照紫府瑤臺，香籠玉座，翠靄迷南北。天上人間凝望處，應有乘風歸客。露滴金盤，涼生玉宇，滿地新霜白。壺中清賞，畫簷高掛虛碧。

又

風帆更起，望一天秋色，離愁無數。明日重陽尊酒裏，誰與黄花爲主？别岸風烟，孤舟燈火，今夕知何處？不如江月，照伊清夜同去。　船過采石江邊，望夫山下，酌水應懷古。德耀歸來雖富貴，忍棄平生荆布？默想音容，遥憐兒女，獨立衡皋暮。桐鄉君子，念予憔悴如許！

驀山溪春情〔三〕

雄風豪雨，時節清明近。簾幕起輕寒，熨紅爐笑翻灰燼。陰藏遲日，欲驗幾多長，繡工慵，圍棊倦，香篆頻銷印。　茂林芳徑，緑變紅添潤。桃杏意酣酣，占前頭一番花信。華堂尊酒，但作豔陽歌，禽聲喜，流雲盡，明日春遊俊。

拾翠羽

春入園林，花信總諸遲速。聽鳴禽稍遷喬木。夭桃弄色，海棠芬馥。風雨霽，芳徑草心頻緑。　禊事纔過，相次禁烟追逐。想千歲楚人遺俗。青旗沽酒，各家炊熟。良夜遊，明月勝燒紅燭。

蝶戀花 秦樂家賞花

爛爛明霞紅日暮，豔豔輕雲，皓月光初吐。傾國傾城恨無語，綵鸞祥鳳來還去。愛花長爲花留駐，今歲風光，又是前春處。醉倒扶歸也休訴，習池人笑山翁語。

漁家傲 紅白蓮不可並栽，用酒盆種之，遂皆有花，呈周倅

紅白蓮房生一處，雪肌霞豔難爲喻。當是神仙來紫府，雙稟賦，人間相見猶相妬。清雨輕烟凝態度，風標公子來幽鷺。欲遣微波傳尺素，歌曲悞，醉中自有周郎顧。

夜遊宮 句景亭〔四〕

聽話危亭句景，芳郊迥，草長川永。不待崇岡與峻嶺。倚欄杆，望無窮，心已領。萬事浮雲影，最曠闊，鷺閑鷗靜。好是炎天烟雨醒。柳陰濃，芰荷香，風日冷。

鷓鴣天 桃花菊

桃換肌膚菊換粧，只疑春色到重陽。偷將天上千年豔，染卻人間九日黃。新豔冶，舊風

光，東籬分付武陵香。罇前醉眼空相顧，錯認陶潛是阮郎。

又送陳倅正字攝峽州

人物風流冊府仙，誰教落魄到窮邊？獨班未引甘泉仗，三峽先尋上水船。斟楚酒，扣湘絃，竹枝歌裏意悽然。明時合下淸猿淚，閒日頻題采鳳牋。

菩薩蠻回文

落霞殘照橫西閣，閣西橫照殘霞落。波淺戲魚多，多魚戲淺波。手攜行客酒，酒客行攜手。腸斷九歌長，長歌九斷腸。

又回文

渚蓮紅亂風翻雨，雨翻風亂紅蓮渚。深處宿幽禽，禽幽宿處深。澹粧秋水鑑，鑑水秋粧澹。明月思人情，情人思月明。

又回文

晚花殘雨風簾捲，捲簾風雨殘花晚。雙燕語虛窗，窗虛語燕雙。　睡醒風愜意，意愜風醒睡。誰與話情詩，詩情話與誰？

又回文

白頭人笑花間客，客間花笑人頭白。年去似流川，川流似去年。　老羞何事好，好事何羞老。紅袖舞香風，風香舞袖紅。

南歌子過嚴關

路盡湘江水，人行瘴霧間。昏昏西北度嚴關，天外一簪初見嶺南山。　北鴈連書斷，秋霜點鬢斑。此行休問幾時還，唯擬桂林佳處過春殘。

燕歸梁

風柳搖絲花纏枝，滿日韶輝。離鴻過盡百勞飛，都不似，燕來歸。　舊來王謝堂前地，情分獨依依。畫梁雕拱啓朱扉，看雙舞，羽人衣。

卜算子

風生杜若洲，日暮垂楊浦。行到田田亂葉邊，不見淩波女。　獨自倚危欄，欲向荷花語。無奈荷花不應人，背上啼紅雨。

點絳唇

秩秩賓筵，玉潭春漲波瓈滿。旆霞風卷，可但長安遠。　夏木成陰，路裊薰風轉。空留戀，細吹銀管，別意隨聲綴。

水調歌頭　過岳陽樓作

湖海倦游客，江漢有歸舟。西風千里，送我今夜岳陽樓。日落君山雲氣，春到沅湘草木，遠思渺難收。徙倚欄干久，缺月掛簾鈎。　雄三楚，呑七澤，隘九州。人間好處，何處更似此樓頭？欲弔沉纍無所，但有漁兒樵子，哀此寫離憂。回首叫虞舜，杜若滿芳洲。

——以上據于湖先生長短句拾遺

滿江紅 詠雨

斗帳高眠，寒窗靜，瀟瀟雨意。南樓近，更移三鼓，漏傳一水。點點不離楊柳外，聲聲只在芭蕉裏。也不管滴破故鄉心，愁人耳。　無似有，遊絲細。聚復散，眞珠碎。天應分付與，別離滋味。破我一床蝴蝶夢，輸他雙枕鴛鴦睡。向此際別有好思量，人千里。

鷓鴣天 春情

日日青樓醉夢中，不知樓外已春濃。杏花未遇疏疏雨，楊柳初搖短短風。　扶畫鷁，躍花驄，湧金門外小橋東。行行又入笙歌裏，人在珠簾第幾重？

憶秦娥 雪

雲垂幕，陰風慘澹天花落。天花落，千林瓊玖，滿空鸞鶴。　征車渺渺穿華薄，路迷迷路增離索。增離索，楚溪山水，碧湘樓閣。

憶秦娥 梅

梅花發，寒梢挂著瑤臺月。瑤臺月，和羹心事，履霜時節。斷橋流水聲嗚咽，行人立馬空愁絕。空愁絕，爲誰凝竚，爲誰攀折？

——以上據宋名家詞本于湖詞

錦園春

醉痕潮玉，愛柔英未吐，露花如簇。絕豔矜春，分流芳金谷。風梳雨沐，耿空抱，夜闌清淑。老杜情疏，黃州賦冷，誰憐幽獨？

——以上據雙照樓校寫本全芳備祖詞鈔卷三

天仙子

三月灞橋烟共雨，拂拂依依飛到處。雪毬輕颺弄精神，撲不住，留不住，常繫柔條千萬縷。只恐舞風無定據，容易着人容易去。肯將心事向才郎，待擬處，終須與，作箇羅幃收拾取。

——以上據雙照樓校寫本全芳備祖詞鈔卷六

柳梢青泛西湖

湖岸千峯嵌嵓，掩映綠竹青松。古寺參差，樓臺高下，煙霧溟濛。波光萬頃溶溶，人面與荷花共紅。撥棹歸歟，一天明月，十里香風。

——以上據永樂大典卷二千二百六十五湖字韻

風入松　蠟梅

玉妃孤豔照冰霜，初試道家妝。素衣嫌怕姮娥妒，染成宮樣鵝黄。宮額嬌塗飛燕，縷金愁立秋娘。　湘羅百濯蹙香囊，蜜露綴瓊芳。薔薇水蘸檀心紫，鬱金薰染濃香。萼綠輕移雲襪，華清低舞霓裳。

——以上據永樂大典卷二千八百十一梅字韻

校勘記

〔一〕木蘭花慢　「慢」字原無，據于湖先生長短句目錄校補。

〔二〕雨中花　案此調應作「雨中花慢」，此脱「慢」字。

〔三〕春情　原本無題，據名家詞本校補。

〔四〕夜遊宫　原作「夜蓮宫」，于湖先生長短句拾遺目錄校改。

樊榭山房集	[清]厲鶚著　[清]董兆熊注 陳九思標校
劉大櫆集	[清]劉大櫆著　吴孟復標點
儒林外史彙校彙評	[清]吴敬梓著　李漢秋輯校
小倉山房詩文集	[清]袁枚著　周本淳標校
忠雅堂集校箋	[清]蔣士銓著　邵海清校 李夢生箋
甌北集	[清]趙翼著　李學穎、曹光甫校點
惜抱軒詩文集	[清]姚鼐著　劉季高標校
兩當軒集	[清]黄景仁著　李國章校點
惲敬集	[清]惲敬著　萬陸、謝珊珊、林振岳 標校　林振岳集評
茗柯文編	[清]張惠言著　黄立新校點
瓶水齋詩集	[清]舒位著　曹光甫點校
龔自珍全集	[清]龔自珍著　王佩諍校點
龔自珍詩集編年校注	[清]龔自珍著　劉逸生、周錫䪖校注
水雲樓詩詞箋注	[清]蔣春霖著　劉勇剛箋注
人境廬詩草箋注	[清]黄遵憲著　錢仲聯箋注
嶺雲海日樓詩鈔	[清]丘逢甲著　丘鑄昌標點

夏完淳集箋校(修訂本)	[明]夏完淳著　白堅箋校
牧齋初學集	[清]錢謙益著　[清]錢曾箋注 錢仲聯標校
牧齋有學集	[清]錢謙益著　[清]錢曾箋注 錢仲聯標校
牧齋雜著	[清]錢謙益著　[清]錢曾箋注 錢仲聯標校
牧齋初學集詩注彙校	[清]錢謙益著　[清]錢曾箋注 卿朝暉輯校
李玉戲曲集	[清]李玉著 陳古虞、陳多、馬聖貴點校
吴梅村全集	[清]吴偉業著　李學穎集評標校
歸莊集	[清]歸莊著
顧亭林詩集彙注	[清]顧炎武著　王蘧常輯注 吴丕績標校
安雅堂全集	[清]宋琬著　馬祖熙標校
吴嘉紀詩箋校	[清]吴嘉紀著　楊積慶箋校
陳維崧集	[清]陳維崧著　陳振鵬標點 李學穎校補
屈大均詩詞編年校箋	[清]屈大均著　陳永正等校箋
秋笳集	[清]吴兆騫撰　麻守中校點
漁洋精華録集釋	[清]王士禛著 李毓芙、牟通、李茂肅整理
聊齋志異會校會注會評本	[清]蒲松齡著　張友鶴輯校
敬業堂詩集	[清]查慎行著　周劭標點
納蘭詞箋注	[清]納蘭性德著　張草紉箋注
方苞集	[清]方苞著　劉季高校點

辛棄疾詞校箋	[宋]辛棄疾著　吴企明校箋
姜白石詞編年箋校	[宋]姜夔著　夏承燾箋校
後村詞箋注	[宋]劉克莊著　錢仲聯箋注
瀛奎律髓彙評	[元]方回選評　李慶甲集評校點
雁門集	[元]薩都拉著 殷孟倫、朱廣祁校點
揭傒斯全集	[元]揭傒斯著　李夢生標校
高青丘集	[明]高啓著　[清]金檀注 徐澄宇、沈北宗校點
唐寅集	[明]唐寅著　周道振、張月尊輯校
文徵明集(增訂本)	[明]文徵明著　周道振輯校
震川先生集	[明]歸有光著　周本淳校點
海浮山堂詞稿	[明]馮惟敏著 凌景埏、謝伯陽標校
滄溟先生集	[明]李攀龍著　包敬第標校
梁辰魚集	[明]梁辰魚著　吴書蔭編集校點
沈璟集	[明]沈璟著　徐朔方輯校
湯顯祖詩文集	[明]湯顯祖著　徐朔方箋校
湯顯祖戲曲集	[明]湯顯祖著　錢南揚校點
白蘇齋類集	[明]袁宗道著　錢伯城校點
袁宏道集箋校	[明]袁宏道著　錢伯城箋校
珂雪齋集	[明]袁中道著　錢伯城點校
隱秀軒集	[明]鍾惺著　李先耕、崔重慶標校
譚元春集	[明]譚元春著　陳杏珍標校
張岱詩文集(增訂本)	[明]張岱著　夏咸淳輯校
陳子龍詩集	[明]陳子龍著 施蟄存、馬祖熙標校

王令集	[宋]王令著　沈文倬校點
蘇軾詩集合注	[宋]蘇軾著　[清]馮應榴注 黄任軻、朱懷春校點
東坡樂府箋	[宋]蘇軾著　[清]朱孝臧編年 龍榆生校箋
東坡詞傅幹注校證	[宋]蘇軾著　[宋]傅幹注 劉尚榮校證
欒城集	[宋]蘇轍著　曾棗莊、馬德富校點
山谷詩集注	[宋]黄庭堅著　[宋]任淵、史容、 史季温注　黄寶華點校
山谷詩注續補	[宋]黄庭堅著　陳永正、何澤棠注
山谷詞校注	[宋]黄庭堅著　馬興榮、祝振玉校注
淮海集箋注	[宋]秦觀撰　徐培均箋注
淮海居士長短句箋注	[宋]秦觀著　徐培均箋注
清真集箋注	[宋]周邦彦著　羅忼烈箋注
石門文字禪校注	[宋]釋惠洪撰　周裕鍇校注
石林詞箋注	[宋]葉夢得著　蔣哲倫箋注
樵歌校注	[宋]朱敦儒著　鄧子勉校注
李清照集箋注(修訂本)	[宋]李清照著　徐培均箋注
吕本中詩集箋注	[宋]吕本中著　祝尚書箋注
陳與義集校箋	[宋]陳與義著　白敦仁校箋
蘆川詞箋注	[宋]張元幹著　曹濟平箋注
劍南詩稿校注	[宋]陸游著　錢仲聯校注
放翁詞編年箋注(增訂本)	[宋]陸游著　夏承燾、吴熊和箋注 陶然訂補
范石湖集	[宋]范成大撰　富壽蓀標校
于湖居士文集	[宋]張孝祥著　徐鵬校點
稼軒詞編年箋注(定本)	[宋]辛棄疾撰　鄧廣銘箋注

柳河東集	[唐]柳宗元著　[宋]廖瑩中輯注
元稹集校注	[唐]元稹著　周相録校注
長江集新校	[唐]賈島著　李嘉言新校
張祜詩集校注	[唐]張祜著　尹占華校注
三家評注李長吉歌詩	[唐]李賀著　[清]王琦等評注　蔣凡校點
樊川文集	[唐]杜牧著　陳允吉校點
樊川詩集注	[唐]杜牧著　[清]馮集梧注
温飛卿詩集箋注	[唐]温庭筠著　[清]曾益等箋注
玉谿生詩集箋注	[唐]李商隱著　[清]馮浩箋注　蔣凡校點
樊南文集	[唐]李商隱著　[清]馮浩詳注　錢振倫、錢振常箋注
皮子文藪	[唐]皮日休著　蕭滌非、鄭慶篤整理
鄭谷詩集箋注	[唐]鄭谷著　嚴壽澂、黄明、趙昌平箋注
韋莊集箋注	[五代]韋莊著　聶安福箋注
李璟李煜詞校注	[南唐]李璟、李煜著　詹安泰校注
張先集編年校注	[宋]張先著　吴熊和、沈松勤校注
二晏詞箋注	[宋]晏殊、晏幾道著　張草紉箋注
乐章集校箋	[宋]柳永著　陶然、姚逸超校箋
梅堯臣集編年校注	[宋]梅堯臣著　朱東潤編年校注
歐陽修詩文集校箋	[宋]歐陽修著　洪本健校箋
歐陽修詞校注	[宋]歐陽修著　胡可先、徐邁校注
蘇舜欽集	[宋]蘇舜欽著　沈文倬校點
嘉祐集箋注	[宋]蘇洵著　曾棗莊、金成禮箋注
王荆文公詩箋注(修訂版)	[宋]王安石著　[宋]李壁箋注　高克勤點校

玉臺新咏彙校	吴冠文、談蓓芳、章培恒彙校
王梵志詩校注(增訂本)	[唐]王梵志著　項楚校注
盧照鄰集箋注	[唐]盧照鄰著　祝尚書箋注
駱臨海集箋注	[唐]駱賓王著　[清]陳熙晉箋注
王子安集注	[唐]王勃著　[清]蔣清翊注
陳子昂集(修訂本)	[唐]陳子昂撰　徐鵬校點
孟浩然詩集箋注(增訂本)	[唐]孟浩然著　佟培基箋注
王右丞集箋注	[唐]王維著　[清]趙殿成箋注
李白集校注	[唐]李白著　瞿蜕園、朱金城校注
高適集校注(修訂本)	[唐]高適著　孫欽善校注
杜詩趙次公先後解輯校	[唐]杜甫著　[宋]趙次公注 林繼中輯校
新定杜工部草堂詩箋斠證	[唐]杜甫著　[宋]魯訔編 [宋]蔡夢弼會箋　曾祥波新定斠證
杜詩鏡銓	[唐]杜甫著　[清]楊倫箋注
錢注杜詩	[唐]杜甫著　[清]錢謙益箋注
杜甫集校注	[唐]杜甫著　謝思煒校注
岑參集校注	[唐]岑參著　陳鐵民、侯忠義校注
戴叔倫詩集校注	[唐]戴叔倫著　蔣寅校注
韋應物集校注(增訂本)	[唐]韋應物著　陶敏、王友勝校注
權德輿詩文集	[唐]權德輿撰　郭廣偉校點
王建詩集校注	[唐]王建著　尹占華校注
韓昌黎詩繫年集釋	[唐]韓愈著　錢仲聯集釋
韓昌黎文集校注	[唐]韓愈著　馬其昶校注 馬茂元整理
劉禹錫集箋證	[唐]劉禹錫著　瞿蜕園箋證
白居易集箋校	[唐]白居易著　朱金城箋校
柳宗元詩箋釋	[唐]柳宗元著　王國安箋釋

《中國古典文學叢書》已出書目

詩經今注	高亨注
楚辭今注	湯炳正、李大明、李誠、熊良智注
司馬相如集校注	[漢]司馬相如著　金國永校注
揚雄集校注	[漢]揚雄著　張震澤校注
張衡詩文集校注	[漢]張衡著　張震澤校注
阮籍集	[魏]阮籍著　李志鈞等校點
陸機集校箋	[晉]陸機著　楊明校箋
陶淵明集校箋(修訂本)	[晉]陶潛著　龔斌校箋
世説新語箋疏(修訂本)	[南朝宋]劉義慶撰　余嘉錫箋疏　周祖謨等整理
世説新語校釋(增訂本)	[南朝宋]劉義慶撰　[南朝梁]劉孝標注　龔斌校釋
鮑參軍集注	[南朝宋]鮑照著　錢仲聯增補集説校
謝宣城集校注	[南朝齊]謝朓著　曹融南校注集説
江文通集校注	[南朝梁]江淹著　丁福林、楊勝朋校注
文心雕龍義證	[南朝梁]劉勰著　詹鍈義證
詩品集注(增訂本)	[梁]鍾嶸著　曹旭集注
文選	[梁]蕭統編　[唐]李善注
蕭繹集校注	[南朝梁]蕭繹著　陳志平、熊清元校注